광해경

光解竞

이훈영 신무협 장편 소설

광해경

6

뿔미디어

| 목차 |

第一章

준동

중원천하는 두 가지 일로 떠들썩했다.

　그중 하나는 북원의 삼황자가 인질이 되었다가 풀려난 일이었다.

　그 대가로 북원은 북방마(北方馬) 오백 필과 그간 전장에서 나포되었던 병사 삼백을 생환시켜 주었다.

　그러한 전공을 세워 보국무장에 오른 임백찬이란 젊은 장수의 이름은 당연히 대륙 전체에 울려 퍼졌다.

　더구나 그가 북경에 도착할 무렵 보국불탑의 광휘가 거짓말처럼 사라졌다 하니 임백찬이야말로 하늘에서 명의 국운을 지키기 위해 내려보낸 장수라는 소문까지 더해졌다.

그러한 일과 맞물리며 또 다른 이야기 하나가 중원을 휩쓸고 있으니 무림지부에 관한 관의 포고령이 바로 그것이었다.

일반 백성들에겐 뜬구름 잡는 것과 같은 이야기였으나 강호무림에 적을 둔 이들에게 불어닥친 여파는 그 근간마저 뿌리째 흔들릴 만큼 커다란 파장을 일으키는 일이었다.

오수련이란 구심점을 잃어버린 오대세가는 물론이요, 내심 오수련의 몰락을 흡족하게 지켜보던 구대문파마저 발등에 불이 떨어진 듯한 행보를 이어 갔다.

연일 구정회의 이름으로 회의가 펼쳐졌으나 무림지부에 관한 사안만큼은 입장 차이가 너무나 현격한지라 도저히 중지를 모을 수가 없었다.

"본파는 이미 참가를 결정했습니다."

흑의를 입은 노도인의 음성에 날 선 반응이 연이어졌다.

점차 흉흉해져만 가는 분위기, 때마침 회의를 주재하던 인자한 인상의 노승이 입을 열었다.

"아미타불! 정녕 그것이 공동의 뜻이오?"

"대사, 어쩔 수가 없소이다. 본파가 나서지 않는다면 기련산의 노괴들이 그 자리를 차지할 것이 뻔한데 어찌 이를 두고 보겠습니까? 다른 곳과는 사정이 다르니 어쩔 수 없습니다."

흑의를 입은 노도인의 말에 한 자루 검을 연상케 하는 초로인이 끼어들었다.

"무량수불! 본파라고 해서 공동과 다른 입장은 아니외다. 곤륜이 세속에 연연치 않는다 하나 이제껏 사교의 무리들과 천축의 밀승들만은 좌시한 적이 없었소. 그런데도 참고 있는 것을……!"

"곤륜과 공동의 입장은 다릅니다. 본산이 관부와 지척인 곳에 있습니다."

"어허! 운몽자! 어찌 그리 자파의 이득만을 생각하는 것이오? 사교는 물론이요, 밀승들마저 관부의 힘을 얻으려 발악을 하는 때요. 한데도 참고 있건만 고작 기련노괴 따위가 두렵다니 그것이 가당키나 한 소리요? 혹 감숙의 이권에 눈이 먼 것은 아니오?"

"말씀을 가려 하십시오. 아무리 사부님과 동배라 해도 이 운몽, 엄연한 공동의 장로외다."

각기 다른 복색의 두 도인이 일말의 양보도 없이 언쟁을 이어 가자 다시 한 번 회의를 주관하는 노승이 나섰다.

"아미타불! 두 분 진인께서는 잠시만 마음을 추스르시길……."

그때 마침 끼어드는 중년의 비구, 그녀가 비웃음을 감

추려 하지 않고 목소리를 높였다.

"참으로 가관들이십니다. 정녕 이대로 관부에 휘둘리 겠다고 작정들을 하셨단 말씀이십니까?"

그런 비구의 말에 운몽이라는 흑의 도인이 외려 콧방 귀를 끼었다.

"흥! 멸진사태, 말씀 잘하시었소. 내 듣는 귀가 있는데 아미파의 속셈을 모르는 줄 아시오? 암왕이 죽었다 하니 아주 입가에 웃음이 가시지 않는 모습이오."

그의 독설에 중년의 비구는 안색을 바꾸며 더욱더 음 성을 높였다.

"운몽 장로! 말씀이 지나치십니다."

하나 운몽자는 이미 성이 잔뜩 났는지 그녀는 물론 다 른 이들까지 은은한 눈빛으로 노려보았다.

"말이야 바른말이지, 사천에서 나설 이가 없어 참 좋으 시겠소이다. 당가와 아미, 청성에 점창까지 있으니 어떤 미친놈이 거기 끼겠소?"

"험! 본파는 왜 언급하시는 것입니까? 청성은 그런 일 에는 관심 없소이다."

"허허! 천우 도장! 차라리 손바닥으로 하늘을 가리시 오. 내 이미 청성과 아미, 점창이 말을 맞춘 것을 모를 줄 아시오?"

"……"

"정곡을 찔리니 대꾸를 하실 수 없는 거겠지. 일이 틀어지면 청성이 청해를 점창이 운남을 아미가 사천을 나눠 먹기로 한 것 아니오? 요새 참으로 바쁘시더구려. 멀리 있는 속가문파에 장로들까지 보내 놓고! 그렇게들 준비까지 마쳤으면서 본파만 나무라는 것이 정녕 부끄럽지도 않으시오?"

운몽자의 호통에 동시에 안색이 바뀌는 이들, 그때를 기다려 녹의 도복을 한 중년인이 나섰다.

"진정하시지요. 종남파는 운몽자 선배님의 말씀이 일리가 있다 여깁니다."

하나 그 중년 도인의 말이 오히려 운몽자의 심기를 폭발시키고 말았다.

"하하하하! 차라리 솔직히 말하지 그러나. 화산이 아니 나선다니 마음 편히 즐길 수 있다고. 아니지, 검마란 자에게 싹 쓸려 버렸으니 섬서엔 나설 작자도 없겠구만."

"큼!"

"여하간 나 운몽은 본파의 뜻을 전했으니 그리들 아십시오. 더는 이곳에 머물 이유도 없으니 본파로 돌아가겠소. 참고로 말씀드리지만 본파는 막내 사제인 환몽을 내보낼 생각이오. 그럼 잘들 계시구려."

쾅!

회의가 이어지던 전각의 문을 세차게 닫고 사라지는

공동파의 장로 운몽자.

하나 남겨진 이들은 그를 붙잡지도 못한 채 오랜 시간 침묵할 수밖에 없었다.

"아미타불! 아미타불! 대체 이 일을 어찌할꼬!"

회의를 주관하던 소림의 노승이 장탄식을 내뱉자 분위기는 더욱 무거워졌다.

한데 그 순간 내내 침묵하던 무당의 중년 도인이 나섰다.

한눈에도 이 자리에 있는 이들 중 연배가 가장 낮아 보이는 이였다.

많이 보아야 마흔이나 되었을까 한 도인, 하나 목소리만큼은 그 누구보다 청명한 느낌이었다.

"이런 상황에 더욱 황망한 말씀을 드려야겠습니다."

입이 열리자 그 무게감이 함께 자리한 이들을 훨씬 상회하는 느낌이었다.

"말씀하시게. 운현 도장!"

"태사백께서 폐관동에서 나오셨습니다."

중년 도인이 그렇게 입을 열자 함께하는 이들 모두가 두 눈을 부릅떴다.

그의 태사백이 누구인지 모르지 않기 때문에 이는 반응이었다.

하나 연이어진 운현 도장의 말은 더더욱 모두를 놀라

게 하는 말이었다.

"장문진인께 저를 하산시키라 명하셨습니다."

그가 입을 열자 일순간 격한 반발이 터져 나왔다.

"무슨 그런 얼토당토않은 말이 있단 말인가?"

"도성께서 정녕 치매라도 걸린 것인가요?"

청성과 아미를 대표한 천우 도장과 멸진사태의 음성에 강한 적의가 담겨 있었다.

이를 다시 소림의 노승이 중재했다.

"아미타불! 두 분께선 말씀을 가려 하시지요. 무림의 가장 큰 어른께 어찌 그런 결례를!"

노승의 중재가 있었다 하나 분위기는 이미 더 나빠질 수 없을 만큼 변해 있었다.

운현 도장의 하산이 무엇을 뜻하는지는 뻔한 일이었다.

그가 나선다면 호북의 무림 지부가 그의 차지가 될 것은 너무나 뻔한 일, 아니 지부들끼리 모여 뽑는다는 무림왕 역시 그의 차지가 될 것이 틀림없었다.

그리 되면 무당의 세가 천하를 좌지우지할 것인데 이를 어찌 그냥 두고만 보겠는가.

그러한 분위기를 느끼며 운현 도장이 다시 나섰다.

"원공대사님. 두 분 선배님께서 하신 말씀은 결코 과하지 않습니다. 저 역시 여기 계신 분들이 무엇을 걱정하는지 잘 알고 있습니다. 그저 송구스러울 뿐입니다."

"정말 자네가 그 말도 안 되는 곳에 참가한단 말인가? 이 일이 어떤 파장을 몰고 올지 정녕 무당은 모른단 말인가?"

곤륜파 도인의 날 선 음성, 연이어 종남파의 중년인마저 참지 못하고 나섰다.

"이거야말로 무당이 무림을 날로 먹겠다는 소리가 아니오?"

"아미타불! 정녕 그것이 사실이라면 본사 역시 좌시할 수 없는 입장일세. 이것이 무슨 뜻인지 모르는 것인가?"

회의를 주관하던 인자한 얼굴의 노승마저 그 얼굴이 굳어질 정도였으니 분위기는 걷잡을 수 없이 삭막해질 수밖에 없었다.

하나 운현 도장은 담담했다.

"태사백께선 무당의 하늘이십니다. 그분께서 곡절 없이 그런 말씀을 하신 것은 아닐 것입니다. 제자 된 입장으로서 따르지 않을 도리가 없습니다."

불난 집에 기름이라도 끼얹은 듯한 음성이었다.

입을 여는 이가 운현 도장이 아니었다면, 또한 이 자리에 모인 이들의 수양이 남다르지 않았다면 살기가 난무한다 해도 이상할 것이 없는 분위기였다.

사정이 그러하니 이어지는 음성이 곱지 않음은 당연했다.

"우리라고 가만있을 줄 아는가? 자네가 나선다면 장문인께서 두고 보시지 않을 것이야."

"허허! 악 장로! 화산신검께서 나선다면 동도들마저 비웃을 것입니다."

"이보게, 운현! 생각을 다시 하게나. 무당 하나 때문에 구파가 사분오열 될 수도 있네. 본파라고 가만있을 수 있겠는가? 염치없지만 태상장로라도 모셔야 할 판일세."

연이어지는 음성들에도 불구하고 무당의 운현 도장은 묵묵부답이었다.

그저 담담하면서도 무언가 깊은 고민을 담은 눈길로 자신에게 이어지는 말과 기세를 감내할 뿐.

이에 청성파의 천우 도장이 속내를 내비치기 시작했다.

"대관절 이유나 들어 봄세. 어찌하여 도성께선 천중십좌라는 이름까지 얻은 자네에게 고작 지부대인 따위의 관직을 받으라 하신 것인가? 정말로 무림왕이란 자리까지 탐하는 것인가?"

모두의 마음이 담긴 듯한 물음이었고 좌중은 속히 운현 도장의 입이 열리기만을 기다렸다.

하나 그는 좀처럼 말문을 열지 못했다.

그러다 그가 입을 열었는데 그의 말이 이어지는 동안 그곳에 자리한 이들의 표정이 어찌 표현할 수 없을 정도로 기묘하게 변해 버렸다.

"제가 아는 것은 한 가지뿐입니다. 태사백께서 허언을 하실 분이 아니라는 것. 또한 제가 나가는 것이 아닙니다. 저는 그저 그분을 수행하는 것일 뿐입니다."

"……!"

"들으신 것 그대로입니다. 태사백께서 친히 무림대회에 나서시겠다 하셨습니다."

너무나 황당하여 화도 치밀지 않는 말이었다.

운현 도장의 말을 들은 모두가 그 황당무계함에 입만 쩍 벌릴 수밖에 없었다.

도무지 말도 안 되는 소리였다.

무당의 무암진인이, 천하제일검을 넘어 강호인들 모두가 인정하는 천하제일의 무인인 그가 고작 그런 자리에 나선다는 말이었다.

탈속하여 등선지경을 넘본다는 이 시대 최고의 무인이 고작 종사품 관직을 받은 뒤, 무림왕을 놓고 비무를 펼치려 한다는 이야기이니 이 무슨 얼토당토않은 말로 들리겠는가.

운현 그가 나간다 해도 기가 막힐 판에 무암진인이 그런 난장판에 뛰어든다는 것은 그야말로 치매가 걸리지 않고선 이해가 되지 않는 이야기였다.

하나 정작 그 말도 안 되는 이야길 꺼내 놓은 운현 도장의 표정은 외려 담담하기만 했고, 중인들 중 소림의 노승 원공대사 역시 그 이유를 조금이나마 짐작하고 묵묵히 고개를 끄덕여야만 했다.

평생의 지기였던 불성의 실종 때문이리라.

하나 원공이 생각할 수 있는 것은 거기까지가 한계였다.

운현은 그보다 조금 더 깊은 말을 직접 들었기에 조금은 담담함을 유지할 수 있는 것이다.

"지금 나서지 않는다면 기회조차 없을지 모르니라. 운현아! 너의 소임은 나의 검을 보아 다시금 무당에 이어주는 것이다. 불귀행이 될 것이다. 너만이 그나마 믿을 수가 있겠구나."

고작 종사품의 관직을 건 비무대회 따위를 나가시며 돌아오지 못할 길이라 말한 태사백 무암.

무당의 하늘이, 당대의 천하제일인이라 하는 태사백이 그리 말한 것이 결코 가볍지 않은 일임은 당연한 것 아니겠는가.

*   *   *

천정에 촘촘히 박힌 야명주(夜明珠)의 빛이 한 사내를 비추고 있었다.

이제 약관을 넘긴 듯한 얼굴은 한눈에도 귀티가 흐르

는 영준한 모습이었으나, 그 눈에 서린 정광만은 한눈에도 사내의 의지가 보통이 아님을 느낄 수 있게 했다.

그런 사내의 두 눈동자가 향하고 있는 허공엔 하나의 강렬한 섬광이 맹렬한 속도로 회전하고 있었다.

밀실 가득 강렬한 빛을 뿌리며 점차 거대해져 가는 섬광!

섬광은 순식간에 하나의 거대한 륜(輪)의 모습으로 화했다.

파천비륜(破天飛輪)!

무제가 남긴 마지막 심득이라는 무학이 구현되고 있는 것이다.

이를 펼치고 있는 이는 당연히 단목강이었다.

지금의 단목강은 이전과는 확연히 다른 모습이었다.

파천비륜을 시전할 때마다 다급함을 지워 내지 못하던 모습은 찾아볼 수 없었다.

강인한 눈매와 굳건한 자세는 예나 지금이나 변함없지만 파천비륜을 바라보는 눈동자엔 이제 여유마저 느껴졌다.

변한 것은 단목강만이 아니었다.

파천비륜 또한 과거의 그것이 아니었다.

이전의 비륜이 세상을 모두 갈라 버릴 듯 무시무시한 빛을 뿜어내고 있었다면, 지금의 비륜은 너무나 고요해 전혀 대단한 무학이라는 것을 느낄 수가 없을 정도였다.

이를 증명하듯 휘도는 강기의 륜은 사방으로 빛을 뿌릴 뿐 그 어떤 공명음이나 기세조차 뿌리고 있지 않았다.

그저 부유하듯 허공중에 떠 있는 채로 형용할 수 없는 강렬한 섬광을 뿌릴 뿐이었다.

그러던 어느 순간 이제껏 담담하기만 하던 단목강이 두 눈을 부릅떴다.

슈악!

삽시간에 공기가 한꺼번에 빨려드는 듯한 소리를 토해내며 빛을 뿌리던 강기의 륜이 거짓말처럼 사라졌다.

그리고 이내 단목강의 눈빛이 이동한 공간에서 다시금 찬란한 푸른 섬광을 일으켰다.

슉!

한 줄기 날카로운 기음과 함께 허공을 찢으며 빠져나오는 비륜의 모습.

순간 다시 한 번 이동하는 단목강의 시선과 그 시선을 따라 또다시 사라졌다 나타나는 파천비륜.

그러한 반복이 촌각의 순간 십여 번이나 반복되었다.

슉! 슉! 슉! 슉! 슈슛!

그야말로 동에 번쩍 서에 번쩍이라 할 수밖에 없는 기이한 현상이었으며, 강기의 륜은 단목강이 마음먹은 곳 어디에서든 공간을 찢으며 찬란한 섬광을 발했다.

그때 즈음엔 단목강의 이마에도 비 오듯 땀이 흘러내렸다.

"후읍!"

단목강이 나직하게 호흡을 내쉬자 공간과 공간 사이를 가르며 번쩍이던 강기의 륜이 흔적조차 남기지 않고 사라졌다.

"휴……. 아직은 부족해."

말은 그렇게 내뱉으면서도 스스로의 성취에 만족감을 느끼는 것이 한눈에도 보일 정도의 표정이었다.

자연스레 드러나는 미소는 그 모습을 빛나게 한다는 느낌이 들 정도였다.

잠시간 스스로의 성취를 되짚으며 미소를 짓던 단목강이 무언가 결심을 세운 듯 손끝을 쭈욱 내뻗었다.

그와 동시에 전면에 놓여 있던 팔비신륜이 예고도 없이 허공으로 비산했다.

치솟는 순간 한꺼번에 여덟 개로 변한 팔비신륜이 사방팔방을 빛살처럼 가르는 동안 밀실 안은 오직 신륜에서 이는 파공음만이 존재하는 듯했다.

슝슝슝슝슝슝!

너무 빨라 소리조차 팔비신륜의 움직임을 따르지 못했으며 그 강렬하고도 빠른 움직임은 너무나 어지러워 그 사이에 좌정하고 앉은 단목강의 모습이 너무나 위태롭게 보였다.

하나 단목강은 무표정하다고 느껴질 정도로 담담한 눈으로 팔비신륜을 움직였다.

그렇게 허공을 가르던 여덟 개의 신륜이 한순간 허공에서 포개어졌다.

차차차차착!

미친 듯이 비산하던 것이 속도조차 줄지 않고 한데 포개지더니 그대로 단목강의 가슴을 갈라 버릴 듯 쇄도해 들어왔다.

슝!

그 강렬한 파공음이 이는 순간 다시 한 번 단목강의 손이 전방을 향해 뻗어 나갔다.

새까만 단봉 하나가 단목강의 손아귀 안으로 순식간에 빨려 들어왔으며 단목강은 일말의 망설임도 없이 묵빛 단봉을 세웠다.

창!

순간 단봉 끝에서 기다란 인(刃)이 튀어나왔다.

묵빛 단봉은 순식간에 한 자루 기형도로 변했으며 단목강이 좌정했던 석단을 박차고 올랐다.

그와 동시에 날아드는 신륜을 향해 힘껏 도신을 베어 가는 단목강.

캉!

석실 전체를 뒤집어 놓을 것 같은 금속음이 터지며 신륜이 튕겨지고, 단목강 또한 허공에서 몸을 뒤집으며 착지했다.

그렇게 바닥에 내려선 단목강이 다시 한 번 눈을 부릅뜨며 기형도를 세웠다.

때마침 튕겨진 비륜이 스스로 살아 움직이기라도 하는 것처럼 맹렬히 선회하며 단목강을 향해 날아들었다.

단목강의 눈에 전에 없던 정광이 번쩍였다.

슝! 슝!

날아들던 비륜이 두 개로 나뉘었고 동시에 그의 손에 들린 월인(月刃) 역시 강렬한 섬광을 일으켰다.

우웅!

두 자루 신륜과 월인은 서로를 찢어발기고 말겠다는 듯 강렬한 충돌을 일으켰다.

캉! 캉!

전보다 몇 배는 강한 금속음이 터져 나왔으나 단목강은 전혀 흔들림이 없었다.

굳건하게 눈으로 다시금 월인을 세우는 단목강, 때마침 튕겨진 팔비신륜은 속도를 더해 선회하며 네 자루로 변하고 다시 여덟로 변해 팔방에서 짓쳐들어왔다.

하나 그마저도 단목강을 어렵게 하진 못했다.

신형을 비틀고 뒤집으며 절반을 피해 냈고 그것으로도

어쩌지 못한 것은 월인에 서린 강기가 쓸고 지나갔다.

카카카캉!

연달아 터지는 강렬한 금속음, 도저히 홀로 하는 수련이라곤 믿기지 않는 모습이었다.

그 자리에 또 다른 이가 있어 팔비신륜을 날린다 해도 이토록 위험해 보이진 않을 것 같았다.

그러던 어느 순간 갑작스런 적막감이 찾아들었다.

월인이 멈추고 팔비신륜 또한 멈추어 움직이질 않았다.

하나 허공중에 부유하고 있는 여덟 자루 신륜은 사냥감을 노리는 짐승처럼 나직한 공명을 일으키고 있었고, 월인에서 치솟은 푸른 섬광 또한 더없이 강렬한 빛을 내뿜고 있었다.

그 가운데 자리한 단목강은 이마에 맺힌 땀방울을 닦을 생각도 하지 않은 채 다시 한 번 두 눈에 정광을 더했다.

순간 허공중에 부유하던 여덟 자루 신륜에도 강렬한 섬광이 어리기 시작했다.

우우우웅!

맹렬히 회전하며 그 위에 덧씌워진 강렬한 섬광.

그렇게 강기까지 더해진 팔비신륜이 전과는 비교도 할 수 없는 위력을 뿜으며 또다시 단목강을 향해 날아들었다.

그때 단목강의 눈빛이 이전과는 달리 너무도 고요하게 변해 갔다.

전신을 난도질할 것처럼 밀려드는 강기의 류을 코앞에서 마주하면서도 단목강은 일말의 동요조차 내비치지 않았다.

분심공(分心功)을 펼쳐 조종하고 있으니 지금 팔비신륜에 서린 기운이 얼마나 강하고 위험한 것인지 스스로가 더욱 잘 알고 있었다.

하나 결코 흔들리지 않았다.

몸이 상할까 두려워 분심공을 흐트러뜨린다면 이 이상의 진척을 이룰 수가 없기 때문이었다.

'두려워해야 할 것은 오직 그 두려움 자체뿐, 극복해야 할 것은 모두 마음이 만들어 낸 허상이다. 나 단목강, 부족한 혼원(混元)의 기운마저 의지로 대신한 것이다.'

일순간 월인을 타고 뻗은 섬광이 강렬히 폭사했다.

팔방에서 날아들던 강기의 류을 향해 뻗어 나가는 여덟 줄기의 도강!

콰콰콰콰콰콰쾅!

실로 믿기 힘든 굉음이 연달아 터져 나온 것도 바로 그 순간이었다.

그 여파가 얼마나 대단했는지 그간 꿈쩍 앉던 밀실의 천정이 포화라도 맞은 듯 무너져 내렸다.

그사이 촘촘히 박혀 있던 야명주들마저 자욱한 돌가루와 먼지 속에 함몰되어 버렸으니 이내 밀실 안은 어둠만이 가득한 공간으로 변해 버렸다.

그렇게 찾아든 어둠과 적막감은 한동안 계속되었다.

어느 순간 나직한 단목가의 음성이 흘러나왔다.

"흐흠! 이건 좀⋯⋯!"

스스로도 예상치 못한 여파에 놀랐는지 단목강의 음성엔 난감한 기색이 서려 있었다.

단목강이 돌가루 속에 파묻힌 야명주 하나를 들어 올렸다.

그렇게 드러난 그의 모습은 뿌연 먼지를 잔뜩 뒤집어쓰고 있어 피폐하기 이를 데 없었다.

하나 그 눈빛만은 분명 만족스러워하고 있었다.

분심공을 펼쳤으니 그 위력이 절반에도 미치지 못한 팔비신륜이었다.

그렇다고 해도 월인으로 팔비신륜을 감당했다는 것은 대단한 의미를 둘 수 있는 일이었다.

월인으로 펼친 단혼도법 또한 분심공에 의존한 것이니 십 대 십의 온전한 대결이라 해도 그 성취가 결코 팔비신륜에 부족하지 않다는 뜻이었다.

이는 단목강에게 너무나도 특별한 의미였다.

단혼도법의 신공 편에 기록된 혼원기(混元氣)라는 것을

익힐 수 없는 몸, 그로 인해 반쪽짜리 무공이라고 할 수밖에 없는 것이 단혼도법이다.

한데 혼원기의 부족한 부분을 스스로의 깨우침으로 채워 넣었으며 그것만 가지고 팔비신륜을 막아 낸 것이다.

이는 단목강 스스로가 만족하고 있는 것보다 더욱 대단한 일인 것이다.

혼원신공이란 희대의 신공절학을 스스로의 깨우침으로 채워 넣었다는 말은 그가 일대종사(一代宗師)의 반열에 들었다는 것과 다르지 않은 말인 것이다.

물론 그것이 가능했던 것은 파천비륜 안에 담긴 무제의 심득 때문이었다 해도 결국 이 또한 단목강의 천재성 때문에 이룬 일인 것이다.

처음 의형강륜(義刑罡輪)을 일으켰을 때만 해도 그 파괴적인 힘을 통제해 내는 것이 무제가 남긴 전부인 줄로만 알았다.

하나 심득이 전하는 오의는 전혀 다른 곳에 있었다.

결국은 모두 마음의 공부를 말하는 것이었다.

그 무엇에도 흔들리지 않을 만큼의 굳건한 의지.

매 순간순간 육신이 절단날 수 있는 상황마저 이겨 낼 수 있는 부동의 의지와 심력이 바로 무제가 남긴 마지막 심득의 정화였다.

이를 깨우친 순간부터 단목강에게 놀라운 변화들이 시

작되었다.

이전까지 그저 내공과 숙련도의 문제라 생각했던 자신의 부족함이 전혀 다른 곳에 있음을 알게 된 것이다.

모든 벽은 스스로 세운 잣대와 기준일 뿐이었다.

또한 그 속에 갇혀 있던 자신을 보게 되었다.

그 누구보다 부친을 존경하고 크게 느끼며 자랐기에 자신의 한계가 그 어디쯤이라고 예단해 버린 것이다.

하나 그것이 가장 큰 실기였음을 알게 되었다.

무를 대하는 마음이란 것이 얼마나 자유로워야 하는지 알게 되었더니 팔비신륜도 단혼도법도 전혀 다른 무공으로 보였다.

스스로 만족하였던 팔비신륜과 아직 한참이나 멀었다고 여긴 단혼도법의 차이, 하나 두 무공이 실제로는 백지 한 장도 되지 않는 높낮이에 있었음을 깨우치자 절로 알게 되는 것들이 있었다.

그 일 이후로 이전까지와는 또 다른 수련의 시간들이 이어졌다.

과거가 일취월장의 시간이었다면 깨달음 이후의 수련은 일신우일신(日新又日新)이란 말로밖에 표현할 수가 없을 정도였다.

날마다 새로 태어나는 느낌, 하루를 보내고 나면 달라져 있는 스스로에게 또다시 놀랄 정도의 발전이었다.

특히나 파천비륜의 성취는 놀라울 정도였으며 지금 자신의 능력으로는 그것이 끝이 아닐까 하는 경지까지 도달할 수 있었다.

마음이 이는 곳 어디서든지 파천비륜을 불러낼 수 있었다.

밀실이란 공간의 제약 때문에 그 거리의 한계가 어디까지인지는 확신할 수 없었지만, 그러한 한계마저 마음의 문제라는 것을 깨우쳐 가고 있는 중이었다.

종국엔 원하는 이의 심장에서마저 파천비륜을 만들어 낼 수 있을 것 같았다.

그것도 무음(無音), 무형(無形)의 상태로 펼쳐지는 완전한 파천비륜을.

그 경지야말로 무제의 심득이 말하는 무극일 것이라는 막연한 확신까지 지니게 되었다.

그러한 깨우침들이 하루하루 사선을 넘나들 정도의 지독한 수련 속에서 결코 흔들리지 않았던 의지로 인해 기인했으며, 그로 인해 상단전이 열린 결과라는 것까지 어느 정도 깨우치고 있었다.

이로 인해 무공을 대하는 시야와 마음까지 확연히 달라질 수 있었다.

특히나 반쪽뿐이라 여겨지던 단혼도법을 스스로의 역량으로 보완할 정도가 되었으니, 그것이 바로 철혼진기(鐵魂

眞氣)의 탄생이었다.

철혼은 말뜻 그대로 무쇠같이 굳건한 혼과 의지를 의미했다.

혼원기를 얻지 못했기에 비교할 수는 없지만 철혼진기가 그 자리를 대신할 수 있을 것이라 믿었다.

또한 오늘의 결과가 그것이 틀리지 않았음을 말해 주고 있으니, 먼지 가루를 잔뜩 뒤집어쓴 단목강의 얼굴에 한 줄기 미소가 서릴 수 있는 것이다.

하나 아직은 완성이라 할 수 없다는 것을 잘 알고 있었다.

단혼도법은 그 이름 그대로 상대의 혼마저 벨 수 있는 무공이라 알고 있었다.

고금의 절대자라 불리는 환우오천존 중 도제라 불리던 이의 무공이 바로 그것일진대 어찌 지금의 경지로 완성을 보았다 생각하겠는가.

하니 그저 묵묵히 나아가는 것만이 정도였다.

하나 지금의 경지만 해도 단목강은 분명 대단한 것이 틀림없었다.

도제와 비견한다는 것 자체가 어불성설이겠지만, 지난 강호사를 통틀어 약관의 나이에 이른 무의 경지로 단목강을 능가할 이가 없는 것만은 분명했다.

무제가 비슷한 나이에 만병천왕이라 불리며 천하제일

인이라 칭송받았다지만, 지금의 단목강은 석년에 이룬 그 경지조차 아래로 볼 수 있는 길을 걷고 있는 것이다.

물론 그것이 가능한 이유 또한 인연의 이어짐으로 인해 무제의 심득이 전해졌기 때문임은 부정할 수 없었다.

단목강 또한 그 사실을 잘 알고 있었다.

하여 늘 스스로를 부족하다 여겼다.

가야 할 길을 알기에 모자람을 느끼며 그렇기에 결코 나아감을 주저하지 않는 이였다.

또한 이제는 그 길이 더 이상 밀실이란 공간 안에서 찾을 수는 없다는 것마저 깨우치고 있었다.

비로소 나아가야 할 때였다.

베어야 할 이들을 벨 수 있다 확신하기에, 또한 기다림에 지쳐 가고 있을 세가의 식솔들을 위해서라도 더 이상 성취에만 목맬 수가 없다는 생각이었다.

세상을 향한 행보를 시작해야 하는 때였다.

단목강이 도저히 열릴 것 같지 않은 석문을 향해 한 걸음을 내디뎠다.

그 순간 전에 없이 강렬한 빛을 내는 강기의 륜이 석문 앞에 모습을 드러냈다.

하나 그것이 전부가 아니었다.

슉! 슉! 슉! 슉!

순식간에 네 개의 파천비륜이 나직한 기음을 터트리며

생겨나더니 눈부실 정도로 찬란한 섬광을 뿌려 댔다.

가로막고 있는 석문을 향해 단목강의 걸음이 한 발 더 나아가자 네 개의 파천비륜 또한 서서히 움직였다.

마치 두부를 가르는 듯 석문의 좌우와 상하단을 뚫고 들어가는 파천비륜, 하나 그 접점에선 그 어떤 소리조차 일지 않았다.

파천비륜은 그렇게 석벽의 틈새로 빨려 들어가는 것처럼 사라졌으며 단목강은 여전히 석문을 향해 나아갔다.

그렇게 석문 앞에 도달한 단목강이 손가락 끝을 톡 갖다 대자 육중한 석문이 거짓말처럼 뒤로 넘어졌다.

쿵!

길고 길었던 폐관 수련이 끝나는 소리였다.

길다고 하면 길 수도 있는 시간, 하나 얻은 것에 비하면 너무나 짧은 것이 분명한 시간이었다.

그 시간을 뒤로하고 단목강이 봉명궁의 지하 밀실을 나서고 있었다.

또 한 명의 잠룡이 세상을 향한 승천의 행보를 시작하고 있었다.

하나 단목강은 머잖아 걸음을 멈출 수밖에 없었다.

석실 끝 계단에 걸터앉아 있는 너무도 의외의 인물 때문이었다.

그를 본 단목강은 너무 놀라 눈이 튀어나올 것 같은 표정을 지었다.

"아이고! 기다리다 목 빠지겠다. 그나저나 멋지게 컸네!"

너무나도 그리운 음성이었다.

"무린…… 형님……."

"하하! 반갑다고 끌어안고 그럼 안 된다. 우리 동네에선 남자끼리 그럼 괜한 오해 받고 그런단다."

무린이 참으로 싱그러운 웃음을 머금으며 그곳에 있었다.

第二章

무엇이 남았는가

무산(巫山) 비파봉 아래 자리 잡은 성부의 분위기는 뒤숭숭하기만 했다.

　성부의 금지인 동편 절벽 위로 올라간 연후가 오 일째가 돼도 내려올 기미가 없었기 때문이었다.

　특히나 금지를 지키는 것이 역대 조사로부터 내려오는 사명이라고 철석같이 믿고 살았던 구양복에겐 참으로 미치고 팔짝 뛸 노릇이 아니라 할 수 없었다.

　도대체 왜 북궁세가의 후인이자 검마(劍魔)라는 흉명이 자자한 이에게 왜 그러한 연이 이어졌는지 당최 이해할 수가 없었다.

　대체 왜 그가 영물의 주인인지, 왜 지다성녀의 절진이

그에게 허락되었는지 아무리 생각해도 이해할 수가 없었다.

구양복조차 이해할 수 없는데 다른 이들이 묻는다고 답해 줄 수도 없는 노릇이었다.

그렇다고 조사들의 유훈이 있는데 이를 무시하고 절벽 위로 올라가 볼 수도 없으니 그저 속만 부글부글 끓고 있었다.

그런 마음은 단목세가의 가신들도 마찬가지였다.

구양복과 함께 벌써 여러 날을 기다리고 있지만 마냥 그러고만 있자니 답답한 마음만 더해 갔다.

사실 단목세가의 무인들은 이곳 성부의 객이나 다름없는 입장이었다.

성부의 주인인 구양복조차 마냥 기다리고 있는 상황에 호기심을 앞세워 위로 올라갈 수는 없는 노릇이었다.

그들 역시도 단목세가의 시조모가 저 위에 무엇을 남겼는지 궁금하여 미칠 지경이었으니, 그저 이제나저제나 연후가 내려오길 기다리며 시간을 보낼 뿐이었다.

그들 말고도 연후가 나타나기를 손꼽아 기다리는 이들이 있었다.

통나무로 만든 모옥 밖에 나란히 앉아 동편 절벽을 바라보고 있는 일남일녀가 바로 연후를 애타게 기다리는 이들이었다.

소태를 씹고 있는 듯 잔뜩 얼굴을 찌푸리고 있는 사내
는 사다인이었고, 또 그 옆에서 눈을 반짝이며 쉼 없이
조잘거리는 여인은 검후의 제자 은서린이었다.

"아! 대체 언제나 내려오실지 모르겠네. 기다리기 지루
하시죠?"

그녀는 좀이 쑤시기라도 하는 듯 기지개를 켜며 물었
는데 사다인은 아무런 대꾸를 하지 않았다.

그런 사다인의 반응이 익숙한 듯 은서린의 이야기는
쉼이 없었다.

"근데 사 공자는 못 보셨죠? 진짜 엄청 큰 늑대였어요.
게다가 얼마나 새빨간지 꼭 불에 타고 있는 것처럼 보였
다니까요. 하여간 사람이 게을러선 안 되는 거예요. 제가
나와 보라고 했을 때 나왔으면 볼 수 있었는데, 지금은
코빼기도 안 비치잖아요."

은서린은 뾰로통한 얼굴로 사다인을 흘겼다.

그때만은 사다인의 눈가도 조금은 흔들렸다.

처음 그녀가 호들갑을 떨며 모옥 안으로 들어와 영물
어쩌고 입을 열기 시작했을 때는 그저 연후의 면상에 주
먹을 날리고 싶은 마음밖에 없었다.

분명 연후에게 이 시끄러운 계집을 다시는 모옥 안으
로 들이지 말라고 경고를 했기 때문이었다.

한데 연후는 도통 보이질 않고 은서린은 시도 때도 없이 찾아와 도저히 입을 다물지 않았다.

사다인에겐 정말로 견디기 힘든 시간이었다.

대관절 영물 따위가 뭐라고 이 귀찮은 여자를 도맡아야 한단 말인가.

당연히 두 눈과 귀를 틀어막고 그녀에겐 신경도 쓰지 않았다.

한데 아무리 기다려도 연후를 볼 순 없었다.

날이 밝고 나서도 그것은 마찬가지인지라 사다인 역시 차츰 걱정이 되지 않을 수 없었다.

결국 어마어마하게 시끄러우면서도 도무지 앞뒤를 연결하기 어려운 은서린의 설명을 귀담아듣고 나서야 어느 정도 상황을 이해할 수 있게 되었다.

그 뒤 구양복과 그녀의 사부라는 여인이 찾아와 자세한 사정을 더해 줌으로써 조금은 편한 마음으로 연후를 기다리게 된 것이다.

그럼에도 못내 궁금한 한 가지가 있었다.

바로 그들이 영물이라 말한 거대한 붉은 늑대에 관한 것이었다.

수호령의 성지에 얽힌 전설 중에 그러한 붉은 늑대가 등장했다.

뇌룡의 힘을 훔쳐 달아난 중원인의 곁에 물소보다 훨

씬 큰 붉은 늑대가 있었다는 이야기였다.

물론 삼백 년이나 지난 이야기이니 전설 속의 늑대와 이곳에 있다는 붉은 늑대가 동일한 존재인지는 확신할 수 없었다. 사실 동일한 늑대라고 해서 딱히 뭐가 달라질 것도 없었다.

그들의 짓이 괘씸하긴 했지만 그 덕에 뇌룡이 성체가 되는 것이 늦어졌으며, 그 때문에 자신이 완전한 뇌신지체를 이룰 수 있게 되었으니 말이다.

그렇게만 본다면 그들은 자신에게 은인이라고도 할 수 있는 존재였다.

다만 정말로 궁금한 것은 대체 어떤 방법으로 그 중원인이 뇌룡의 힘을 훔쳐 갔는지에 관한 것이다.

자모쌍극환 없이 뇌력을 받아들이는 것은 아무리 고쳐 생각해도 도저히 불가능한 일이었다.

부족 대대로 내려오는 수호령의 성물이 바로 자모쌍극환, 이는 뇌룡의 힘을 보전하며 서서히 몸을 뇌신지체로 만들어 주는 기물 중에 기물이었다.

그 자모쌍극환을 패용한 상태에서도 처음 뇌룡의 힘을 받아들였을 때의 고통은 두 번 다시 떠올리기도 싫을 만큼 끔찍한 것이었다.

오랜 세월 동안 고르고 골라 뽑은 부족의 전사들 모두가 그 고통을 참지 못하고 죽거나 망신창이가 되었으니 더 이상 설명할 필요가 없을 것이다.

다시는 생각하기도 싫을 만큼 치 떨리는 고통, 한데 붉은 늑대와 함께 성지에 들었던 중원인은 자모쌍극환도 없이 뇌룡의 힘을 훔쳐 버렸다.

그것은 아직까지도 풀리지 않는 의문으로 내려오는 일이었다.

사다인이 붉은 늑대에 관해 호기심을 보이게 된 것 역시 혹여 그 의문을 풀 수 있지 않을까 하는 생각 때문이었다.

하나 며칠이 지나자 그런 의문 따윈 중요치 않게 되었다. 풀려도 그만 아니어도 그만일 정도로 대수롭지 않은 문제가 되어 버린 것이다.

정작 지금 사다인에게 가장 필요한 이는 바로 옆에 있는 이 시끄러운 여자의 입을 막아 줄 수 있는 존재였다.

'이 자식! 언제 내려오는 거냐? 내려오면 정말로 가만두지 않아!'

절벽을 바라보는 사다인의 눈동자는 그 어느 때보다 싸늘했으나 그런 사다인을 보는 은서린의 얼굴은 더없이 걱정스러웠다.

"또 안색이 좋지 않네요. 몸도 약한 사람이 이렇게 나와 있음 어떻게요? 어서 들어가세요. 유 공자님은 제가 있으니까, 걱정하지 말고요."

은서린이 수줍게 얼굴을 붉히며 입을 열었다.

사다인은 그녀의 얼굴을 쳐다보지도 않았다. 이제 하도 많이 들어서 악다구니가 생길 정도의 무시였다.

이빨이 부러져라 꽉 깨무는 사다인.

'제발 누가 이 계집 좀 데려가! 크윽!'

흥분하면 혈류가 빨라지고, 빨라진 혈류는 간신히 아물어 가고 있는 심맥의 상처를 다시금 벌려 놓으니 그저 참고 또 참는 수밖에 없었다.

벌써 몇 번이나 그런 위험을 겪은 사다인이기에 그야말로 심화를 다스리는 데 혼신을 다해야 할 지경이었다.

조금만 더 정양한다면 뇌령을 다시 채울 수 있는 몸 상태가 될 것 같은데 은서린이 족족 그걸 방해하고 있었다.

더구나 머잖아 큰 폭풍우가 밀려올 것이라는 느낌이 들었다.

이는 더없이 반가운 소식이었다.

폭풍우를 동반한 뇌운이라면 뇌령을 복구하고도 남을 정도로 충만한 뇌력을 담고 있으니 어떻게 해서든 그 전에 심맥을 아물게 해야만 했다.

그리고 지금 그 일에 가장 큰 걸림돌은 바로 옆에서 쫑알거리고 있는 은서린이었다.

"근데 뭐 하나 물어도 돼요?"

"……"

"저 유 공자님이랑 사 공자는 친구잖아요? 두 분 나이 차이도 꽤나 많이 나는 거 같은데 어떻게 친구가 될 수 있나요?"

"킥!"

"어머? 또 아파요! 그러니까 들어가라니까요. 몸도 약한 사람이 왜 이렇게 고집이 센지 몰라. 자꾸 고집 부리시면 혈도라도 짚어서 재워 버릴 거예요!"

"크윽!"

"아이참! 이렇고 싶진 않은데! 할 수 없네요. 다 사 공자를 위해서니까!"

퍽!

"커헉!"

"어머! 여기가 아닌가 봐! 여기가 수혈이라고 배웠는데. 좀 더 세게 쳐야 하나!"

퍼퍽!

"킥!"

미간으로 전해지는 어마어마한 고통을 참지 못한 사다인은 의식이 혼미해지는 것을 느꼈고 그걸 본 은서린은 환호성을 내질렀다.

"꺄악! 성공했어! 성공했다구. 사부님께서 틀림없이 칭찬할 거야!"

기뻐서 팔짝팔짝 뛰는 은서린을 보며 사다인은 다시 한 번 마음속으로 이를 갈았다.

'절대! 절대로…… 이 계집을…… 용서하지…….'

사다인이 그런 생각을 하며 의식을 잃어 갈 무렵, 동편 절벽 꼭대기에 연후의 모습이 보였다.

그가 나타나자 목이 빠져라 기다리던 이들이 술렁거리기 시작했다.

은서린 또한 너무 기쁜 나머지 혼미해져 가는 사다인을 버려두고 신이 나서 달려가 버렸다.

그 와중에 사다인은 다시 한 번 울분에 찬 소리를 씹어 삼켜야만 했다.

'연후 이놈……. 너부터…….'

*   *   *

절벽에서 떨어져 내리는 연후의 모습을 목도한 이들은 대경실색하지 않을 수 없었다.

아무리 그가 고수라 해도 수백 장 높이의 절벽에서 그대로 추락한다면 결코 온전할 수 없다고 생각했기 때문이었다.

하물며 그 바로 아래쪽에서 연후의 추락을 생생히 지

켜보는 이들의 안색이 창백하게 변해 가는 것은 어쩔 수가 없는 일이었다.

구양복은 물론 단목세가의 가신들마저 아연실색한 표정으로 어찌할 바를 몰라 했다.

절벽 끝단에 모습을 드러내자마자 훌쩍 몸을 띄우더니 그야말로 엄청난 속도로 떨어져 내리는 연후.

그런 연후가 다급한 얼굴이거나 경황없는 모습을 보이기라도 한다면 몸을 날려 도와주고자 했을 것이다.

한데 연후는 한 점의 흐트러짐도 없는 자세를 유지한 채 몸을 꼿꼿이 세우며 수직으로 내리꽂히고 있는 것이다.

그대로 둔다면 그 힘과 속도를 못 이기고 땅속 깊이 처박힐 것이 뻔해 보였고 그러고도 죽지 않으면 사람이 아니라고밖에 할 수 없는 상황이니 이를 지켜보는 이들의 표정이 난감할 수밖에 없는 것이다.

함부로 나설 수도 없고 그렇다고 지켜보고만 있자니 큰일이 날 것이 뻔해 보이는 상황, 한데 모두의 눈이 동그랗게 치떠질 수밖에 없는 일이 벌어졌다.

허공 위 십 장 높이 즈음까지 이른 연후의 신형 주위로 갑작스레 투명한 막 같은 것이 서리더니 떨어지던 속도가 거짓말처럼 줄어들었기 때문이었다.

결국에는 새털이 내려앉듯 가볍게 땅으로 내려선 연후

를 보자 지켜보던 이들은 할 말마저 잃어버렸다.

대체 이러한 운신법이 어떻게 가능할 수 있는지에 대한 의문 때문에 모두가 눈만 멀뚱히 뜨고 연후를 쳐다볼 뿐이었다.

그런 이들 중 한 명을 향해 연후가 포권을 취했다.

"늦었습니다. 심려를 끼쳐 드려 죄송합니다."

연후의 눈은 구양복을 향해 있었는데 그가 연후를 절벽 위로 내몰다시피 해서 올려 보낸 이였기 때문이었다.

그가 강력하게 요구하였기에 홀로 금지라는 곳에 올라 며칠을 보내게 된 것이며, 내려온 지금은 당연히 그에게 그간의 사정을 이야기해야 하는 것이 연후의 입장이었다.

구양복도 퍼뜩 정신을 차린 얼굴이었다.

"대체 성녀께서 무엇을 남기셨기에 이리 오래 걸린 것인가?"

사실 구양복 뒤로 자리한 단목세가의 가신들 역시 가장 궁금해하는 것도 그것이었다.

하나 호기심 때문에 함부로 움직인다면 이는 구양복에게 기사멸조(欺師滅祖)의 대죄를 짓게 하는 것이니 그저 기다릴 수밖에 없었던 것이다.

한데 이어진 연후의 답은 모두의 예상 밖이었다.

"송구하지만 딱히 무엇이 있다고 말씀드리기가 어렵습

니다."

"대체 그게 무슨 소린가? 하면 며칠간 저 위에서 뭘 한 게야?"

재차 이어지는 구양복의 음성에 연후는 난처한 기색을 감추기 어려웠다.

"그 영물이라는 늑대의 임종을 지키느라……."

"엥?"

"죽어 가고 있었습니다. 한데 도저히 외면할 수가 없어서……. 오늘에서야 눈을 감았기에 묻어 주었습니다. 그 후에야 이곳저곳을 살폈지만 모옥 한 채와 무덤 외에는 아무것도 없었습니다."

연후의 나직한 대답에 모두가 다시 어안이 벙벙한 표정이 되어 버렸다.

사실 입을 떼는 연후조차 대답하는 것은 여간 곤욕스러운 것이 아니었다.

올라가 보라고 해서 올라갔을 뿐이다.

운무를 일으키던 진법이 사라졌으니 딱히 절벽 위로 올라가야 할 이유가 없었던 것이다.

처음 광안을 연 것도 그저 진법을 자세히 살피고 싶다는 이유 때문이었지 다른 의도는 없었다.

또한 그렇게 올라간 곳에서 만난 거대한 붉은 늑대의 눈빛이 너무나 슬퍼 보여 도저히 그 곁을 떠날 수가 없었을 뿐이다.

영물이기 때문에 그런 것인지 아니면 그저 착각이었는지 모르겠지만 늑대의 눈빛을 보는 순간 그 곁에 있어 주어야 한다는 생각이 들어 버렸다.

그래서 함께했던 것뿐이었다.

늑대는 거대한 몸을 바닥에 눕혔고 연후는 그 지척에 앉아 그 죽음을 지켜보았다.

하루가 지나고 이틀째가 되자 붉은 늑대가 자신에게 기대라며 힘겨운 몸짓을 했고 연후 역시 자연스레 그 등에 기대었다.

그 후로는 점점 가늘어지는 영물의 호흡 소리를 들으며 시간을 보낸 것이 전부였다.

생전 처음 대하는 짐승과의 기이한 며칠이었지만 스스로 생각하기에도 신기할 정도로 편안한 시간이었다.

또한 그렇게 있는 동안 왜 이 늑대가 자신을 택하여 진법을 거두었는지도 어느 정도 유추할 수 있게 되었다.

그런 생각들이 일자 늑대의 숨결이 가늘어짐이 점점 더 안타까워졌으며 어찌해서라도 살려 보고 싶다는 마음마저 생겨났다.

늑대에겐 꽤나 오래되어 보이는 상흔이 뱃가죽을 뚫고 등까지 이어져 있었는데 아마도 죽음이 이 상처 때문이 아닐까 하는 생각이 들었다.

치유라도 해 볼까 하는 생각으로 손길을 내뻗었지만 늑대는 처음으로 나직하게 이빨을 드러냈다.

거절의 뜻이 분명한 울음이었다.

녀석은 정말로 영물인지 죽음마저 담담하게 받아들이는 듯 보였다.

그 후로 내내 늑대에게 기대어 절벽 너머 보이는 풍경을 바라보기만 한 것이 전부였다.

그동안 믿지 못할 경험을 하게 되었지만 그것을 굳이 구양복이나 다른 이들에게 설명할 이유는 없었다.

비파봉 꼭대기에서 잠시 잠깐 찾아왔던 기이한 떨림, 다시 찾아온 그 기이한 변화 속에 빠져든 연후는 전혀 새로운 세계를 경험하고 온 터였다.

그것이 어찌해서 가능하게 되었는지는 확신할 수 없었다.

다만 늑대의 등에 기대어 보게 된 풍광이 도저히 필설로는 풀어낼 수 없을 정도로 장엄하다 생각하는 순간 다시 한 번 두근거림이 시작된 것만을 기억했다.

거기에 빠져들어 보낸 며칠은 연후에겐 그저 한나절의 꿈결처럼 지나간 시간이기도 했다.

그것은 참으로 신비한 경험이었다.

어느 순간 마치 자신의 몸이 풍광의 일부가 되어 버린 듯한 느낌, 또한 눈앞에 보이는 것들 모두가 자기 안으로 빨려들어오는 것 같기도 했다.

내가 풍광이고 또한 풍광이 나이기도 한 너무나도 기이하면서도 생경한 느낌.

그대로 몸을 내맡긴다면 육신이 흩어져 세상 속에 녹아들 것만 같았으며, 종국에는 하늘에 떠 있는 별무리까지 의식이 나아가 그 너머까지 볼 수 있지 않을까 하는 생각마저 일었다.

때마침 일출이 시작되지 않았다면 그때 무엇을 경험하게 되었을지는 그저 의문으로 남겨 두었다.

그 찰나의 순간 느릿하게 눈으로 빨려 들어오는 빛의 흐름을 붙잡았고, 그로 인해 광령(光靈)이 무엇인지를 온전히 깨닫게 되었으니 풍광을 향한 의식의 나아감과 육신의 흩어짐에 취할 겨를이 없었던 것이다.

하나 연후가 경험한 것만 해도 참으로 경이롭다 표현할 수밖에 없는 것이었다.

하단전과 중단전, 상단전을 의식하여 구분하였던 것이 무의미함을 알게 되었으며, 육신의 제약이 어디에서 기인하며 이를 극복하기 위해 무엇을 해야 하는지도 어렴풋이 붙잡아 낼 수 있었다.

그것이 바로 선인지로(仙人之路)가 아닐까 하는 생각마저 자리 잡은 때였다.

시공의 경계를 초월한다는 광령.

보이는 것이 현재가 아니라는 막연하기만 했던 구절 하나를 빛의 느릿한 이동을 보며 깨우친 순간과 그 이후에 찾아온 깨달음들은 연후를 전혀 다른 세상에 설 수 있게 했다.

돌이켜 다시 생각해도 그 깨우침이 무엇 때문에 찾아왔는지는 여전히 의문이었다.

무상검결의 공능 때문인지, 아니면 인연의 이어짐으로 찾게 된 공간과 그곳에서 보게 된 대자연의 위대함 때문인지, 아니면 죽어 가는 영물의 마지막 기원 때문인지, 그도 아니면 그저 스스로의 자질 때문인지도 확실치 않았다.

하나 확신하게 된 것 하나는 있었다.

자기가 어디쯤에 있는지를 이제 알게 되었다는 것이다.

불과 몇 달도 되지 않는 시간 동안 강호무림이라는 질곡 속에서 허우적거리던 자신의 모습이 무엇 때문이었으며, 이후 다시는 그 같은 일을 겪지 않아도 될 것이란 확신을 가지게 된 것이다.

연후가 절벽에서 낙하하며 탄공막을 펼친 것 또한 절벽 위에서 얻은 광령의 깨달음을 구현하고 싶은 마음 때문이었다.

삼문을 합일하여 육신을 공(空)의 상태로 돌리는 법을

이해하게 되자 그것이 가능해졌다.

무량(無量)에 이르면 유동의 삼법을 초월할 수 있다고 했다.

무량이란 말뜻 그대로 무게가 없는 상태이며 무게가 없다 함은 가용과 반용의 법에서 자유로울 수 있음을 의미하는 것이었다.

그것이야말로 바로 탄공막의 진정한 오의다.

물론 아직까지 완벽히 그 극을 보았다고 할 수는 없었다.

떨어져 내리는 속도가 걷잡을 수 없이 빨라졌다는 것은 아직까지 인력의 제약에서 자유로울 수 없다는 것을 뜻하는 것이다.

이는 가야 할 길이 멀었음을 의미하는 것.

다만 이제는 그 길어 어디 있는지, 또 어찌 가야 하는지를 알게 되었다는 것이 다를 뿐이다.

광해경이 언급하길 무량이란 무위이며 탈각이며 해탈이고 또한 우화등선과 같다고 했다.

이때에 이르면 영육(靈肉)이 분리된다 했으며 광령이 이를 극복하게 해 줄 것이라는 했다.

자신이 절벽 위에서 경험했던 일이 바로 그것과 비슷한 일들이 아닐까 하는 추측은 그리 어려운 것이 아니었다.

또한 그 경험 속에서 얻게 된 깨우침은 이전까지 수차례 겪었던 무경(武境)의 벽을 깬 것과는 전혀 다른 형태의 변화라는 것을 스스로도 인지할 수 있었다.

다만 자신이 절벽에서 얻은 것을 눈앞에 자리한 이들에게 설명할 수 없다는 것이 고역일 뿐이었다.

"모옥 안까지 꼼꼼히 살폈지만 아무것도 없었습니다."

연후가 다시 한 번 확인하듯 그렇게 말했으나 마주한 이들은 도저히 그 말을 받아들이기 힘들었다.

특히나 구양복은 너무 황당하여 어처구니가 없다는 얼굴을 고스란히 드러냈다.

하면 아무것도 없는 곳을 금지라 여기며 삼백 년을 지켜 왔다는 것인데 어찌 허탈하지 않을 수 있겠는가.

혹 뭔가 대단한 것을 남겼는데 눈앞의 연후가 꿀꺽해 버리고 오리발을 내미는 것은 아닌가 하는 생각마저 일었다.

하나 구양복은 그런 정도로 사람을 잘못 볼 인물은 아니었다.

명색이 만통문의 문주이며 당대제일의 복자라고 자부하는 이였다.

눈앞의 사내가 일신의 영달을 위해 거짓을 늘어놓을 관상이 아니라는 것에 목을 걸 자신도 있었다.

그렇기에 오히려 말문이 막혔으며 점점 더 멍한 표정이 되어 갔다.

정말로 아무것도 없었다는 것이다.

하면 이제 무엇을 하며 살아야 하는지에 대한 생각으로 눈앞이 깜깜해지는 것만 같았다.

비록 단목세가에서 빈객 대우를 받고 있다지만 다른 가신들과는 입장이 전혀 달랐다.

그들이야 단목세가의 재건이라는 뚜렷한 목표가 있다지만 구양복에게도 그것이 필생의 목표는 아니었다.

비록 일신의 재주가 부족하여 신술(神術)을 부릴 정도의 재주는 없다지만 엄연히 자신은 만통문의 문주이며, 개파조사로부터 내려오는 막중한 숙명을 이어 오는 몸이라 철석같이 믿고 살아왔다.

한데 금지가 외인이나 다름없는 이에게 허락되더니 그곳을 지키던 영물마저 죽었고, 거기다 정작 금지 안에는 아무것도 없음을 알아 버렸으니 이제 만통문의 존립조차 의미가 없다는 생각이 든 것이다.

차라리 세상에 나아가 신복(神卜)을 행하여도 된다는 유지라도 남겼다면 이처럼 허망하진 않았을 것이다.

그렇다면 만통문은 대체 왜 이런 절곡 속에서 처박힌 채 삼백여 년의 세월을 이어 왔단 말인가.

그런 생각이 들자 서 있을 힘마저 없어졌다.

때마침 연후가 구양복의 모습을 보며 조심스레 입을 열기 시작했다.

"남긴 것이 있다면 절벽 끝단에 새겨진 천문도(天文圖)와 그 아래 누군가에게 남긴 서신 같은 글귀들이 있습니다만……."

연후의 음성에 곧 죽어도 이상할 것 없이 보이던 구양복의 눈동자가 번뜩였다.

"천문도? 서신?"

그런 것이 있는데 왜 이제야 말을 했느냐 하는 원망이 가득한 음성이었다.

그 주변에 자리한 가신들 또한 구양복과 크게 다르지 않은 반응들이었다.

그들 역시 주인을 자청할 수 없는 입장인지라 묵묵히 지켜보는 상황이긴 했지만, 지다성녀의 유진이라면 당연히 단목세가에게 이어지는 것이 마땅한 것이 아닌가 하는 생각들을 하고 있던 차였다.

그것은 칠대가신이나 절정각의 검후, 그리고 대리단가의 마지막 황족인 단운까지 모두 별반 다르지 않은 마음이었다.

사실 그들의 수양이 조금만 더 모자랐거나 성정이 모난 이가 끼어 있었다면, 연후와 그들 사이에 얼굴 붉어질 일이 벌어졌어도 전혀 이상할 것이 없는 상황이었다.

하나 그들 대부분 한때나마 대륙 전체를 아우를 정도의 영화를 누렸던 이들의 후예라는 자부심이 있기에 어리석은 예단으로 사태를 몰아가는 이가 없는 것이다.

그렇다고 해도 눈빛에 이는 의구심마저 모두 떨쳐 낼 수는 없었고, 그것들이 연후에게 모여드는 것은 어쩔 수가 없는 상황이었다.

하나 연후는 속 시원하게 대답할 수가 없었다.

절벽 끝단엔 분명 지다성녀가 남긴 것이 확실한 천문도와 글귀들이 존재했다.

수백 장 높이 위에 새겨진 것이며 그들이 자리한 곳에선 보기 힘든 글귀가 틀림없으니 직접 올라가 보지 않는 이상 확인하기도 어려웠다.

더구나 그 천문도해와 서신 같은 글귀들은 구양복을 위시한 이들이 고대하고 있는 것과는 전혀 상관없는 것이라는 짐작만은 확실했다.

처음 접했을 때는 워낙 경황이 없었다지만 며칠간이나 영물 곁을 지키게 되자 천문도는 물론이요, 절벽에 남겨진 서신이 누구에게 남긴 것인지 충분히 유추할 수 있었던 것이다.

그럼에도 쉬 말을 꺼내기 어려운 것은 천문도는 천문도대로 참으로 난해하여 몇 마디 말로 풀어낼 수 없다는 이유 때문이었으며, 서신 같은 글귀 또한 누굴 향한 것인지는 짐작하고 있으나 그 누구란 존재가 정확히 누구라고 말해야 하는지 스스로도 알지 못했기 때문이었다.

그녀가 남긴 글귀는 천지풍파객이란 괴이한 별호를 지닌 존재에게 이어진 것이 틀림없었으며 또한 그가 바로 광해경을 기술한 이라는 것까지는 알고 있었다.

백부 금도산이 광해경을 보고 직접 해 준 이야기니 틀림없을 것이라 생각했다.

절벽에 남긴 서신은 분명 광해경과 밀접한 연관이 있었다.

광해경에 누누이 언급된 이야기 중 하나가 바로 우리가 밟고 선 땅이 거대한 구체로 이루어졌다는 구절이었다.

당대의 석학들이 듣는다면 코웃음을 칠 이야기들이며 연후 또한 이전까지 그 구절을 떠올리면 저도 모르게 피식하며 실소가 흘러나오는 대목이었다.

광해경을 통해 광안까지 연 연후조차 그리 생각하는데 그 누가 과연 그 말을 곧이곧대로 받아들이겠는가.

서쪽으로 끝없이 가면 다시 중원 땅으로 올 수 있다는 그의 말은 북으로 끝없이 가도 다시 제자리란 말이며 동으로 끝없이 가도 결국 중원이란 말이었다.

정말 그것이 사실이라면 어찌 삼백 년 전 인물인 천지

풍파객 혼자만이 그것을 알고 세상은 모두가 모른단 말인가.

절벽에 오르기 전까지만 해도 연후는 그렇게 생각하고 있었다.

한데 놀랍게도 절벽에 새겨진 천문도가 그 답을 제시하고 있었다.

일견하기엔 복잡해 보이는 천문의 도해였지만 연후에겐 그리 난해할 것도 없는 것들이었다.

각기 다른 천문도해 두 개가 각기 하나의 성좌인 북극성의 위치를 풀어내고 있는 모습.

그것도 같은 날 같은 때에 볼 수 있는 천문도해였으며 단지 이를 기록한 장소가 엄청나게 멀다는 것만이 다를 뿐이었다.

위쪽의 천문도는 북해의 끝단에서 기록한 것이며 아래의 천문도해는 해남도에서 기록했다고 적혀 있었다.

그야말로 대륙의 북쪽 끝과 남쪽 끝이란 곳에서 북극성의 위치를 풀어낸 것이 전부인 천문도해였다.

게다가 이 두 천문도해의 차이점이란 것이 극히 미미하여 처음엔 같은 것을 따로 반복하여 그린 것이 아닌가 하는 생각마저 일었다.

한데 그것이 아니었다.

본시 북극성이란 북신(北辰)이라 불리며 여행객들의

길잡이가 되는 성좌였다. 이를 길잡이로 삼는 이유는 그 위치가 북쪽 하늘에 박혀 불변하기 때문임은 굳이 천문을 공부하지 않은 이에게도 상식으로 통용되는 이야기였다.

한데 북신을 보는 위치가 북쪽 끝과 남쪽 끝일 경우 두 치 반의 차이가 난다는 것을 천문도가 풀어내고 있는 것이다.

사실 연후 정도의 공부가 없다면 이 차이가 무엇을 의미하는 것인지 이해할 수 없음이 당연했다.

절벽의 천문도해에서 두 치 반의 거리라 함은 온전한 천문의 길이에 십육 분의 일에 해당하는 거리였다.

비례산반으로 이를 계산한다면 두 치 반의 거리가 바로 해남도와 북해의 거리라는 말이었다.

이는 다시 말해 해남도와 북해의 거리에 열여섯 배에 해당하는 거리가 천문의 끝과 끝에 해당하는 거리라는 말이었다.

여기서 한 발 더 나아가 대륙이 구체임이 확실하다면 반대편 천문 또한 이와 같은 산법으로 구하니 북해와 해남도를 서른두 번 왕복할 거리가 북신이 천체를 한 바퀴 이동하는 거리라는 것이며 이것이 땅의 거리라는 계산을 세울 수 있는 것이다.

이러한 것들을 눈앞의 이들에게 설명해야 한다는 것은

천문도해가 사실인지 아닌지의 여부를 떠나 아무리 생각
해도 무리일 수밖에 없었다.

거기다 또 다른 문제는 천문도 아래 남은 서신 같은 글
귀의 전문 역시 쉽게 꺼낼 수가 없다는 것이었다.

그것이 정말로 자신이 이곳에 올 것을 예견하여 남긴
것인지도 확실치 않았지만 그녀가 남긴 말들이 쉬 믿을
수 없는 것들로 가득했기 때문이었다.

인력(引力)을 인정하지 않을 수 없네요.

또한 땅이 둥글다는 말도 모두 반 대협의 말이 맞았
어요.

늦었지만 이제라도 사과할게요.

미안하고 또 고마워요.

하나 당신이라면 정말로 그를 이길 수도 있을 것이
라고 생각했어요.

천문은 반 대협이 다시 이곳으로 온다고 했으니까요.

참 이상하지요?

모두가 사람을 위한 일인데 그 길이 달라 서로를 향
해 칼을 빼야 하다니.

무엇께선 이마저도 예견하시어 저와 그이에게 가르
침을 주셨던 것일까요?

하지만 그는 정말로 불가해한 존재지요.

차츰 반 대협께서 다시 이곳에 오지 못할 수도 있음을 알게 되었어요.

다만 그의 성좌도 반 대협의 별도 희미하기만 하니 천문이 무엇을 말하고자 하는지 막연히 추측할 수밖에 없네요.

의지는 그 벽을 넘으라고 속삭이나 육신의 연단을 이루지 못한 몸으로 인세에 머물 수 없으니 점점 힘겨워지고 있는 시간이에요.

때가 이르렀음을 느껴요.

그이에게도 반 대협에게도 하늘의 천명이 있었던 것처럼 제게도 이어진 천명이 있음을 알게 되었어요.

그를 막을 수 있는 길을 열어 놓는 것.

그것이 이 땅에 제가 있었던 이유라는 것을요.

이곳을 찾아 처음 이 글을 보게 되는 당신에게 인과의 고리가 이어질 거예요.

무거운 짐, 인간으로서 감당하기 버거운 짐을 오직 인간의 힘으로만 이겨 내야 하기에 그저 미안하고 미안해요.

하나 당신은 가야만 하는 길이에요.

당신이 바로 모든 비틀림을 바로잡을 사람이기 때문

이에요.

그대는 그분처럼 세상의 비틀림을 막을 존재로 태어났으며, 그대는 또한 인간의 무(武)로 천무(天武)를 대적할 수 있는 유일한 사람의 천인이에요.

당신의 천명은 하나.

신도 인간도 아닌 그를 베어 사람을 사람답게 살도록 해 주는 것.

그것이 그대의 천명일지니.

당신은 내가 아니어도 그 길을 걸을 수밖에 없도록 안배되어 있는 존재임을 의심치 말아야 해요.

하나 인간의 극에 이른 깨달음마저 그에겐 그저 일상일 뿐이니, 그가 다시 세상에 관여하기 시작한다면 천지의 순행마저 어찌 비틀리게 될지 추측할 수 없네요.

절벽에 새겨진 전언은 거기까지였다.

무언가 어중간한 곳에서 끊겨 버린 느낌을 지울 수 없었지만 연후가 확인할 수 있는 것은 거기까지가 전부였다.

물론 어마어마한 천명이니 하는 것들을 온전히 자신의 일로 받아들일 수 없는 것도 당연한 일이었다.

또한 자신은 그녀가 기다리던 이가 아니라고 확신했다.

자신 이전에 누군가가 먼저 그녀가 남긴 글을 보았음을 짐작했기 때문이었다.

그가 바로 붉은 늑대의 몸에 상흔을 남긴 자이리라.

그녀가 무언가를 남겼다면 그것을 가져간 이 또한 그가 분명했다.

아마도 눈앞에 성부의 인물들이 찾고자 하는 것도 그녀가 신마란 존재를 막기 위해 남겼다는 안배 같은 것이리라 짐작할 수 있었다.

하나 그런 어중간한 짐작을 내뱉을 만한 상황이 아닌 것 역시 분명했다.

"제 입으로 말씀드리기 송구하니 직접 올라가 확인하시는 것이 어떻겠습니까?"

마지못해 연후가 꺼낸 말이었다.

당연히 가신들의 눈이 일제히 구양복을 향할 수밖에 없는 상황이었다.

구양복은 잠시 갈등했지만 절진도 사라지고 금지를 지키던 영물마저 죽어 버린 후였으니 허락하지 않을 수 없었다.

역대 조사로부터 이어지는 유지가 의미가 없어진 때이니 막을 명분 또한 없었다.

아니, 그런 것을 떠나 스스로도 지다성녀가 절벽 끝단

에 남겼다는 것이 궁금하여 미칠 노릇이었으니 쏟아지는 좌중의 시선에 고개를 끄덕여 버렸다.

구양복의 눈빛에서 동의를 구한 이들이 일제히 신형을 박차며 절벽 위로 치솟기 시작했다.

각기 다른 경신공부를 내보이며 절벽을 타오르는 그들의 모습에 연후조차 저절로 탄성이 나올 수밖에 없었다.

특히나 선두를 다투며 앞서거니 뒤서거니 하는 두 노인의 움직임은 그야말로 경신의 끝을 보여 주는 것만 같았다.

두 노인 중 하나는 당연히 만리표객 번우였고 또 하나는 전혀 의외의 인물인 목 노사였다.

만리표객 번우의 경신이 절벽 위를 향해 화살처럼 쏟아지고 있다면, 산화삼수라 불리는 목 노사의 운신은 그야말로 바람이 절벽을 휩쓸고 지나가는 듯 표홀하면서도 그 자체로 너무나 유려한 움직임이었다.

연후가 그 둘을 바라보며 눈을 떼지 못할 즈음 구양복의 탄식 섞인 음성이 들려왔다.

"목 노사의 풍령비(風靈飛)가 전궁만리영에 뒤질 것 없다더니 과연 명불허전이구나."

어느새 시야에서 사라져 버린 이들의 모습이 아쉽기만 한 듯 구양복의 탄식은 깊고 깊었다.

"부주께선 아니 가십니까?"

연후로선 묻지 않을 수가 없었다.

정작 저 위에 무엇이 있는지 가장 궁금해하던 구양복이 그 자리에 꼼짝 않고 서 있으니 당연히 일 수밖에 없는 의문이었다.

그가 비록 다른 이들에 비해 손색이 있다고 하나 느껴지는 기감은 결코 약한 것이 아니었다.

한데도 전혀 움직이지 않으니 혹여 무슨 문제가 있는 것은 아닌지 하는 의문마저 들었다.

하나 구양복의 눈빛엔 더없는 씁쓸함이 묻어났다.

"본래 본문에도 저 두 분의 절기에 전혀 뒤질 것이 없을 정도로 뛰어난 경공절예가 있네. 하지만 내 사부의 사부, 그리고 사부의 사부를 거치는 동안 유실되어 이제는 아니 사용하는 것만 못하게 되었다네. 사실 나도 배우긴 했으나 목숨이 위중하지 않으면 절대 쓰고 싶진 않을 것이라 다짐한 터라……."

구양복의 말에 연후는 고개를 갸웃거릴 수밖에 없었다.

대체 무엇 때문인지는 모르겠으나 오를 수 있는데 올라가지 않는다는 말이니 연후로선 당연히 의문이 일었다.

한데 전혀 예기치 않은 음성이 들려왔다.

"크큭!"

멀찌감치 떨어져 두 사람을 지켜보던 은서린이 입을 틀어막고 간신히 웃음을 참아 내고 있는 것이다.

구양복의 눈가에 은은한 노여움이 서린 순간이었으나 그녀는 정말로 눈치라는 것을 전혀 배운 적이 없는 듯했다.

그녀는 연후와 눈이 마주치자마자 얼굴이 붉게 변하더니 구양복의 존재는 전혀 신경 쓰지 않아 버렸다.

게다가 그녀는 연후의 눈가에 서린 의문을 풀어 주지 않고는 못 배기겠다는 듯 입을 열었다.

"부주님이 경공을 펼치시면 괴상한 소리가 나거든요. 크큭! 꼭 방귀 소리 같다니까요!"

그녀는 생각만 해도 견디기 힘든지 필사적으로 웃음을 참는 모습이었다.

그렇다고 연후마저 무턱대고 웃을 수도 없는 상황이었다. 사실 우습다기보다 황당하다는 것이 더 어울렸다.

경신술을 펼치는데 느닷없이 방귀 소리라니.

하나 구양복의 얼굴은 말도 못하게 구겨져 있었다.

"본문의 능궁천월비는 결코 무시당할 절학이 아니네. 내 성취가 절반에도 이르지 못해 그런 것이지 칠성에만 이르러도 폭음이 일며 팔성에선 뇌음, 구성에 이르면 무음에 이르니 능히 천하제일을 논할 수 있는 절학일세!"

구양복의 목소리가 어찌나 크고 사나운지 마주한 연후조차 잠시 당황할 정도였다.

"아! 네⋯⋯."

연후로선 그저 그렇게 답할 수밖에 없었다.

한데 더욱 곤욕스러운 일은 그때 벌어졌다.

"부주님! 부주님이 어떻게! 어떻게 유 공자님께 소릴 막 지르실 수가 있어요!"

그럴 상황이 아님에도 은서린은 구양복을 매섭게 노려보았다.

사실 구양복이 연후를 쳐다보며 입을 떼기는 했으나 어디까지나 그건 은서린을 향한 것이었다.

이는 연후도 알고 구양복도 아는 일이었다.

하니 그녀의 반응이 당혹스러울 수밖에 없었다.

특히나 몇 번이나 겪었지만 그녀의 심경이 참으로 변화무쌍하다는 생각을 지울 길이 없었다.

하나 구양복은 은서린을 어찌 대해야 하는지 잘 아는 표정이었다.

"험험! 린아! 흥분하지 말아라. 내가 언제 유 공자에게 성을 냈다 그러느냐?"

"분명! 지금 그러셨잖아요. 우리 유 공자께 막 소릴 지르시고선⋯⋯."

구양복을 향해 눈을 흘기던 은서린이 그렇게 입을 열

다 말고 갑작스레 연후를 쳐다보았다.

그리고 이내 화들짝 놀라 자기의 입을 틀어막더니 얼굴이 새빨갛게 변해 갔다.

"어멋! 내가 뭐라고 한 거야. 우리 유 공자님이라니……. 미쳤나 봐. 어떻게 이런 고백을 이런 때에……. 아앙! 몰라! 다 부주님 때문이에요."

마지막으로 구양복을 쏘아보는 것을 잊지 않은 그녀가 휙 돌아서며 내달리기 시작했다.

그때만은 그녀의 움직임이 너무나 빨라 연후마저 깜짝 놀란 눈을 해야 했다.

그녀의 무공이 결코 가볍지 않음을 새삼 알게 된 것이다.

하나 그것도 잠시, 몇 번의 도약으로 서편 절벽으로 사라지나 싶더니 얼마 못 가 바닥에 그대로 처박히는 것이다.

"저…… 저런!"

놀란 연후의 음성이 이어질 즈음 그녀는 재빨리 일어선 뒤 동부 안쪽으로 횅 하니 사라져 버렸다.

"하하하핫! 귀여운 아이가 아닌가?"

어색한 상황을 넘기려는지 구양복이 너털웃음을 터트리며 입을 뗐지만, 연후는 꽤나 심각한 눈빛을 감추지 않았다.

그러다 이내 얼굴을 굳히며 구양복에게 물었다.

"혹 일전에 말씀하신 인연이라는 것이 은 소저와 저를 염두하고 이르신 것인지요?"

예상치 못한 상황에 너무나 직설적으로 물어오는 연후 때문에 구양복마저 움찔했다.

"크흠! 뭐 꼭 그렇다기보다는, 그 시기에 린아가 만난 이가 자네와 사다인 공자뿐이 없으니⋯⋯."

말끝을 흐리는 구양복, 하나 연후의 표정은 더욱 심각해졌다.

"그 친구가 아니라 저라고 생각한단 말씀이시군요."

연후는 혼잣말처럼 나직한 음성을 내뱉었고 구양복은 그저 쭈뼛거리기만 했다.

설마 눈앞의 연후가 대놓고 이러한 말들을 꺼내 놓을 것이라곤 생각지도 못했던 차였다.

하나 구양복을 더더욱 당황하게 만드는 음성이 연이어졌다.

"혹 강 아우에게 듣지 못하셨는지요? 제게 혼처가 있음을?"

"⋯⋯!"

"이런, 큰일이로군요. 은 소저께서 더 상심하기 전에 사실을 고해야 하겠습니다."

구양복은 더욱 당황했다.

물론 이미 들어 알고 있는 일이었다.

자세히는 모른다 해도 듣는 소문은 놓치지 않고 사는 인물이 구양복이었다.

단목세가와 봉명궁의 관계와 또한 유가장의 후예와 봉명궁의 공주 사이에 혼담이 오갔다는 이야기 역시 들은 기억이 있었다.

하나 그런 것들이야 다 과거사라 생각했다.

그가 지난 혼담에 연연하고 있을 것이라곤 생각조차 하지 못한 것이다.

이는 단목세가의 가신들도 마찬가지리라.

그를 대함에 있어 유가장의 후예라는 생각보다는 검제의 유진을 이은 자라는 생각이 언제나 먼저였던 것이다.

그가 어떤 방법으로 북궁세가의 무공을 얻었는지는 모르겠으나 그가 무엇을 하고자 하는지는 예상하고 있었기 때문이었다.

강호에 나와 검으로 자신의 존재를 드러냈다 함이 무엇을 뜻하겠는가?

유가장을 멸문시킨 자들, 바로 중살이란 이들을 베고자 하는 것이 그의 목적이 아니겠는가.

한데 그가 과거의 혼담을 언급했다.

이는 무인으로서가 아닌 황사가문의 후예로서 나서겠다는 이야기이며 이는 결코 단목세가의 입장에서 좋은 일이 아니었다.

비록 그가 빈객의 입장이라 하나 단목세가는 남이라 할 수 없었다.

게다가 단목강과 자운공주 사이가 심상치 않다는 소문이 도는 때였다.

속된 마음인 줄 알기에 대놓고 표현하진 않으나 가신들 역시 은근히 흡족해하는 눈치들이었다. 둘의 관계가 단목세가의 재건에 더없는 힘이 될 것이라는 사실만은 분명하기 때문이었다.

한데 유가장의 후예가 과거의 혼담을 들춘다면 일이 틀어질 수도 있는 것이 아니겠는가.

구양복 자신과는 큰 상관이 없는 일이라 할지라도 괜한 분란이 일까 조바심이 이는 것은 어쩔 수가 없었다.

'허허, 대관절 이 친구, 무슨 생각인지 모르겠구먼.'

구양복은 전에 없이 심각한 표정으로 연후를 바라보았다.

연후란 이를 대하면 대할수록 알 수 없다는 생각만 드는 것 같았다.

"표정을 보니 알고 계시는군요. 하면 편히 말씀드리겠습니다. 공주마마와의 성혼은 조부님께선 생전에 남기신 마지막 유훈입니다. 마땅히 따르는 것이 도리입니다."

"……!"

"물론 이는 제 입장일 뿐이니 공주께서 어찌 마음먹느냐에 따라 달라지겠지요. 다만 그분을 뵙기 전까지 다른 여인을 마음에 두어선 안 되는 것이 마땅한 도리가 아닐까 합니다."

연후의 나직하지만 흔들림 없는 음성에 구양복의 눈빛이 다시 한 번 크게 흔들렸다.

'허허! 뭐 틀린 말은 아니지만 그래서 어쩌겠다는 건인가? 이거 깊이 따져 물을 수도 없고…….'

구양복은 정말로 모르겠다는 얼굴로 연후를 말없이 쳐다보기만 했다.

일류도 못 되는 흑도방파의 무인들이라지만 단번에 무려 이백이 넘는 이들을 무참히 베어 버린 사내가 바로 눈앞의 연후였다.

직접 그 일을 보고 전한 이가 만추선생과 만리표객이 아니었다면 절대로 믿지 않았을 일이었다.

더구나 연후의 얼굴에는 살성(殺星)으로서의 상(像)이 전혀 없는 것은 물론이요, 그만한 이들을 죽였다면 원혼 한둘쯤은 들러붙어 있어야 하는 것이 정상이었다.

물론 원혼까지 볼 정도의 경지를 이루진 못했으나 그러한 것이 있다면 이를 느낄 정도의 수양은 충분하다고 자부했다.

한데 눈앞의 연후에겐 그러한 것들이 전혀 느껴지지 않았다.

더불어 그를 떠올리며 아무리 산대를 흔들고 괘효를 뽑아내도 나오는 점괘란 점괘는 죄다 풀어낼 수 없는 망괘들뿐이었다.

이는 신복(神卜)이 다스릴 수 없는 이라는 뜻, 아니나 다를까 거기다 역대 만통문의 숙원이었던 금지까지 열어 버린 사내였다.

추후 강호무림이 그로 인해 뒤흔들리지 않을 수 없음을 예견하는 것은 굳이 복술이 아니라도 충분히 짐작할 수 있는 일이었다.

그런 이가 진중하게 입을 여는 지금의 모습은 참으로 수양 깊은 문사를 대하는 것만 같았다.

조부의 유훈 때문이라니, 그래서 다른 여인을 마음에 둘 수 없다니.

구양복 또한 강호인이니 참으로 이해하기 어려운 사고 방식이었다.

이 젊은 사내가 정말로 북궁세가의 후예이며 검제의 유진을 얻은 이가 맞나 하는 생각이 들 정도였다.

그렇다고 해도 확실하게 느낄 수 있는 것은 적어도 그가 분별이 있는 사내라는 것이었다.

그의 말을 듣고 보니 적어도 지난 혼담 때문에 단목세

가와 불편한 관계가 될 것 같진 않다는 생각이 들었다.

아니, 어쩌면 단목강과 자운공주의 이야기를 들으면 환하게 웃어 주지 않을까 하는 생각마저 일었다.

그것이 다행인지 아닌지는 알 수 없었다.

또한 진정한 속내가 무엇인지도 짐작할 수 없었다.

다만 눈앞의 사내가 함부로 재어선 안 되는 이라는 사실만은 똑똑히 느끼고 있는 구양복이었다.

第三章

기억의 파편

폐관을 끝낸 후 단목강은 정신없는 시간을 보내야 했
다.

　전혀 예상치 못했던 혁무린과의 만남이 그 시작이었다.

　거기다 당연히 안가(安家) 어딘가에 머물고 있을 것이
라 믿었던 어머니와 누이를 만나게 되었고 그 두 사람이
이곳까지 이르는 과정에서 얼마나 많은 위기를 겪어야 했
는지도 낱낱이 듣게 되었다.

　당혹스러운 것은 그뿐만이 아니었다.

　세가의 생존자가 채 이백도 되지 않는다는 뼈아픈 이
야기를 들어야 했으며, 천하상단의 요인들을 지키기 위해
흩어진 음자대원의 비선마저 모두 끊겨 그들의 생사조차

확인되지 않는다는 말까지 들어야 했다.

이는 짐작했던 상황과는 너무나도 달랐다.

아무리 폐관 수련 중이었다지만 그 같은 사실들을 전혀 알지 못했던 스스로에게 화가 날 지경이었다.

하나 그 일로 원로전의 가신인 진월을 나무랄 수는 없었다.

어찌 되었던 그녀는 자신이 처한 상황에서 할 수 있는 최선을 다한 것이 분명했기 때문이었다.

만일 그녀가 세가에서 벌어진 일들을 낱낱이 보고하였다면 결코 폐관 수련을 계속하지 못했을 것이며 지금의 성취 또한 이루지 못했을 것이 분명했다.

하니 도저히 그녀를 탓할 수가 없었으며 오히려 그간 묵묵히 참으며 자신과 자운공주의 곁을 지켜 준 그녀에게 큰 고마움을 느꼈다.

이는 오랜만에 다시 보게 된 암천 역시 마찬가지였는데 그가 있어서 어머니와 누이가 무사할 수 있었음을 알게 되었으니 더없이 감사하는 마음이었다.

그런 일들을 겪는 터라 몇 년 만에 얼굴을 마주하게 된 자운공주와는 별다른 말을 나눌 수도 없었다.

그나마 다행인 것은 그녀와 모친, 그리고 누이인 단목연화가 무척이나 친근해 보인다는 것이었다.

또한 그들 사이에서 히죽 웃고 있는 무린의 모습까지

더해지자 단목강 또한 애써 복잡한 상념들을 떨쳐 낼 수 있었다.

그런 일들이 있은 뒤 진월과 암천이 자리를 벗어나자 단목강은 다시 한 번 천천히 봉명궁 내실 안에 자리한 이들과 눈을 마주쳤다.

누구 하나 소중하지 않은 이들이 없었다.

어머니인 용화부인은 인자한 미소를 머금고 있었으며 자운공주 또한 더없이 수줍게 웃고 있었다.

하나 무엇보다도 누이인 단목연화의 변화가 눈에 띄었다.

그녀의 분위기는 예전과는 너무나도 달라 당혹스럽게 여기질 정도였다.

"강아! 앞으로 세가를 잘 부탁해!"

나긋하면서도 조용한 그녀의 음성은 이전에 알고 있던 그녀의 모습과는 너무나 달랐다.

과거의 누이라면 세가가 이 지경인데 폐관이나 하고 있었다며 펄펄 뛰며 화를 내고도 남았을 것이다.

하나 다시 만난 누이 단목연화는 변해도 너무 변한 듯했다.

그간 얼마나 모진 고초를 겪었기에 이렇게 변했을까 하는 생각이 들어 마음 한편이 아려 오는 기분이었다.

"누님과 어머니께 너무나 죄송합니다. 앞으론 제가 두

분을 모실 것입니다."

단목강은 비장함마저 서린 음성으로 입을 열었으나 연이어진 단목연화의 대답은 예상과는 또 달랐다.

"이제부터는 네가 세가를 이끌어야 해. 어머니는 내가 지킬 테니 넌 해야 할 일에만 신경 썼으면 좋겠어."

"하지만 누님!"

단목강으로선 받아들일 수 없었다.

두 사람에게 더 이상 고초를 겪게 할 수 없는 일, 이는 다른 무엇보다도 우선 될 일이라는 생각이었다.

그때 마침 모친인 용화부인이 나섰다.

"강아! 연화의 말이 옳단다. 우리 두 사람은 걱정하지 말거라. 공주마마께서 이곳에 머물도록 하락하셨단다. 하니 너는 네가 무엇을 중히 여겨야 할지 깊이 생각해야 할 것이다."

어머니의 따스하지만 단호한 음성에 단목강의 시선이 자연스레 자운공주를 향했다.

그런 공주의 눈가에 옅은 미소가 서렸다.

"단목 공자. 봉명궁은 저 혼자 쓰기엔 넓은 곳이에요. 앞으로 대부인과 연화 언니까지 함께 지낼 수 있게 되었으니 저 역시 설렌답니다. 두 분은 걱정 마시고 웅지를 펼치세요."

자운공주의 더없이 밝은 음성에 용화부인이 따스하게

웃었고 단목연화 역시 화사한 미소를 머금었다.

세 여인이 동시에 짓고 있는 미소에 단목강의 근심도 어느 정도 가시는 느낌이었다.

그러면서도 마음 한편의 무거움을 모두 지울 수는 없었다.

모친과 누이가 이곳에 머무는 것은 너무나 위험한 일이었다.

단목세가에겐 아직 역도의 굴레가 씌워져 있으니 이보다 위험한 일이 없다 할 정도였다.

비록 두 사람이 보국무장이라는 전장 영웅의 가족으로 신분을 위장하고 있다지만 그것만을 믿고 봉명궁 안에 머물기엔 위험한 요소가 너무나 많았다.

천에 하나 만에 하나 정체가 발각되기라도 한다면 도주할 수도 없는 곳이 황궁 안이며, 그리 되었다간 두 사람은 물론 자운공주마저 큰일을 치러야 함이 분명했기 때문이었다.

아무리 공주의 신분이라 하나 역도를 감싼 죄까지 벗어날 수 없는 것이 자명한 일이었다.

단목강의 그러한 근심은 얼굴에 고스란히 드러났다.

때마침 다시 모친인 용화부인이 입을 열었다.

"강아! 진중한 것도 좋으나 모름지기 사내에겐 뒤를 돌아보지 말고 나아가야 할 때가 있는 법이다. 이 어미는 지금이 그 때가 아닌가 싶구나."

단목강의 눈빛이 한 차례 크게 흔들렸다.

모친의 음성은 너무나 결연했다.

비록 단목세가의 안주인이라 하나 강호와는 무관한 여인임이 틀림없었다.

그런 어머니마저 스스로의 안위를 돌보지 않고 있건만 자신은 그저 식솔들 걱정만 하고 있음을 깨달은 것이다.

사실 더 이상 나빠지기도 어려운 상황이었다.

모친과 누이가 더없이 소중한 이들이긴 하나 두 사람과 함께 한다면 운신의 제약이 따를 것은 틀림없었다.

그런 사정을 모친과 누이 모두 잘 알기에 굳이 이곳에 남으려 하는 것이리라.

"불민한 소자가 어머님께 근심을 끼쳤습니다. 무슨 말씀을 하시고자 하는지 잘 알겠습니다."

단목강의 음성은 나직했지만 결연한 의지 같은 것이 담겨 있었다.

그렇게 이어진 단목강의 음성에 용화부인 또한 환하게 웃었다.

그러면서도 그녀는 자연스레 무거워진 분위기를 되돌렸다.

"자자! 그러면 우리 여인들은 수다나 떨러 나가 보겠

다. 사내들은 사내들만이 나누어야 할 이야기가 있는 법이 아니겠느냐? 아니 그렇습니까? 공주마마!"

"그럼요, 대부인! 시비들에게 술상을 봐 오라 하겠어요."

용화부인의 말에 자운공주는 기다렸다는 듯이 대답했다.

마치 의좋은 고부간을 보는 듯한 둘의 모습에 단목강마저 조금 놀란 표정을 지었다.

그제야 그간 내내 히죽거리고만 있던 혁무린의 음성이 이어졌다.

"제수씨! 기왕이면 좋은 술로 부탁해!"

무린의 스스럼없는 말에 자운공주의 볼이 발그레하게 변했다.

"하하! 동생의 부인 될 사람이니 그렇게 불러도 되는 거 아닌가?"

연이어진 혁무린의 말에 단목강마저 당혹스러울 수밖에 없었다.

"형…… 형님!"

그러면서도 애써 묻어 두고 있던 것이 떠올라 마음 한편이 무거워지는 것은 어쩔 수가 없었다.

자운공주와 연후의 혼담을 모르지 않는 무린 앞이기에 더더욱 자신의 입장이 떳떳치 못함을 느끼는 것이다.

실상 단목강이 폐관을 끝낸 일도 그 일과 무관치는 않았다.

머잖아 단오절이었다.

오 년 후 동정호에서 만나기로 약속한 때, 연후를 만나 자운공주와 자신의 사이를 밝히고 허락을 득하고자 마음먹고 있는 것이다.

한데 그러기도 전 무린이 이렇게 나오니 난감하지 않을 수 없었다.

"강아! 얼굴 펴라. 연후 녀석을 모르냐? 나보다 훨씬 더 축하해 줄 녀석이다."

마치 내심을 읽기라도 한 듯 이어지는 혁무린의 음성에 단목강은 아무런 대꾸를 할 수 없었다.

과연 그렇게만 되어 준다면 좋겠으나 그것은 어디까지나 자신의 입장일 뿐이었다.

연후의 입으로 직접 듣기 전에는 결코 마음이 편할 수가 없는 것이다.

"하여간 넌 너무 이것저것 생각이 많아. 그냥 마음이 가는 대로 살면 되는 거다. 그리고 난 네 편이다. 솔직히 둘이 훨씬 잘 어울리고. 알지?"

무린이 또 한 번 히죽 웃자 무거웠던 마음이 조금은 풀리는 기분이었다.

과거에도 무린은 곧잘 그런 말을 하곤 했던 것이 기억

이 났다.

당시에는 그저 놀리기만 하던 모습으로 느껴졌는데 지금에 와서는 참으로 힘이 된다는 생각이었다.

어쩌면 그가 오늘과도 같은 상황을 예견했는지 모른다는 생각까지 들었다.

그러는 사이 여인들은 내실을 빠져나갔고 얼마 후 궁녀로 변한 진월이 조촐한 술상을 내왔다.

"하하하! 이게 대체 너랑 얼마 만에 다시 마시는 술이냐?"

무린이 호들갑을 떨자 단목강의 얼굴에도 미소가 서렸다.

"형님과 대작했던 것이 벌써 다섯 해가 되어 갑니다."

"하하! 그렇지? 엊그제 같은데 벌써 그렇게나 흘러 버렸네. 그사이 넌 이렇게 멋진 장부가 되었고 쬐그맣던 공주는 아리따운 여인이 되었어."

무린이 따스하게 미소를 머금고 입을 열자 단목강도 이에 화답했다.

"변치 않은 건 무린 형님뿐인 것 같습니다."

"하하하! 그래? 나야 원래 그렇지 뭐. 일단 한 잔 받아라."

"네, 형님! 소제가 먼저 한 잔 올리겠습니다."

"좋지. 좋아. 오랜만에 네 녀석 주정 부리는 거나 다시 들어야겠다."

"혀…… 형님!"

세월을 거슬러 올라간 듯 편안한 두 사람의 술자리가 그렇게 시작되었다.

하나 몇 순배의 술이 돌고 나누어야 할 이야기가 시작되자 분위기는 조금씩 달라질 수밖에 없었다.

"형님! 다시 한 번 감사드립니다."

"별 소릴. 네가 내 입장이었다면 그깟 영약 따위를 아까워했겠느냐?"

무린은 별일 아니라는 투로 탁자 위에 놓인 술잔을 입 안으로 털어 넣었지만 단목강은 무척이나 깊어진 눈길이었다.

물론 당연히 그럴 수 있다고 생각했으나 정말로 그런 상황이 닥쳐 보지 않는다면 어찌 행동할지는 모르는 일이기 때문이었다.

"하여간 넌 생각이 너무 많아. 그럴 때는 그냥 내 기분 맞춰서 당연합니다, 형님! 하는 거야."

무린의 핀잔에 단목강이 몸 둘 바를 몰라 했다.

강호를 호령하고도 남을 무경에 이르렀다지만 그 앞에 서자 다시금 열다섯 살이 돼 버린 기분이었다. 하나 그 또한 전혀 나쁜 기분은 아니었다.

"그나저나 좋다. 이 금존청이란 술은 다시 먹어도 참 좋아!"

무린이 그렇게 말하고는 푸른빛이 나는 옥배를 손끝으로 빙글빙글 돌렸다.

단목강 역시 그런 무린을 보고 웃었지만 머릿속의 상념들을 전부 털어 내진 못했다.

실상 반가운 마음이 앞섰기에 수많은 의문들을 애써 누르고 있는 참이었다.

때마침 무린이 툭 하고 한마디를 내뱉었다.

"궁금한 거 많지?"

정곡을 찔러 오자 단목강은 더더욱 입을 뗄 수가 없었다.

사실 궁금한 정도가 아니라 너무나 묻고 싶은 것이 많아 무엇을 먼저 물어야 할지 모를 지경이었다.

모친과 누이에게 건넸다는 영물들부터 그러했다.

무가지보나 다름없는 것들, 대체 그런 귀물을 어찌 지니고 있는지부터 의문이 드는 일이었다.

하나 그런 것들보다 훨씬 오래전부터 지녀 온 의문들도 있었다.

대체 어찌 무제의 비급을 필사할 수 있었는지, 또한 그것을 암천을 통해 세가로 돌려보낸 일은 물론이요, 그사이에 무제의 마지막 심득마저 은밀히 동봉한 일과 그 안에 얽힌 사연을 알고 싶은 마음은 도저히 씻어 낼 수 없는 일이었다.

폐관 수련 내내 떠나지 않던 의문, 당장은 방법이 없어 애써 억누르고 있었던 그 의문들은 언제가 돼도 반드시 혁무린을 만나 풀어야만 하는 것이란 생각이었다.

한데 막상 혁무린을 마주하게 되었는데 새로운 의문들만 더해졌다.

영약 이야기는 빼더라도 누이에게 조화만상곡까지 직접 가르쳤다 하는 이야기는 절대로 흘려들을 수가 없었다.

한눈에도 변한 것이 보이는 누이.

다른 건 몰라도 그녀의 자존심과 도도함은 부친마저도 혀를 내두를 정도였다.

오죽했으면 누이에게만은 져 주는 것이 편하다는 것을 일찌감치 깨달았겠는가.

그런 누이의 성취가 더없이 깊어졌음은 비단 고초를 겪었기 때문이 아님을 알 수 있었다.

깊어진 내력과 무린을 대하는 극진한 태도, 그 모든 것이 혁무린이 조화만상곡을 가르쳤기 때문이라 하니 너무나도 이해하기 힘든 일이었다.

그런 복잡한 마음으로 혁무린을 바라보는 단목강.

마음 같아선 하나하나 조목조목 따져 묻고 싶었다. 하

나 그것이 예가 아님을 모르지 않았다.

"어쩌면 가장 변한 것은 형님인지도 모르겠습니다."

단목강이 나직하게 입을 열자 무린이 빈 옥배에 술을 따르더니 훌쩍 들이켰다.

그러곤 다시 한 번 빈 잔에 찰랑거릴 정도로 술을 채우더니 가볍게 손을 튕겼다.

그러자 옥배가 느릿하게 단목강의 얼굴 앞까지 날아와 허공에 떡하니 멈춰 버렸다.

단목강의 눈빛에 은은한 떨림이 일 수밖에 없는 순간이었다.

하나 단목강은 망설임 없이 면전에 떠 있는 술잔을 두 손으로 말아 쥔 뒤 입안으로 단숨에 털어 넣었다.

그제야 무린이 입을 열었다.

"이런 걸 할 줄 알면 내가 다른 사람인 거냐?"

무린의 질문에 단목강이 흠칫했다.

그가 무엇을 질책하고자 하는지 느낄 수 있었기 때문이었다.

"소제가 생각이 짧았습니다. 형님께서 궁금치 말라 하신다면 평생 다시는 입 밖으로 꺼내지 않겠습니다."

그렇게 말하며 단목강이 조용히 자리에서 일어섰다.

그러곤 새삼 다짐하듯 포권을 취했다.

"형님께선 틀림없는 소제의 형님이십니다. 이는 앞으

로 절대 변치 않을 것입니다."

단목강은 한 점의 가식도 없는 태도로 용서를 구했다.

그러자 무린이 나직하게 그 이름을 불렀다.

"강아!"

"네! 형님."

"네가 원한다면 말해 주지 못할 이유도 없다."

"……!"

"아니! 어쩌면 그 때문에 이곳까지 온 것인지도 모르겠구나. 준비하여라."

"네?"

"백 번을 말하면 무엇하겠느냐? 그때 무슨 일이 있었는지를 네 눈으로 보면 족한 것을……."

연이어지는 기이한 무린의 음성, 때마침 그의 손이 가볍게 단목강의 눈앞을 스쳐 갔다.

그 찰나의 순간 더없이 굳어지는 단목강의 눈빛.

무린의 손끝을 따라 시꺼먼 장막 같은 기운이 흘러나왔기 때문이었다.

또한 그 기운은 화려하게 치장된 궁정의 내실 전체를 삽시간에 암흑으로 덧칠해 갔다.

저도 모르게 철혈진기가 치솟으며 눈앞을 칠해 가는 어둠의 장막에 반발하는 단목강!

때마침 무린의 나직한 음성이 이어졌다.

"그저 보고 나면 알게 될 것이다."

그 기이한 음성에 치솟던 철혈진기의 기운이 약해지자 단목강은 더 이상의 저항을 포기했다.

단목강이 그리 마음먹자 새까만 장막은 순식간에 사위를 장악했으며, 그와 동시에 의식은 짙은 어둠 안으로 순식간에 빨려 들어가는 듯한 기이한 느낌을 받아야 했다.

마치 영혼이 무저갱으로 추락하는 듯한 소름 끼치는 느낌, 그렇게 한참이나 이어지던 기괴한 느낌이 끝나자 단목강은 또 한 번 소스라치게 놀라야만 했다.

영원히 끝나지 않을 것 같던 암흑이 한순간에 뒤바뀌며 너무나도 기이한 풍경이 드러났기 때문이었다.

도저히 크기를 가늠할 수 없는 나무를 중심으로 사방이 산악처럼 치솟은 황토 빛 절벽에 막혀 있는 곳이었다.

도대체 어찌하여 이런 공간을 볼 수 있는 것인지를 생각하기도 전 어마어마한 굉음이 의식을 송두리째 뒤흔들었다.

콰콰콰콰쾅!

울창한 나무 그늘 아래서 시작된 굉음은 삽시간에 분지 전체로 번져 갔다.

거대한 낙뢰가 떨어지며 지면이 뒤집혔고, 난데없이 거대한 불기둥이 치솟기도 했다.

그것이 인간이 펼치는 무공인가 하는 의구심이 들기도 전 황토 빛 절벽이 그 충격을 이기지 못하고 붕괴되는가 하면 그 사이사이로 또다시 빛살처럼 빠른 강기들이 요동 쳤다.

마치 천신들이 전쟁을 벌이고 있는 듯한 광경이었다.

하나 그것이 분명 인간이 펼치는 무학임을 알아채는 데 그린 오랜 시간이 걸리지 않았다.

경천동지할 격돌 중 너무나도 낯익은 무학을 볼 수 있었기 때문이다.

'신륜! 분명 팔비신륜이다!'

단목강이 새삼 당황스러울 수밖에 없는 이유였다.

아무리 의식만이 남은 상황이라고 하나 놀라는 감정까지 너무나 생생했다.

그 때문에 더더욱 눈앞에서 벌어지는 일에 정신없이 빠져들었다.

그렇게 마주하게 된 팔비신륜은 부친의 그것도 아니었고, 자신이 깨우친 경지와도 전혀 달랐다.

아니, 그런 무경의 높고 낮음을 구분하는 것조차 의미가 없어 보였다.

단목강의 눈에 비친 팔비신륜은 그저 누군가 미친 듯이 펼쳐 내고 있는 수많은 무공 중의 하나일 뿐이었다.

그리고 그 무공을 펼치고 있는 이가 누군지 짐작하는

것 역시 어려운 일이 아니었다.

세 자루 단봉을 귀신처럼 조합하며 도법을 펼치고 창술을 펼치고 궁술까지 펼치고 있는 중년 사내.

그 하나하나가 실로 하늘을 뒤집을 것 같은 막강한 신위들을 뽐내고 있으며 그중 팔비신륜이 포함되어 있는 것뿐이었다.

그가 만병천왕이라 불리었던 사내 무제임인 것은 의심의 여지가 없었다.

하나 더욱 놀라운 것은 그런 무제가 그야말로 혼신을 다하여 몰아붙이고 있는 상대였다.

그는 어렵지 않게 무제의 공격을 막아 내고 있었다.

하나 그가 누구인지는 도저히 짐작할 수 없었다.

벼락을 암기처럼 자유자재로 뿌리고, 불기둥에 휩싸인 거대한 대도를 휘두르는가 하면 얼음으로 된 창과 화살을 허공중에 만들어 내며 무제의 무시무시한 공격을 너무나 쉽게 막아 내고 있는 것이다.

콰쾅!

때마침 두 사람의 강렬한 격돌과 함께 폭음이 터지며 거대한 나무의 이파리들이 폭설처럼 흩날렸다.

상식적으로 이해할 수 없는 크기의 거목에서 떨어진 이파리들이 일제히 휘날리고 있는지라 더 이상 두 사람의 모습을 확인하긴 힘들었다.

다만 더 이상의 충돌음이 없는 것으로 보아 두 사람의 격전이 멈추었음을 짐작할 뿐이었다.

그렇게 잠시간 볼 수 있던 것은 무수한 나뭇잎이 흩날리는 광경뿐이었다.

그렇게 사방팔방을 메우고 있던 낙엽들이 바닥을 수북하게 내려앉을 즈음 단목강은 다시금 마주 선 두 사람의 모습을 볼 수 있었다.

먼저 입을 연 것은 무제였다.

"이 정도론 어렵다는 것이로군요."

정신없이 움직이던 병장기들까지 어느새 깔끔하게 갈무리한 모습이었다.

그것만 보아선 과연 조금 전의 처절한 격전을 치른 이가 맞나 하는 생각이 들 정도였다.

아쉬운 것은 단목강이 볼 수 있는 것은 무제의 뒷모습뿐이라는 것이었다.

하나 그렇게라도 보게 된 무제의 모습은 상상 속에서 그리던 모습과 너무나도 흡사했다.

등에 맨 커다란 도갑과 거기에 부착된 팔비신륜, 게다가 허리춤에 매달린 세 자루 묵빛 단봉은 그의 정체를 새삼 확인시켜 주고 있었다.

다만 이것이 단순한 환영인지, 혹은 그저 과거의 어느 때를 보여 주는 것인지에 대한 구분이 어렵다는 것이 문제였다.

그때 마침 무제와 마주한 중년인이 음성이 들려왔다.

"그것을 뽑는다 해도 달라지진 않을 걸세. 그저 지금처럼 예서 머물면 아니 되겠는가?"

나직한 그 음성에는 이제껏 접해 보지 못한 강렬한 위엄이 서려 있었다.

아쉬운 것은 입을 여는 이 역시 무제의 등에 완전히 가려져 있는 터라 그 모습을 확인할 수 없다는 것이었다.

그럼에도 그가 펼친 무공을 보았기에 짐작 가는 것이 있었지만 그것이 얼토당토않은 생각이라 여길 수밖에 없었다.

벼락을 무공으로 사용한 이는 오직 뇌령마군뿐이었다.

무제와 마주한 이가 그와 같은 무공을 펼쳤으니 처음엔 그가 뇌령마군이 아닐까 하는 생각을 했다.

하나 연이어진 거대한 화염의 도를 보곤 곧바로 생각을 고쳐먹었다.

그러한 무공을 펼친 이가 강호상에 존재했으니 도제 단리극의 염왕도가 바로 그것이었다.

하여 그가 혹시 도제가 아닐까 하는 생각까지 해야 했지만 결국 그것이 말도 안 되는 생각임을 알게 되었다.

종국에는 삼천지란 때 등장했다는 원월탄강이란 빙공(氷功)까지 사용하는 것을 보곤 그가 누군지 추측하려는 것을 포기해야만 했다.

하니 그 얼굴이라도 보고 싶은 마음이 간절했건만 이 기이한 공간에서 단목강에게 허락된 것은 그저 고정된 시각과 청각뿐이었다.

대못에라도 박힌 듯 꿈쩍도 하지 못하는 시야 때문에 무제에 가려진 그 모습을 확인할 방법이 없는 것이다.

그때 다시 무제의 음성이 이어졌다.

"대체 언제까지 이곳에 붙잡아 둘 생각이십니까?"

이에 답하듯 이어진 음성에 단목강은 다시 한 번 놀라야만 했다.

이전까지는 전혀 느낄 수 없는 기운이 정체불명의 사내에게서 넘실거리며 뿜어졌기 때문이었다.

"나에게 선택을 강요하지 말게."

참으로 이해 못할 대화들 속에서 의문이 깊어 갈 수밖에 없는 단목강, 하나 그가 할 수 있는 일은 그저 두 사람의 대화를 묵묵히 듣는 것뿐이었다.

"대체 당신이 뭐라고! 나와 그녀의 목숨 중 하나를 택일한단 말입니까?"

"자네의 내자가 선문(仙門)을 열 것이 분명하기 때문

이네. 방치한다면 세상이 감당할 수 없는 일이 벌어지는 것이 필연인 즉. 과거의 실수를 되풀이하고 싶지 않다네."

"말 같지도 않은 소리 그만하시오. 그녀와 난 이미 강호를 등졌소. 당신이 나타나지 않았다면 벽에 똥칠할 때까지 행복하게 살았을 것이오!"

"어찌 그것을 모르겠나. 그런 자네를 알기에 나 또한 자네를 벗으로 머물게 함이 아니겠는가? 하나 자네도 보지 않았던가. 인간사를 넘은 이의 존재들이 세상을 어찌 바꾸어 놓았는지를……."

"하하하하! 무선께서 누구 때문에 그리 살아왔는지 정녕 모르셔서 하는 말입니까? 이 모든 것이 한낱 당신의 애증 때문이 아니오!"

"하나 어찌하겠는가? 그녀를 부정하면 내가 없어지는 것을."

"이렇게까지 말하고 싶진 않지만 결국 치졸한 복수심 때문이 아니오? 내가 성모를 벨 수밖에 없었음을 모르시오? 당신이 수백 년간 잠에 취해 있는 사이 그녀가 벌인 일들을 정말 모르신단 말이오?"

"그것과는 다른 일일세. 공령의 도는 세계의 근간을 부술 수도 있네. 팔계(八界) 중 어디라도 그 소통이 빈번해지면 이 땅의 사람들은 지금처럼 살 수 없게 된다네. 이가?"

"말 같지도 않은 소리! 그래 모조리 잡아다가 기억까지 죄다 지워 놓았으면 되었지. 왜 나와 소하만은 안 된다는 것이오?"

"나의 인내를 더 이상 시험하지 말게. 가장 쉬운 길은 자네들을 죽이는 것이라 하지 않았는가? 그게 싫으면 그저 기억이라도 내놓으라 했거늘……."

"미친……!"

"물론 자네의 내자는 이미 그것이 불가한 경지에 도달했으니 취한다면 목숨을 거둬야 하네. 하니 자네가 마음을 돌리게나."

"닥치시오! 그녀는 내 전부요. 한데 지난 시절의 기억을 모두 지우겠다니, 내 그걸 받아들일 성싶소!"

"……."

"흥! 내가 그간 이곳에 처박혀 있었던 것이 그저 당신이 두려워서라고만 생각하는 것이오? 착각하지 마시오."

"다른 사람은 몰라도 자네는 내게 그런 말을 해선 안 되네. 고작 십 년이지 않은가? 자네가 베어 버린 그녀가 내게 어떤 존재인지 알지 않는가? 자넨 애증이라 하나 천 년을 품어 온 여인일세."

"역시 그것 때문이었어. 젠장! 뭔가 더 대단한 이유가 있을 것이라 믿은 내가 어리석었소."

"어찌 생각해도 좋네. 그녀 또한 균형의 한 축, 내가 짊어져야 할 몫이니 말일세. 정히 억울하다면 그저 자네보다 강한 이가 복수를 위해 치졸한 짓을 벌인다고 여겨도 무방하네. 나는 그저 내가 할 수 있는 일을 행할 뿐이니."

"그리 말하니 한결 마음이 편하군. 당신은 그저 개자식이오! 다시 당신 앞에 설 땐 망설임 없이 벨 것이오. 그리고 이곳을 당당히 떠날 것이오."

"그럴 수 있다면 그러도록 하게. 자네가 세상에 나온 이유가 어쩌면 나를 베기 위함일 수도 있으니!"

"흥! 웃기는 소리. 망량이라고 했소? 내 반드시 당신의 목을 날려 주겠소."

두 사람의 대화는 그렇게 끝이 났다.

무제가 신형을 박차며 허물어진 황토 빛 절벽 사이로 사라져 버린 것이다.

그들의 대화를 듣는 내내 아득한 느낌만이 가득했던 단목강이었다.

환우오천존의 한 명인 무제를 어린애 다루듯 하는 존재가 있는 것이다.

또한 그가 바로 삼종불기의 하나인 망량겁조라는 것을

알게 되었으니 머릿속이 복잡해진 것은 너무나도 당연한 일이었다.

하나 두 사람의 대화보다 더욱더 놀라운 일은 무제가 사라지고 난 뒤 보게 된 망량겁조의 얼굴이었다.

'대체! 이게……'

그곳에 홀로 선 이의 얼굴이 너무나도 낯익었다.

멋스럽게 기른 흑염이 입가와 턱 아래로 흘러내리지 않았다면 그가 무린이라고 해도 믿지 않을 도리가 없는 모습이었다.

그저 의식 속이라 하지만 복잡하던 상념마저 한꺼번에 날아가 버린 기분이었다.

하나 그것은 그저 시작일 뿐이었다.

텅 비어 버린 상념 속에서 허우적거리는 잠시 동안 다시 한 번 눈앞에 보이는 풍경들이 새까맣게 덧칠되어 갔다.

그리고 또다시 깊고 깊은 곳을 향해 추락하기 시작한 의식의 끝자락에서 다시 한 번 믿지 못할 광경과 조우하게 되었다.

"음하하하하핫! 제법이구나! 하나 본좌에겐 어림도 없다. 본좌야말로 진정한 고금제일인, 진정한 무극이 무엇인지 똑똑히 깨닫게 되리라!"

기억의 파편 속에 만난 또 다른 신인.

　그렇게 보게 된 또 다른 광경 속에서 단목강은 그간 품고 있던 모든 의문보다 더욱 지독한 진실과 만나게 되었다.

第四章

북경으로

장강의 물길을 따라 이동하는 상선(商船) 위에는 분주함이 가득했다.

　한눈에도 장사치로 보이는 이들이 갑판 위에 발 디딜 틈 없이 자리하고 있는 모습, 그 사이로 떠들썩한 이야기들이 오가고 있었다.

　"하하하하! 그렇게 소심해서야 어디 돈을 벌 수 있겠소? 도적놈들이 그리 무서우면 보표라도 구해서 움직여야지, 이런 때를 놓치면 우리 같은 장사치에게 언제 또 기회가 있겠소."

　"맞소이다. 강소상련이 무너진 것이 벌써 오래요. 거간꾼 없이도 진주와 자기를 맘껏 구할 수 있다 하더이다.

그 값이 과거의 절반에도 미치질 않는다 하오."

"어디 그뿐인가? 내가 왜 사천의 천자차(川子茶)를 이렇게 잔뜩 사 가는 줄 아시오? 남경(南京)에서도 먼저 자리를 까는 사람이 임자라 하더이다. 시전 소상회(小商會)란 곳에 자릿세 몇 푼만 내면 일절 수입에 대해 상관치 않는다는 것이오."

"저…… 정말이오? 그래 가지고 관부에서 걷는 세금을 어찌 감당하려고!"

"흥! 들어 보니 이제껏 상련이란 놈들이 걷었던 세금이란 게 죄다 지방 관리들에게 바쳐진 뇌물이랍디다. 하여 당장 조정에서 이것저것 물건들의 전매권을 파네 마네 하며 소란스럽다 하더이다. 우리야 그 전에 한 몫 잡고 튀는 것이 상책이오."

"어쩐지 물건 값이 괜히 떨어진 게 아니었구려. 그나저나 요새만 같으면 우리 같은 사람들도 먹고살 만할 터인데……."

"휴, 그런 기대들은 일찌감치 접으쇼. 천하상단이 무너져 생긴 일이니 결국 대상이나 상련 녀석들이 그 자리를 차지할 것이 뻔하오. 그나마 무시무시한 녹림채 때문에 그간 버틸 만했던 것이지, 전매권이라는 게 팔리면 진주나 자기 같은 것도 죄다 소금처럼 되는 것이오. 우리 손에 떨어질 일이 없다는 거지."

"에휴! 그 전에 부지런히 오가야겠소. 그나마 녹림의 도적들이 우리에겐 은인이 되었던 것이구려."

"하하하하! 딴에는 그렇소이다. 이참에 말 나온 김에 우리 좀 돕고 삽시다. 한두 번 얼굴 본 것도 아니지 않소?"

"내 말이 그거요. 서로 힘을 모으면 거상들이 움직여도 조금은 더 버틸 수 있지 않겠소?"

"까짓 좋수다! 당신은 어떻소!"

"이 중에 사기꾼만 없다면!"

"하하하! 그런 말 하는 당신이 제일 의심스럽소이다."

"그럼 저 치만 빼면 되겠소이다. 나 사천 성도에서 온 조가요. 성도시전에서 삼대째 면포점을 운영하고 있소이다."

"호남 악양에서 온 공가요. 부친께선 철방의 도장이지만 내 꿈은 악양 제일의 거부가 되는 것이오."

"우하하하! 공 형! 그 꿈 한 번 야무지오."

"끙! 웃지들 마시구려. 이번에 실패하면 평생 쇠나 두드리며 살아야 한단 말이오. 나는 정말 더운 건 못 참는 체질이란 말이오."

"푸하하하!"

한 무리의 장사치들이 모여 주고받는 이야기와 그 웃음소리가 좀처럼 쉬지 않고 이어졌다.

그런 종류의 이야기들을 주고받는 상인 무리는 한둘이 아니었다.

어디에서 무엇을 사다 어디에 팔면 돈이 된다는 이야기부터 저번 상행에서 얼마를 벌었다는 자기 자랑, 또 귀한 정보를 줄 테니 술 한잔 거하게 내라는 농을 주거니 받거니 하는 이들의 분위기는 한눈에도 들뜬 것이 역력해 보였다.

그렇듯 와자지껄한 상인들의 모습을 뱃머리 쪽에서 가만히 지켜보는 시선이 있었다.

연녹색 학창의에다 좀처럼 쓰고 돌아다니지 않는 문사건(文士巾)까지 올려 쓴 이십 중반의 사내가 바로 그였다.

그는 상인들의 이야기를 들으면서도 내내 의구심을 지우지 못하는 눈길이었다.

'천하상단이 분괴되어 상계가 무너졌다 하던데 그런 것도 아닌가 보구나. 강이 녀석이나 성부 사람들에겐 미안하지만 이대로라면 천하상단이 영영 없는 게 좋은 일일지도……'

마음속으로 그러한 생각을 하는 사내는 무산을 떠나 북경으로 향하고 있는 연후였다.

연후가 무곡을 나선 것은 어쩔 수가 없는 일 때문이었다.

금지에 올라갔다 온 후 연일 번잡스럽게 찾아오는 이들을 대하는 것은 그럭저럭 견딜 수 있었다.

그 와중에 만리표객과 산화삼수라는 두 노인과 경공 대결도 펼쳤으며 보법과 신법의 기본을 새삼 깨우칠 수 있었다.

더불어 전궁만리영이라는 경공절기와 풍령비라는 경신 공부의 진기운용법까지 얻었으니 이는 실로 크나큰 기연 과도 같은 일이었다.

그래 봐야 성취가 어떻다고 말할 수준도 못 되었으니 얼마간은 더 머물며 경공과 신법을 수련하고 싶은 것도 사실이었다.

하나 은서린이란 여인이 몇 날 며칠을 대성통곡하는 통에 너무나 곤란한 지경에 처해 버렸다.

구양복에게 자신의 혼담 이야기를 듣고 난 후부터 사흘 밤낮을 울기 시작한 것인데 그 뒤에도 그녀의 흐느낌이 내내 무곡 안을 울리고 있으니 참으로 곤혹스러웠다.

아무리 잘못한 것이 없다 해도 무곡 사람들의 은근한 눈총마저 피할 도리는 없었던 것이다.

그렇다고 그녀를 찾아가 사과할 일도 아니니 연후로선 딱히 어쩔 도리가 없었다. 거기에 연일 사다인의 면박까지 그 수위를 더해 갔다.

"칠칠치 못한 놈. 계집이나 울리다니."

"가서 좀 달래라. 시끄러워서 살 수가 없다."

"제발 저 주둥이를 틀어막아. 나는 너희 놈들처럼 내공으로 귓구멍을 막을 재주가 없단 말이다."

"흥! 네놈이 잘못한 게 정말 없다고? 애초부터 여길 들이지 말았어야지. 철없는 여자애의 방심을 흔들어 놓고 나 몰라라 하는 건 죄가 아니란 말이냐? 우리 부족에선 그러면 최소한 책임은 진다. 모진 놈!"

"공주가 대체 언제 적 공주냐! 거짓말이라도 가서 결혼해 준다고 해서 울음 좀 그치게 하란 말이다."

마주칠 때마다 이어지는 사다인의 면박은 날이 갈수록 더해졌고 연후에겐 괴로움 그 자체였다.

그렇다고 단지 은서린 때문에 무곡을 벗어난 것은 아니었다.

불편하고 눈치가 보이는 것은 사실이었지만 스스로 떳떳하기에 견디지 못할 정도는 아니기 때문이었다.

하나 조부의 가묘가 있는 폐장원의 소식을 듣게 되자 마음은 급해져만 갔다.

관부에 몰수되었다가 얼마 전 조정의 대신에게 하사되었다는 이야길 들었으니 더 이상 무곡에 머물 수가 없게 된 것이다.

북경에서도 가장 노른자위 땅이라 할 수 있는 자명루

와 담장 하나 사이에 붙어 있던 장원이었다.

그 자명루가 천하상단의 것이고 폐장원이 자명루의 것이니 이 또한 몰수되는 것이 당연한 일, 그간 한 번도 조부의 가묘에 문제가 생길 것이란 생각을 하지 않았던 것에 더없이 괴로운 심경이었다.

천행으로 마음 좋은 관리가 폐장원을 인계하여 유골이라도 온전히 보존해 주길 바라는 마음이 하나였고, 그도 아니면 부친이 이를 알고 가묘를 이장해 놓았기를 빌었다.

하나둘 모두 가능성이 희박함을 알기에 연후의 마음은 다급했다.

대부분이 만류했지만 떠나려는 연후의 의지는 확고했다.

비명에 보낸 것만 해도 불효막심함에 통곡할 지경인데 그 유골까지 훼손당하는 것을 어찌 두고 보겠느냐 하는 심정이었다.

그런 연후의 발걸음에 힘을 준 건 사다인뿐이었다.

"스승님의 유골에 생채기 하나만 났어도 네 녀석을 가만두지 않겠다."

으름장을 놓지만 그 마음이 어떤지 알기에 연후는 웃으며 떠날 수 있었다.

그런 사다인의 상세 역시 완연히 호전된 데다가, 무곡

안에 있는 이들이 믿을 수 있는 이들임을 확신하기에 아무런 걱정이 없었다.

그렇게 무산을 벗어나 장강의 물길을 탄 것이다.

그사이 학창의와 문사건을 구입한 것은 곳곳에서 만나는 무인들 때문이었다.

강호의 식견이 부족한 연후이기에 마주치는 이들이 어떤 곳에 적을 둔 이들인지 알지 못했다.

다만 무산에서 삼협으로 이어지는 길 곳곳에 흉흉한 기세를 뿜어내는 이들이 수도 없이 자리하고 있으니 마주쳐서 좋을 것이 없다는 것만 확신할 수 있었다.

또한 떠나기 전 구양복으로부터 자신에게 검마라는 흉명이 붙었다는 것을 듣게 된 터라 더더욱 조심할 수밖에 없었다.

두려워 피하는 것이 아니라 불필요한 마찰을 일으키고 싶지 않은 것뿐이었다.

그래서 다시 유생의 차림을 하게 된 것이다.

거기다 문사건까지 구해 쓴 이유는 이번 북경행의 목적을 되새기기 위해서였다.

자신의 존재를 떳떳하게 밝히려 마음먹고 나선 길인 것이다.

문사건을 쓰는 이유 중 하나가 바로 관직에 들지 못한 학사들이 황궁에 들 때 예복으로 곁들인다는 것이다.

그렇다.

연후는 직접 황궁을 찾아가 유가장의 후손이 살아 있음을 밝히고자 마음먹고 있는 것이다.

그것이 떳떳하지 못할 이유는 어디에도 없었다.

조부의 가묘를 도둑놈처럼 몰래 수습하기도 싫었지만 무엇보다 이제는 그 어떤 상황도 두렵지 않다는 확신을 가졌기 때문이었다.

오히려 환관의 무리들이 도발하여 준다면 더없이 바라는 일이 될 터였다.

다만 일의 순서란 것이 있기에 봉명궁을 먼저 찾아 자운공주를 예방하는 것이 도리라는 것 정도는 알고 있었다.

아직까지 성혼하지 않고 있다고 하니 그녀를 만나 지난 일들을 사과하고, 혼담을 마무리하는 것이 순리였다.

이는 조부의 마지막 유지이니 그 유골을 수습하는 것만큼이나 중요한 일이었다.

게다가 그곳에 단목강이 있다는 이야기까지 들었으니 봉명궁으로 향하는 것을 주저할 이유가 없는 것이다.

'그나저나 공주마마나 강 아우도 참 대단하구나. 어찌 황궁 지하에 머물 생각을 했는지……'

역모에 연루된 자를 구호하는 일은 참수형에 해당될 정도로 중죄였다.

아무리 공주의 신분이라 하나 절대 무사할 수 없을 정
도의 형을 받아야 할 일인 것이다.

그런 일을 대놓고 벌인 두 사람의 담대함에 놀라움을
금할 길이 없었다.

그러면서도 과연 그 둘이 어찌 변했을까 하는 궁금함
이 절로 일었다.

연후의 기억 속에 남은 단목강과 자운공주는 여전히
소년과 소녀의 태를 벗지 못한 모습이었다.

오 년여의 세월이면 그들이 장성하고도 남을 시간, 그
들의 변한 모습을 상상하는 것마저도 즐거운 일이었다.

그런저런 생각을 하며 연후가 북경으로 향하고 있는
것이다.

마음 같아선 섬서를 가로질러 그대로 산서 땅까지 관
통하고 싶지만 섬서 땅의 무인들 중 자신의 얼굴을 아는
이들이 한둘이 아니니 자칫 괜한 분란에 휩싸일 수도 있
었다.

하여 일단 남경으로 가는 물길을 탄 것이고 호북의 무
한에서 내려 곧장 북으로 향할 생각이었다.

험준한 지형만 골라 이동하며 틈틈이 경신법을 체득하
고 때에 따라 광안을 연다면 호북과 하남을 가로지르는
것은 큰 문제가 아니라고 생각했다.

다만 호북에는 무당파가 있고 하남에는 소림이 있다

하니 조심에 조심을 더하는 것은 당연한 일이었다.

하나 그것도 걱정할 일이 아니었다.

이제껏 마주친 무인들 중 누구 하나 자신을 의심하는 이가 없으니 그 길을 택한다 해도 별 위험은 없다는 생각이었다.

사실 정체가 발각된다 해도 상관은 없었다.

피하고자 마음먹는다면 그 어떤 상황이 닥치더라도 운신에 제약을 받지 않을 자신이 충분했기 때문이었다.

하나 강호의 일이란 참으로 묘하며 백에 백을 자신한다 해도 틀어지는 일이 왕왕 벌어지곤 했다.

연후에게 그러한 일이 닥친 것은 배를 탄 지 나흘이 지났을 때였다.

하룻밤만 더 가면 내리고자 했던 무한이 나올 때인데 전혀 뜻하지 않은 이들과 만나게 된 것이다.

지명조차 제대로 알지 못하는 자그마한 포구에 정박하였을 때 참으로 묘한 분위기를 풍기는 두 여인이 배에 올랐다.

특별히 하선하는 이도 없는 곳에 여인 두 명만이 갑판에 올랐으니 자연 사람들의 시선이 모일 수밖에 없었다.

죽립에다 면사로 얼굴을 가린 것도 모자라 짙은 흑의 무복을 걸친 두 여인의 모습은 더더욱 주목을 받을 수밖에 없었다.

거기다 굴곡이 완연한 몸매를 흑의무복이 채 가려 주지 못하고 있으니 아예 넋을 놓고 쳐다보는 이들까지 생겨났다.

세상이 태평하지 못한 때였다. 하니 여인 둘이 뱃길을 이용하는 것 또한 흔히 볼 수 없는 일이었다.

지체 높은 여인들이라면 당연히 호위들을 대동했을 것인데 달랑 여인 둘만 보이니 노골적으로 음탕한 시선들을 보내는 이들이 한둘이 아니었다.

게다가 술판을 벌이고 있던 몇몇은 대놓고 음담을 내던지기 시작했다.

"여기가 항주도 아니고 장강에서 선기(船妓)를 다 보고 참으로 별일이네."

"선기가 뭔가?"

"이 사람! 장사치가 항주의 명물인 선기도 모르나? 배에 타는 기녀가 바로 선기지."

"항주가 색주라는 말은 들었소이다만 그런 게 다 있소?"

"허허! 이렇게들 풍류를 몰라. 물 위에 둥둥 떠서 맛보는 운우지락은 그야말로 일품이지. 이번에 한 몫 잡으면 바로 항주로 가자고. 내 잘 아는 곳이 있어!"

"하면 저 계집들이 바로 배 위에서 몸을 파는……"

사내 몇이 질펀하게 농을 내뱉던 중 갑작스레 나직한 기음이 터져 나왔다.

슈아악!

나직하면서도 날카로운 파공음을 내는 몇 가닥의 은사가 사내들의 목을 휘감은 것은 그야말로 순식간에 벌어진 일이었다.

네 가닥의 은사가 사내들의 목에 휘감겼으며 그 끝이 흑의무복을 입은 여인의 손끝까지 이어져 있었다.

멀리 떨어진 이들에겐 보이지 않을 정도로 얇은 은사였지만 정작 목이 휘감긴 이들은 숨소리조차 내지 못하는 처지였다.

때마침 흑의 여인이 은사를 손끝으로 한데 모아 한 바퀴를 휘감자 주저앉아 있던 사내들의 몸이 절로 일어섰다.

버티다간 그대로 목이 잘려 나갈 것 같았기에 사내들은 그저 은사를 따라 움직일 수밖에 없었다.

연후 또한 이 광경을 지켜보며 꽤나 놀랄 수밖에 없었다.

강호에 아무리 기이한 무공이 많다고 들었지만 눈으로 보기조차 힘든 은사를 채찍처럼 자유롭게 사용하고 있는 광경에 절로 호기심이 일었다.

그녀가 독심을 품는다면 사내들의 목이 잘리는 것은

너무나 당연해 보였다.

하지만 다행히도 그녀에게선 일말의 살심도 느껴지지 않았다.

그렇기에 처음 은사가 뻗어 나오는 순간에도 나서지 않은 것이다.

필요 없는 분란을 피해 가고 싶은 것은 당연했지만 그렇다고 눈앞에서 사람이 죽는 것을 그냥 지켜보고 있을 연후는 아닌 것이다.

또한 취중에 여인들을 희롱한 죄가 있다지만 그로 인해 목이 잘리는 일이 벌어진다면 당연히 안 될 일이라 생각했다.

막아 낼 수 있는데 이를 방관한다면 자신 또한 그들을 죽인 것과 진배없다는 생각, 그것이 연후가 사는 방식이었다.

연후가 그런 생각으로 뱃전에서 벌어지는 일을 관망하는 즈음 여인의 입이 열렸다.

"술이 과하신 듯하군요. 시원한 물에 들어갔다 오면 정신이 좀 들 거예요."

은사를 쥐고 있던 손을 가볍게 당기자 사내들 넷이 그대로 갑판 아래로 떨어져 내렸다.

첨벙거리는 경쾌한 물소리가 이는 순간 이제 두 여인을 똑바로 쳐다보는 이들은 거의 없었다.

그나마 무슨 일이 벌어진지 몰라 두리번거리는 이들이 몇 있을 뿐, 때마침 다시 여인의 음성이 이어졌다.

"사천의 당가에서 나왔습니다. 저분들이 무림인이었다면 당장 목을 잘랐을 거예요. 우리들은 남경까지 배를 탈 예정이에요. 무슨 뜻인지 모두들 알아들었으면 해요."

면사 사이로 흘러나오는 여인의 음성이 끝을 맺자 여기저기 흠칫거리며 떠는 이들이 한둘이 아니었다.

비록 많은 수는 아니라 하지만 사천당가에 대해 들어본 이들이 꽤나 있는 듯 보였다.

아니나 다를까 소곤거리는 음성들이 계속해서 퍼지더니 순식간에 갑판 위는 두려움에 떠는 이들로 가득하게 되었다.

귀신보다 더 무섭다는 사천당가의 무인들, 그런 이들에게 음담을 지껄였으니 강물에 처박힌 네 사람이 물귀신이 되는 것은 너무나 당연해 보였다.

하지만 누구 하나 감히 나서 물속에서 허우적거리고 있는 이들을 건져 낼 생각을 하지 못했다.

그럴 즈음 다시 여인이 입을 열었다.

"무림인들이라고 해서 함부로 사람을 해하진 않아요. 본가의 가법은 그 점에 있어 매우 엄격합니다. 하니 선주께선 속히 저들을 건지고 배를 출발토록 하세요."

나직하지만 위엄 가득한 여인의 음성이 연이어지자 선실과 갑판 여기저기서 쭈뼛거리는 나서는 이들이 몇 있었다.

한데 그 순간 이제껏 말없이 서 있던 또 다른 여인의 음성이 들려왔다.

"이 할미 때문에 서둘러 나선 것이냐?"

"죄송해요."

"예아야! 너의 사려 깊음을 타박할 마음이 없다지만 단호할 땐 단호하여야 하는 것이다. 당가의 대모와 장녀를 창기에 비하고도 살아남는다면 누가 있어 본가를 두려워하겠느냐?"

"죽일 가치가 없는 자들이라 생각했어요. 저들이 만약 강호에 적을 둔 자라면 혀를 자르고 사지를 끊어 물고기에게 던져 줬을 거예요. 하니 그만 노여움을 푸세요."

"그리 말하니 마음이 놓이는구나. 너는 이종이의 유일한 핏줄, 네 어깨가 당가를 짊어져야 함을 잊어서는 아니 된다."

"네, 할머니. 명심하고 있어요."

"알았다. 하나 저 무지한 것들에게 당가의 두려움만은 똑똑히 심어 줘야겠구나."

당가의 대모 당영령의 마지막 음성은 나직했지만 누구

하나 똑똑히 듣지 못한 이가 없었다.

또한 그 음성을 듣는 순간 연후의 전신으로 이전까지 느껴 보지 못한 너무나 생경한 떨림이 퍼져 나갔다.

무상검결이 반응한 것이다.

하나 그 반응은 이전까지와는 전혀 달랐다.

위험을 예견할 때처럼 격한 것도 아니고 그렇다고 생로를 찾아 줄 때처럼 억지로 몸을 강제하려는 것도 아니었다.

그저 온몸으로 퍼져 나가는 은은한 떨림, 그것은 흡사 기다리던 정인을 마주한 것은 느낌 같기도 했고, 그도 아니면 오래도록 보고 싶었던 지인을 만나기 전의 설렘임 같기도 했다.

그러한 무상검결의 변화가 무곡에서의 깨우침 때문인지 그도 아니면 당가의 대모라는 여인 때문인지는 확실치 않았다.

다만 막연하게도 그녀가 이제껏 보았던 무인들과는 차원이 다른 존재라는 생각을 할 뿐이었다.

그런 연후의 눈가가 한순간에 치떨렸다.

은은하던 무상검결의 떨림이 거센 격류로 변해 요동치기 시작한 것이다.

그러한 무상검결의 떨림은 순식간에 사지백해를 들쑤시기 시작했으며 종국에는 세맥 끝까지 진탕시키고 난 뒤

팔만사천에 이른다는 모공까지 뒤집고 있었다.

'대체 왜!'

모든 것이 의문이었다.

어찌해서 무상검결이 이토록 격한 반응을 보이는지 도저히 이유를 알 수 없었다.

한데 그 순간 당영령의 등 뒤로 거대한 물기둥 네 개가 용오름처럼 치솟아오르더니 강물에 빠졌던 네 명의 사내를 그대로 갑판 위로 내동댕이쳤다.

그 기경할 장면에 상인들은 눈이 돌아가고 턱이 빠질 지경이었다.

너무 놀라 비명조차 제대로 내지르지 못하는 이들이 태반이었다.

그런 뒤에도 여전히 치솟고 있는 거대한 물줄기들은 그만큼 위압적인 것이었다.

그 거대한 물줄기들이 그대로 뱃전을 덮쳐 온다면 모든 것이 산산조각 날 것이 틀림없어 보였다.

당영령이 심어 주고자 했던 것이 두려움이었다면 이 이상 성공하기 힘들 정도의 반응이 이어졌다.

갑판 위의 거의 모든 이들이 납작 엎드려 부들부들 떨고 있는 상황, 그런 상황을 싸늘한 눈매로 쳐다보는 당영령의 눈가에 연후의 모습이 들어왔다.

태연하다고는 할 수 없으나 다른 이들과는 너무나도

다르니 그 모습이 눈에 띄지 않을 수 없었다.

연후는 뱃머리에 기댄 채 가만히 그녀를 응시하고 있었다.

평범한 유생이라면 도저히 보일 수 없는 모습이기에 당영령의 눈에 이채가 발해졌다.

죽립과 면사 사이로 드러난 그녀의 눈이 매섭게 연후를 살피는 순간 연후의 시선 또한 흔들림 없이 그녀의 눈망울을 꿰뚫었다.

상황이 그리 되자 두 사람의 시선이 얽힌 것은 당연한 일, 그 순간 당영령이 저도 모르게 고개를 갸웃거렸다.

그러면서 그녀의 등 뒤로 일렁이던 거대한 물줄기들이 거짓말처럼 가라앉았고, 갑판 위에 엎드린 이들의 입에선 안도의 한숨이 연이어 터져 나왔다.

그렇다고 해도 누구 하나 감히 고개조차 들지 못하는 상황이었고, 그때까지도 당영령의 시선은 여전히 연후를 향해 고정되어 있었다.

내기가 전혀 느껴지지 않는 것으로 보아 유생이 틀림없다고 생각했다.

저런 정도의 나이에 반박귀진의 경지에 이르렀다는 것은 믿기 어려웠으며, 설령 그렇다 하더라도 자신의 눈을 피할 수는 없다고 자신했다.

세월을 역행하며 천리의 흐름마저 되돌릴 경지에 도달한 그녀의 자신감이니 그것을 그저 오만이라 치부할 수는 없는 일이었다.

그럼에도 만에 하나의 경우를 생각하며 당영령은 가볍게 장심을 내뻗었다.

순간 나직한 바람이 불어 연후의 학창의를 펄럭이게 했으며, 때마침 연후의 입에선 마른기침이 터져 나왔다.

하나 그 후론 아무런 일도 벌어지지 않았다.

몇 번의 기침을 끝낸 연후가 다시금 담담히 당영령을 바라보기 시작한 것이다.

하지만 그 순간 두 사람은 전혀 다른 생각을 하고 있었다.

'검제지보가 있을 리 없지. 단장산(斷腸酸)에 반응하는 것을 보면 내력도 전무하고. 그간 예민해진 탓이로구나. 하긴 검마라는 이가 저런 차림으로 나돌아 다닐 이유가 없는 걸을……'

그녀가 연후의 학창의를 펄럭이게 한 것은 혹여 허리춤에 연검을 차고 있는가를 확인하기 위해서였고, 단장산까지 들이키게 한 것은 내력의 유무를 알아보기 위해서였다.

비록 십에 아홉의 독성을 버릴 정도로 중화된 단장산이라 하나 조금이라도 내력을 익힌 이라면 당연히 움찔하는 반응을 보일 수밖에 없는 물건이었다.

그것이 아니라면 단장산을 미리 알고 거기다 중화까지 되었음을 들이키기 전 파악하여 거짓으로 기침을 해야 한다는 것인데, 그 정도의 독공을 이룬 이가 당금 강호에서 존재하리라곤 믿을 수가 없었다.

하니 눈앞의 사내가 무공을 익혔을 가능성은 전혀 없다고 확신할 수밖에 없었다.

그렇게 생각하니 그저 목에 칼이 들어와도 할 말은 하고 죽는 대쪽 같은 성격의 유생 정도라 결론 냈다.

당영령이 그런 생각을 할 즈음 연후는 내심 가슴을 쓸어내리고 있었다.

'초연검을 안다. 이는 나를 알고 있으며 또한 사다인을 찾고 있다는 뜻, 게다가 사천 당가 출신이면 오수련이니, 결코 선연이라 할 수 없는 여인들이구나.'

그런 생각을 하자 다시 한 번 뜨끔한 마음이었다.

혹시나 이런 일이 있을지도 모른다는 생각에 초연검을 옮겨 놓길 잘했다는 생각이었다.

지금 초연검은 연후의 오른 팔목을 타고 팔뚝 전체에 휘감겨 있었다.

처음엔 단지 눈에 띄지 않게 할 요량으로 그리해 본 것인데 오히려 허리춤에 패용할 때보다 훨씬 사용키가 수월해짐을 느꼈다.

어쩌면 본래부터 요대가 아니라 이렇게 사용하는 것이 아니었을까 하는 생각마저 들 정도였다.

검신은 피부에 자연스레 달라붙었으며 검병은 사내다운 모습의 팔찌가 되어 팔목에 휘감겨 있었다.

또한 과거 독마 갈목종 때문에 단장산을 들이켜 본 경험이 있는데다가 이에 대처법까지 배운 연후이기에 당영령의 독수에 태연하게 반응할 수 있었던 것이다.

실상 이렇게까지 해서 피할 이유가 없다는 생각이 들었지만 워낙 전에 없는 반응을 보인 무상검결 때문에라도 결코 쉽게 여길 수가 없었다.

정체를 들켜서 좋을 것이 없는 사이가 분명했으니 피할 수 있다면 피하는 것이 상책이란 생각이었다.

게다가 두 여인 모두 함부로 살심을 내비치지 않는 이들이니 굳이 싸워야 할 이유가 없는 상대인 것이다.

다만 한 가지 걸리는 것은 그녀가 대체 어느 정도나 강한지 파악할 수 없다는 것이다.

'불이곡의 노사님보다 강할지 모르겠어. 사다인 녀석, 이런 여인과 불공대천의 원수라니…….'

그런 생각이 들자 더 이상 그녀를 보고 있기가 괴로울 수밖에 없었다.

그녀 또한 이미 시선을 다른 곳으로 돌린 뒤였기에 연후 역시 자연스레 고개를 돌릴 수 있었다.

그러곤 나직한 한숨을 내쉬며 서서히 어두워져 가는 하늘을 바라보았다.

하룻밤만 지나면 무한이고 더 이상 그녀들과 얽힐 일이 없다는 생각이었지만 그 마음마저 편할 수는 없었다.

인연과 은원으로 얽힌 곳이 강호라는 말이 참으로 새삼스럽게 다가오는 느낌이었다.

연후가 그렇게 상념에 젖어 있을 때였다.

"실례합니다. 할머니께서 학사님께 결례를 범했다 전하라 하셨습니다. 누군가를 상하게 할 의도가 없었음을 알아주셨으면 합니다."

귓가로 이어지는 여인의 음성에 연후가 천천히 고개를 돌렸다.

그곳엔 흑의를 입은 죽립 여인이 매우 공손한 태도로 서 있었다.

손끝으로 네 가닥의 은사를 현묘하게 부리던 여인, 하나 지금 보니 명문가의 규수처럼 자연스런 기품이 배어 있었다.

그럼에도 그녀가 굳이 사죄를 구하고 있는 상황에 대처하기가 난감했다. 더구나 또래로 보이는 여인을 할머니라 칭하는 것마저도 조금은 당혹스러운 일이었다.

물론 겉으로야 살벌한 분위기를 일으킨 것에 대한 사과일 것이고 그 속내는 단장산을 하독한 일에 대한 것이리라.

하여 마땅히 대꾸를 하지 못하고 담담히 바라보기만 했는데 마침 면사와 죽립 사이로 드러난 그녀의 눈가에 희미한 미소가 서렸다.

"모쪼록 그 기개를 잃지 않는 선비가 되셨으면 합니다. 그럼 편안한 여행이 되시길……"

여인은 그렇게 가볍게 목례를 하며 뒤돌아섰다.

역시나 연후는 마땅히 대꾸할 말이 없어 가볍게 포권을 취한 것이 전부였지만 그녀의 미소에 묘한 여운 같은 것이 남는 느낌이었다.

하여 그녀가 신형을 돌려 또 다른 죽립 여인과 함께 선실 안으로 들어가는 모습을 끝까지 지켜보게 되었다.

그런 후에야 연후의 눈길에 복잡한 심경이 넘쳐 났다.

함부로 예단하긴 어렵겠지만 두 여인이 그다지 경우 없는 이들이 아니라는 생각이었다. 적어도 힘없는 이들을 함부로 핍박하는 이들이 아닌 것만은 분명했다.

그런 여인들과 친우인 사다인이 악연을 맺었고, 그러한 악연 안에 자신 역시도 한 발을 담갔다는 것을 떠올리니 마음마저 더욱 무거워지는 느낌이었다.

'인연이 인연으로 이어지고 하나의 악연은 또다시 악연을 낳는다. 이 굴레를 끊으려면 어찌해야 하는 것인가. 난제구나. 참으로 난제야……'

때마침 하늘을 잠식해 가는 짙은 먹구름처럼 연후의 마음 또한 깊은 어둠 속으로 침잠해 가는 느낌이었다.

한바탕 폭풍우라도 몰아칠 기세인지라 배는 속도를 더해 빠르게 물살을 가르기 시작했다.

第五章

폭풍우 속

연후가 떠난 직후 무곡 안의 분위기는 사뭇 달라졌다.

공교롭게도 그 즈음 무산 깊숙한 곳까지 꽤나 많은 무인들이 찾아들고 있었기 때문이었다.

그중 대부분이 화산파를 중심으로 한 섬서 땅의 무인들이었다.

당연히 무곡의 수뇌부는 연일 대책 마련에 고심할 수밖에 없었다.

무곡의 위치가 발각될 가능성은 희박하였지만 사태가 점점 심상치 않게 흘러가는 것만은 틀림없었다.

특히나 신검이라 불리는 화산 장문인이 그들 무리를 직접 이끌고 있다는 것이 알려지자 보통의 일로 치부할 수가 없는 상황이 되어 버렸다.

연후가 명부당에서 살겁을 벌이고 근 한 달 가까이 흘렀는데도 아직까지 신검을 위시로 추적을 포기하고 있지 않은 상황.

더구나 화산신검 정사휘의 과거와 그 성정을 미루어 볼 때 결코 성과 없이 돌아갈 위인이 아니라는 것을 짐작할 수 있는지라 더욱더 신경을 곤두세울 수밖에 없었다.

신검이 매화검수의 수장으로 있던 당시 도왕 금도산 하나를 추살하기 위해 대륙 전체를 얼마나 떠돌았는지를 떠올려 보면 그 성정이 어떠할지는 충분히 유추할 수 있었다.

결코 빈손으로 돌아갈 위인이 아니라는 것, 더불어 매화검수들 전부와 화산육선이라 불리는 장로들까지 전부 대동하고 나섰으니 결코 사안이 쉽게 끝날 것이 아니었다.

혹시라도 그들이 무곡 안으로 들어서게 된다면 한바탕의 살육의 장이 펼쳐질 수도 있었다.

지금의 전력이라면 근소하나마 우위를 점할 수 있을 것이라 자신하지만 그렇다 해도 전면전이 벌어지면 최소한 절반 이상의 목숨이 사라질 것이 분명했다.

이는 절대로 피해야 할 일이었다.

당장 저들과 맞서는 것보단 생존하여 세가를 재건하는

것이 급선무인 상황, 마침 북경에서 날아든 전서구에 소가주의 폐관 수련이 끝났다는 소식이 적혀 있었다.

아쉽게도 한발 늦어 연후에게 그 소식이 전해지지는 않았으나 어차피 그가 봉명궁으로 간다 했으니 두 사람의 만남은 머잖아 이뤄질 것이 분명했다.

여하간 그러한 일들을 논의하며 단목세가의 가신들과 구양수 등은 눈코 뜰 새 없이 바쁜 시간을 보내고 있었다.

사정이 그러하니 무곡 안에 머무는 다른 세가의 무인들도 모두 숨죽이며 생활할 수밖에 없었다.

하나 그중 유독 신이 난 얼굴을 한 무리가 있으니 그들이 바로 난중표국의 인물들이었다.

어찌어찌 연후를 따라 이곳에 들게 된 후 부상자와 무곡의 사정 때문에 밖으로 나갈 수가 없었던 이들이었다.

한데 원한다면 세가의 무인으로 받아들여 주겠다는 이야기를 듣게 되었으니 대부분 꿈인지 생시인지 구분 못할 만큼 신이 난 것이다.

그럼에도 대표두 강일찬만은 참으로 침중한 얼굴을 지우지 못했다.

젊은 표사들과 달리 청성의 속가 문하란 것을 버릴 수 없었으며 외팔이 되어 버린 데다가 나이까지 많은지

라 도저히 단목세가에 적을 둘 수 없는 입장이기 때문
이었다.

하여 이러지도 못하고 저러지도 못하는 신세가 되어
버린 것이다.

기회를 보아 나가야겠다고 생각하면서도 이곳의 비밀
이 새 나가길 바라지 않는 단목세가의 입장을 고려할 때
그마저도 꺼내기 쉽지 않은 말인지라 연일 한숨을 내쉬며
하루하루를 보낼 수밖에 없었다.

그런 강일찬과 비슷하면서도 다른 처지인 이가 또 한
명 있었다.

이제는 거의 있는 듯 없는 듯한 존재가 되어 버린 사다
인이었다.

그도 그럴 것이 이십여 일이 다 되어 가는 동안 모옥의
문밖으로 모습을 보인 것이 한 손에 꼽을 지경이니 그의
존재는 더 이상 관심의 대상이 될 수 없었다.

더욱이 요 근자의 상황이 급박한지라 더더욱 사다인에
게 신경 쓰는 이들이 없는 때였다.

심심치 않게 비파봉 언저리에 모습을 나타내는 무인들
때문에 대부분의 신경이 그쪽에 쏠려 있는 것이다.

그런 시기에 사다인이 모옥 밖으로 모습을 드러냈다.

평소 걸치고 다니던 흑색 피풍의까지 걸친 사다인은
잠시간 모옥 밖에 선 채 무곡 위로 뚫린 하늘을 가만히

살폈다.

어둠이 완연히 하늘을 잠식해 가는 그 시각 사다인의 입에서 나직한 음성이 흘러나왔다.

"녀석이 온다. 이 기회를 놓치면 또 언제 기회가 올지 모른다."

심상치 않은 먹구름이 어둠을 덧칠하는 모습을 보며 사다인은 희미한 미소를 배어 물었다.

그런 사다인의 눈길이 다시금 동편 절벽을 주시했다.

연후가 며칠간이나 틀어박혀 내려오지 않았던 곳, 그곳이라면 뇌령을 복구하기에 최적의 조건인 곳이라 판단하고 있는 중이었다.

마침 금지가 풀렸다는 이야기까지 들은 때이니 누군가에게 허락을 구할 이유도 없었다.

사다인은 뚜벅뚜벅 절벽을 향해 걸어 나갔다.

심장에 난 검상은 이제 거의 아물었다.

격하게 움직여도 바늘로 살짝 찔리는 정도의 통증이 있을 뿐이니, 완치는 아니더라도 뇌신지기를 운용하는 데에는 아무런 장애도 되지 않는 것이다.

사실 이런 미묘한 상황만 아니었다면 벌써 뇌령을 복구할 수도 있었다.

하나 주변의 여건이 그럴 수가 없게 만들었다.

뇌령을 복구하려면 짧게는 사흘, 길면 칠 주야가 넘을

수도 있는 일이었다. 그사이 꼼짝을 하지 못하는 것은 물론이요 완전히 무방비 상태에 처해지는 것이다.

그런 상태로 마른하늘에서 쉼 없이 떨어지는 낙뢰를 받아들여야 하는 것이니, 이는 자신을 찾아 무산을 들쑤시고 다닌다는 이들에게 나 여기 있소 하며 소리치는 것과 다름없는 행동이었다.

아무리 거침없는 사다인이라지만 그런 일을 벌일 수는 없었다.

자신으로 인해 이곳 사람들이 피해를 입는 것은 죽어도 피해야 할 일인 것이다.

가뜩이나 무산 인근에 나타나는 무인들 때문에 어수선한 분위기가 가중되는 시기였으니 더더욱 운신에 조심스러움을 기할 수밖에 없었다.

그렇기에 오늘의 기회를 놓치고 싶지 않았다.

뇌령을 복구한 뒤 홀로 이곳을 벗어나고자 마음먹었다.

결국 저들이 노리는 것이 누구인지 알기에 자신만 이곳을 벗어나면 될 일이라는 생각이었다.

이는 절대로 무모한 생각이 아니었다.

그동안 꼼짝도 하지 않고 있으면서 많은 생각을 하게 된 사다인이었다.

오수련의 고수들과 있었던 생사의 겨룸은 심맥의 상처

만 남긴 것은 아니었다.

완성된 뇌신지기로 사람과 대적해 본 것은 오수련의 무인들이 처음이나 다름없었다.

돌이켜 보면 보다 쉽게 적들을 죽일 수 있었음에도 몇 가지를 간과한 것이 오늘의 상황을 만들었다는 생각이었다.

소위 말하는 절정고수들의 움직임이 익숙지 않았다는 것과 진법이라는 생경한 공격 앞에 아무 대책 없이 노출되었다는 것이 바로 자신의 실기였다.

그렇게 매일처럼 지난 싸움을 복기하며 지냈다.

그리고 이제 어찌하면 자신의 모자람을 채울 수 있는지도 확실히 알게 되었다.

결국 실전을 통한 뇌신지기의 완벽한 운용이 답이란 생각이었다.

보다 많은 고수들과 싸우고 그들을 통해 보다 효율적인 투술을 완성해 내는 것이 답이었다.

한데 참으로 고맙게도 그런 상대들이 무산을 가득 채우고 있는 것이다.

게다가 숨통을 끊어도 전혀 거리낄 것 없는 이들이 잔뜩 몰려들었으니 그들 모두가 사다인에겐 그저 먹잇감으로만 보였다.

그 일을 위해선 뇌령의 북구가 무엇보다도 시급한 일

이었다.

때마침 기다리던 거대한 폭풍우가 밀려드는 때였고, 단목세가의 무인들 대부분은 비파봉 쪽에 신경을 집중하느라 사다인이 무얼 하는지 큰 관심을 두지 않았다.

특히나 수뇌부라 할 수 있는 가신들은 대책 마련에 부산하였으니 누구도 사다인을 제지하지 않았다.

사다인은 그렇게 동편 절벽 아래에 이르렀다.

고개를 젖혀 까마득한 높이의 절벽 꼭대기를 쳐다본 사다인이 망설임 없이 지면을 박찼다.

단번에 삼 장 높이까지 치솟은 사다인이 튀어나온 암석을 밟으며 거침없이 절벽을 타올랐다.

산양이 뛰어오르는 듯 그 움직임은 그야말로 한 마리 거대한 산짐승을 보는 듯 날래기 이를 데 없었다.

그러다가도 지지할 암석이 없으면 손가락을 내질러 절벽을 후벼 팠다.

팔목까지 처박은 뒤 그것을 지지대로 삼아 험준한 지형을 타올랐으며, 완만한 경사면은 몇 번의 발돋움으로 재빠르게 타 넘어 버렸다.

강호 무인들의 절정 신법에 비할 수는 없는 움직이었지만 내공조차 없는 순수한 육신의 힘만으로 그 같은 움직임을 보인다는 것은 실로 대단한 일이 아닐 수 없었다.

그렇게 이각 가까운 시간이 지나자 사다인이 비로소 절벽 꼭대기 위로 치솟아올랐다.

어둠 위에 먹구름까지 덧칠되고 있는 때였기에 눈앞의 풍광이 어떠한지를 알 수는 없었다.

다만 절벽 위로 치솟는 순간 막혔던 무언가가 탁 트이는 듯한 기분을 느꼈다.

그간 꼼짝 못하는 상태로 모옥 안에서만 지내왔기에 더더욱 상쾌한 기분일 수밖에 없었다.

하나 그것도 잠시 잠깐이었다.

좁다란 절벽 한편에 자리 잡은 허름한 모옥 안에서 난데없는 인기척이 들린 것이다.

좋았던 기분은 사라졌고 의문만이 일었다.

'대체 누가?'

그때 마침 모옥 밖으로 나온 이를 확인한 사다인의 얼굴이 휴지 조각처럼 일그러졌다.

"사 공자께서 여긴 왜……?"

이 세상에서 자신을 유일하게 사 공자라 부르는 인물, 은서린이 놀란 눈을 동그랗게 뜨고 서 있는 것이다.

사실 그 말은 사다인이 고대로 돌려주고 싶은 말이었다.

'이 계집이 왜 여기 있는 거야!'

그녀 때문에 화병이 도질 뻔한 것이 한두 번이 아니었

다.

자연스레 인상을 쓰는 사다인, 그러고 보니 연후가 떠난 날부터 그녀의 듣기 싫은 흐느낌이 그쳤다는 것이 생각났다.

이제야 그 이유가 무엇인지 알게 되었지만 구겨진 사다인의 얼굴은 좀처럼 펴지질 않았다.

사사건건 울화를 돋우던 은서린, 자연히 눈에 힘이 들어갈 수밖에 없었다.

한데 은서린의 반응은 기가 막힐 지경이었다.

"설마! 절 노리고…… 가까이 오면 소리 지를 거예요!"

그녀가 늘 그렇듯 은색 장검을 가슴에 품고 있는 모습 그대로 날카롭게 외쳤다.

사다인의 표정이 둔기로 한 대 맞은 듯 멍해질 수밖에 없는 순간이었다.

하나 그녀의 음성은 쉼이 없었다.

"당신…… 정말 음적(陰敵)이로군요! 한때 유 공자의 정인(情人)이었던 소녀에게 어찌 이럴 수가……!"

'도대체 이 계집이 뭐라는 거야!'

하도 기가 막혀서 입조차 떨어지지 않을 지경이었다.

대체 무슨 생각을 하는 것인지, 거기다 대체 누가 누구의 정인이었다는 것인지.

너무 어이가 없어 대꾸조차 나오지 않았다.

하나 연이어진 그녀의 말은 그야말로 화룡정점이었다.

"하지만 당신은 실수했어요. 이래 보여도 절정각의 마지막 제자이자 다음 대 검후가 될 몸이에요. 당신처럼 약해 빠진 사람에게 몸을 더럽힐 내가 아니에요."

이쯤 되자 도저히 참을 수가 없게 된 사다인이었다.

"이 계집이 미쳤나!"

"흥! 하면 이 야심한 시각에 왜 여길 찾아온단 말이에요. 용서는 없으니 소녀의 검을 무정타 하지 마세요."

그녀가 이곳에 머물게 된 것은 사다인을 제외한 무곡 사람이라면 다 알고 있는 사실이었다.

그녀 딴에는 그런 오해를 할 법했지만 사다인의 입장에선 황당해도 이렇게나 황당할 수가 없는 상황이었다.

한데 연이어지는 일이 참으로 가관이었다.

챙!

늘 품에 안고 다니던 그녀의 은색 장검이 맑은 금속음을 토해 내며 뽑혀졌고 사다인은 너무나 어이가 없어 또다시 말문이 막히고 말았다.

하나 그 순간 은서린이 망설임 없이 검을 베어 왔다.

슈앙!

발검과 동시에 놀라운 속도로 가슴을 베어 오는 그녀

의 검은 예상을 훨씬 뛰어넘는 것이었다.

화들짝 놀란 사다인이 펄쩍 뛰어 물러날 만큼 그녀의 검은 날카로웠다.

사다인의 얼굴이 말도 못하게 굳어졌다.

따끔한 충격이 일고 있음을 느꼈기 때문이었다.

놀랍게도 그녀의 검이 피풍의를 가르고 앞가슴에 혈선까지 그어 놓은 것이다.

만일 조금만 더 깊었다면 치명상으로 이어졌을 수도 있는 일이었다.

자칫 검흔이 간신히 아문 심맥까지 이어져 모든 계획을 수포로 돌릴 수도 있었던 상황인 것이다.

그런 은서린의 검이 놀랍기는 했으나 그보단 걷잡을 수 없는 노기가 사다인의 눈빛을 타고 흘러나왔다.

대책 없는 여인임을 알고 있었다지만 이 이상 참아 줄 정도의 아량을 지닌 사다인은 아니었다.

'나 사다인이 계집 따위를 패게 될 줄이야!'

이제 사다인은 그녀를 봐줄 마음을 완전히 지워 버렸다.

제법인 검을 익힌 것은 틀림없지만 이는 과거 유가장 시절의 단목강 정도나 될까 말까 한 수준일 뿐이었다.

그런 정도의 검에 상처가 난 것까지 더해지니 사다인은 애써 이빨을 꽉 깨물어 버렸다.

자칫 죽여 버릴지도 몰라 애써 투기를 조절하는 것이었으며 적어도 그간 받은 이상 톡톡히 갚아 줄 마음이었다.

이참에 아주 다시는 방정을 떨지 못하도록 주둥이를 짓이겨 놓겠다는 독한 눈빛.

하나 그것도 그저 잠시뿐이었다.

"아악! 피가 나잖아요! 괜찮아요? 난 몰라. 어떻게! 아프죠? 미안해요. 이렇게까지 할 생각은 아니었는데……."

얼마나 놀랐는지 눈동자가 젖어들며 격하게 흔들리는 그녀를 보자 맥이 다 풀려 버렸다.

한눈에도 피를 보고 잔뜩 겁을 집어먹은 모습이었다.

다짜고짜 검을 내질러 놓고선 그렇게 변해 버린 은서린 때문에 그저 어처구니가 없었다.

더욱이 두 눈에 굵은 눈물까지 뚝뚝 흘리고 있으니.

그렇게 안절부절못하는 은서린을 향해 뭘 어쩌고 싶은 마음이 완전히 사라져 버렸다.

대신 노기 섞인 음성을 내뱉는 것만은 참지 못했다.

"미친 계집! 너 대체 뭐하는 짓이냐?"

사다인이 싸늘하기 그지없는 음성이 이어졌지만 그녀는 여전히 사다인의 앞가슴에 난 검상만을 보고 있었다.

"그러니까……. 무공도 약한 사람이 왜 나돌아 다니고 그래요? 정말 괜찮은 거예요?"

"……!"

"정말 괜찮은 거죠? 진짜 놀랐단 말이에요. 다행에요. 정말 다행이에요. 흑흑흑!"

어느새 지척으로 다가가 사다인의 상세를 살피며 울먹이는 은서린, 사다인으로선 기가 찬 일이 아닐 수 없었다.

그렇게 울고 있는 여인에게 계속해서 쌍소리를 내뱉을 수도 없었다.

"이봐! 음적이네 뭐네 하며 다짜고짜 검을 휘두른 건 너잖아!"

사태를 되짚으며 그녀의 잘못을 지적했지만 은서린의 반응은 또다시 예상을 빗나갔다.

그 순간 은서린은 잊었던 것이 떠올랐는지 화들짝 놀라며 뒷걸음질 쳤다.

"맞아! 사 공자, 당신은 음적이었어! 용서하지 않아!"

그 와중에 다시금 검신을 세웠다.

이쯤 되자 사다인의 인내심도 끝났다.

탓!

은서린이 검을 세우자마자 사다인은 지면을 박차며 순식간에 그녀의 코앞까지 쇄도해 들어갔다.

놀란 토끼눈을 한 그녀가 당황하여 검을 움직이려 했지만 어느새 사다인의 왼손이 그녀의 오른 팔목을 우악스럽게 잡아챘다.

"악!"

외마디 비명과 함께 검을 떨어뜨린 은서린의 눈과 사다인의 노기충천한 시선이 마주쳤다.

그럼에도 그녀의 태도는 변치 않았다.

"악적! 그간 무공을 숨겨 왔다니! 정녕 나를 노리고!"

어처구니없는 말과 함께 왼손으로 일장을 뻗는 은서린, 하나 사다인이 그걸 맞아 줄 리 없었다.

뻗어 나오던 그녀의 왼손 역시 사다인의 오른손에 힘없이 붙잡혔으며, 그러자 은서린이 마지막 힘을 쥐어짜 사다인의 낭심을 걷어차려 했다.

하나 그것마저 발끝을 살짝 들어 막아 낸 사다인이 아예 두 발로 그녀의 발등까지 지그시 눌러 버렸다.

"아악!"

가혹할 정도로 옴짝달싹할 수 없게 제압당한 은서린이 부들부들 떨었으나 사다인의 입에선 그저 날카로운 고함이 토해졌을 뿐이었다.

"닥쳐!"

면전에서 이어진 강렬한 일갈에 은서린은 온몸이 돌덩이처럼 굳어졌다.

그러더니 모든 것을 체념한 눈빛으로 사다인을 올려다보았다.

"이렇게 더렵혀질 바엔 차라리 혀를 깨물겠어요. 흐흑, 죽어 원귀가 되어서라도 당신을 따라다니며 저주할 거예요!"

옴짝달싹 못하는 처지에 원독에 찬 음성을 내뱉는 그녀를 보자 사다인은 강렬한 투기를 끌어올렸다.

"한 번만 더 쫑알대면 발가벗겨 절벽에 매달아 버리겠다."

맹수의 그것처럼 흉포한 안광 속에서 흘러나오는 사다인의 음성에 은서린은 멍한 눈이 되어 버렸다.

"젖비린내 나는 계집 따위가 눈에나 찰 성싶으냐?"

연이어진 음성과 함께 무시무시한 눈길이 이어지자 은서린은 온몸에 힘이 빠져 버렸다.

"아……!"

이제껏 누구에게도 들어 보지 못한 말들이었다.

또한 사다인의 눈빛에 서린 싸늘함을 보고 그가 자신에게 털끝만큼도 관심 없음을 느낄 수 있었다.

한데 참 묘하게 섭섭하단 생각이 들었다.

게다가 눈앞에서 움찔거리는 그의 목젖과 코에서 뿜어지는 숨결을 생생히 느끼자 심장에서 천둥치는 소리가 나는 것만 같았다.

괜스레 얼굴이 붉어지며 현기증이 밀려들었고 이제 그녀는 서 있을 힘조차 잃어 가는 중이었다.

"아……. 아파요. 이 팔 좀……."

그녀가 애써 목소리를 쥐어짜자 사다인도 흉흉한 안광을 지우며 그녀를 놓아주었다.

순간 휘청거리며 주저앉을 뻔했던 그녀가 황급히 바닥에 떨어진 검으로 땅을 짚었다.

그러면서도 다시금 고개를 들어 사다인을 바라보았다.

그런 은서린을 향해 사다인의 음성은 더더욱 냉랭하게 이어졌다.

"이대로 곧바로 절벽 아래로 내려간다. 너 따위와 실랑이하고 있을 시간이 없다."

싸늘한 음성을 남긴 사다인은 그녀를 지나쳐 절벽의 끝단으로 나아갔다.

그런 뒤 잠시간 뚫어져라 하늘만 쳐다보기 시작했다.

먹구름 속에 충만한 뇌기가 확연히 느껴지자 그제야 사다인의 입가에도 미소가 걸렸다.

'다시는 이런 꼴을 당하진 않아.'

스스로에게 또 한 번 하는 다짐이었다.

목숨이 간당간당했던 부상은 물론 친우에게 끼쳤던 폐와 계집 따위에게 당했던 모욕까지도 생생히 떠올랐다.

앞으로는 일말의 방심도 허용치 않겠다는 의지를 머릿

속에 새삼 각인시키는 중이었다.

우르르릉!

때마침 하늘 끝자락에서 뇌성벽력이 울리고 곧 빗방울
이 떨어지기 시작했다.

그때가 돼서야 사다인이 힐끔 뒤를 돌아보았다.

그곳에는 여전히 쭈뼛거리고 있는 은서린이 있었다.

"내가 못할 것 같나? 정말로 홀딱 벗겨 매달아 놓아야
정신을 차릴 텐가?"

사다인의 음성은 더없이 냉랭해 은서린은 울음보를 터
트리기 직전이었다.

"혼…… 혼자서는……."

"뭐?"

"혼자서는 못 내려간단 말이에요. 올라올 때도 사부님
이 도와주셔서……."

그녀가 애처롭게 입을 열자 사다인은 또다시 기가 막
힐 수밖에 없었다.

"진짜, 가지가지 하는구나."

잔뜩 일그러진 얼굴로 다가오는 사다인과 주춤거리며
물러서는 은서린.

"업혀!"

"……."

"업히라고. 시간 없어."

사다인의 음성에 짜증이 짙게 묻어날 수밖에 없었다.

귀찮기는 해도 그녀를 절벽 아래까지 내려다 놓고 다시 올라올 생각이었다.

그것이 매우 귀찮고 힘이 드는 일인 것은 분명하지만 그녀를 지척에 둔 상태에서 뇌령을 복구할 마음은 전혀 없었다.

지극히 위험한 상황에 그녀가 대체 무슨 일을 벌일 줄 알고 함께 있단 말인가.

그런 위험을 감수하느니 차라리 절벽을 내려갔다 오는 것이 낫다는 생각이었다.

어차피 한두 시진으로 끝날 폭풍우가 아니니 시간적 여유는 충분하다 여긴 것이다.

한데 그녀가 또다시 뜻하지 않은 태도를 보였다.

"싫어요. 여긴……. 여긴 제가 먼저……."

"이 폭풍이 끝날 때까지만이야."

"그래도……. 그래도 그럴 수 없어요."

은서린이 필사적으로 거부하자 사다인의 눈에 다시금 흉포한 안광이 넘실거렸다.

하나 이번만은 그녀 역시 그저 떨고 있지만은 않은 채 이를 꽉 깨문 모습이었다.

그런 은서린의 태도에 다시 한 번 노기가 폭발 직전까지 이르고 말았다.

정말로 여자만 아니었다면 또한 겁먹은 사슴 새끼마냥 애처로운 눈망울만 아니라면 무슨 짓을 벌일지 모르겠단 마음이었다.

"무슨 전생에 원수를 졌다고 이렇게까지 애를 먹이냐? 대체 내려가지 않겠단 이유가 뭐야?"

"사부님하고 약속했단 말이에요. 내려올 때는…… 꼭 내 힘으로…… 온전한 내 힘으로 내려올 거라구요. 한데 어떻게 벌써 내려가요? 고작 나흘이 지났을 뿐이란 말이에요. 사부님과의 약속을 이렇게 쉽게 어길 수 없어요. 이건 사 공자가 정말 나쁜 거예요. 흑흑!"

감정에 복받친 그녀가 다시금 울음을 쏟아 내기 시작했다.

이미 질리도록 들어왔던 그녀의 울음소리기에 꿈에서라도 다시 듣고 싶지 않은 소리였다.

한 번 시작된 그녀의 흐느낌이 쉬 멈추지 않는다는 것까지 알고 있는 사다인.

그런 사다인이 할 수 있는 선택은 그리 많지 않았다.

냅다 기절시켜 버리는 것과 어떻게든 그녀를 달래 울음을 그치게 하는 것 중 하나뿐.

마음 같아선 당연히 전자였으나 사부와의 약속 때문이라며 통곡하는 그녀를 보니 그렇게까지 모진 마음을 먹긴 힘들었다.

게다가 따지고 보면 엄연히 이곳을 찾아온 불청객은 자신이었다.

경우를 따지자면 자신에게 잘못이 없는 것은 아니란 생각이었다.

"뚝! 그만! 대신 하나만 약속해!"

"……"

"저 안으로 들어가서 절대로 나오지 않는다. 알았나?"

사다인의 손끝이 모옥을 가리키자 물기를 잔뜩 머금은 눈으로 되물었다.

"왜…… 왜요?"

"그냥 시키는 대로 해. 아니면 당장 내 등에 업히던가."

"알았어요."

"이 비가 그칠 때까지다. 네 사부의 이름을 걸고 약속할 수 있나?"

사다인이 재차 확인하자 그녀가 전에 없는 표정을 지으며 몸을 꼬기 시작했다.

"남녀가 유별한데…… 어찌 모옥 안에서 함께 밤을 지새운단 말씀을 이런 상황에서……."

"제발 정신 좀 차리지. 저 안엔 너 혼자. 나는 이곳에. 알았나?"

"그런 거라면······. 알았어요. 약속할게요. 사부님과 이 검에 걸고. 폭풍우가 물러나기 전까진 절대로 나오지 않겠어요."

"그럼 들어가."

그렇게 몇 번이나 다짐을 받은 뒤에야 사다인은 고개를 절레절레 저으며 다시금 절벽 끝단으로 향했다.

그사이 은서린은 약속대로 모옥 안으로 걸음을 옮겼으며 그러면서도 연신 사다인이 무엇을 하려고 하나 하는 궁금증이 가득한 얼굴이었다.

하지만 사다인은 더 이상 그녀에게 신경 쓰지 않았다.

어차피 뇌령의 복구란 것에 남에게 보이지 말아야 할 무슨 대단한 비밀 같은 것이 담겨 있는 것이 아니기 때문이었다.

그저 지금처럼 없는 듯 있어 주기만을 바랄 뿐이었다.

그런 마음으로 절벽 끝단에 선 사다인은 진각을 밟듯 오른발을 힘껏 내리찍었다.

쿠쿵!

비에 젖은 지반이 움푹 들어갈 정도로 힘껏 밟을 내지른 사다인이 이내 두 팔을 허공으로 번쩍 치켜들었다.

마치 하늘을 품에 안으려는 듯한 기이한 자세였는데 그 무렵엔 빗줄기도 점차 굵어지고 있었다.

사다인은 그런 자세를 취한 뒤 미동도 하지 않았다.

그렇게 시간이 흘러갔다.

밤이 깊어 갈수록 풍랑을 동반한 빗줄기는 더욱더 거세졌지만 사다인은 석상과도 같이 꿈쩍하지 않았다.

그런 모습을 은서린은 모옥에 난 창틈으로 몰래 훔쳐보고 있는 중이었다.

'대체 뭐하는 걸까? 운공을 하는 것 같지는 않고……'

전혀 움직임이 없는 사다인을 마냥 지켜보기만 하는 것도 쉽지 않은 일일 터인데, 그녀 역시 내내 꿈쩍도 하지 않고 창틈에 바짝 기댄 모습이었다.

덤벙거리는 성격과 달리 호기심이 한 번 일면 그것이 풀릴 때까지 어마어마한 집중력을 발휘하는 이가 바로 은서린이란 여인이었다.

그녀 또한 그렇게 시간을 보냈다.

빗줄기는 더욱더 굵어지고 바람 또한 거세졌지만 두 사람은 내내 똑같은 모습을 하고 있을 뿐이었다.

밤을 꼴딱 지샐 정도의 시간이 흘러가자 먼저 지친 것은 은서린이었다.

폭풍우가 없다면 벌써 여명이 밝아 올 시간이었다. 하니 족히 다섯 시진을 넘게 창틀에 기대어 있었던 것이다.

거기다 어둠을 뚫고 사다인을 살피느라 두 눈에선 실

핏줄이 터질 지경이니 멀쩡하면 그것이 더 이상한 일일 것이다.

그렇게 지쳐 버린 은서린이 모옥 안에 놓인 자그마한 침상으로 걸음을 옮기는 찰나, 그녀의 몸이 흠칫 굳어질 일이 벌어졌다.

쿠르르르릉!

하늘 전체가 요동치는 듯한 어마어마한 천둥이 터져 나왔으며 그 소리에 모옥마저 그대로 주저앉을 것만 같았다.

화들짝 놀라 다시금 창밖으로 눈을 돌린 은서린.

그 순간 엄청난 섬광이 떨어져 내리는 것을 볼 수 있었다.

하나 그녀는 눈을 질끈 감은 채 황급히 고개를 돌려야만 했다.

번쩍이는 빛이 얼마나 강력한지 그것을 그냥 보았다간 두 눈을 잃을지도 모른다는 생각이 들어서였다.

그렇게 고개를 돌린 은서린의 귓가로 한동안 소름 끼치도록 기이한 소리들이 들려왔다.

지치직! 치치지직!

눈을 돌려 확인할 수 없기에 더더욱 두렵게만 느껴지는 소리였다.

강렬한 섬광과 함께 한참이나 이어지던 그 기괴한 소

리마저 끝이 났을 때 세상 모든 것이 멈춰 버린 듯한 적막감만이 밀려들었다.

그제야 은서린은 다시 고개를 돌려 창밖을 확인할 수 있었다.

그 순간 은서린은 신음과도 같은 묘한 소리를 터트렸다.

"아아!"

지독한 폭풍우가 거짓말처럼 끝난 것을 확인했기 때문이며 그 가운데 자리한 사다인의 놀라운 모습 때문에 일어난 반응이었다.

흑단 같은 머리칼이 너풀거리며 바람에 흩어지고 있었다.

그녀의 시선이 훤히 드러난 사다인의 등판을 훑었다.

한눈에도 탄탄함을 느낄 수 있는 새까만 근육들 사이에 자리한 수많은 상처들, 그저 볼 수 있는 것은 뒷모습뿐이었으나 은서린은 잠시 동안 그 모습을 넋을 잃고 바라보았다.

그러다 이내 얼굴을 붉힌 채 황급히 고개를 돌려야 했다.

"어떻게……. 아……!"

그때 사다인은 어둠이 걷히며 드러난 풍광에 한껏 취해 있었다.

대륙의 땅덩이를 파헤치듯 가로지르는 거대한 물줄기, 그 격한 장강의 흐름을 바라보는 사다인의 눈빛은 오연하기만 했다.

같은 자리에서 연후가 본 것이 도도하면서도 유려한 장강의 흐름이었다면, 사다인이 지금 보고 있는 것은 황룡(黃龍)으로 변한 듯 거침없이 지면을 휩쓸어 가는 격한 물줄기였다.

지난밤 내내 이어진 폭풍우 때문에 볼 수 있는 광경이라 할지라도 그것은 사다인에게 전혀 다른 의미로 다가왔다.

대륙의 땅덩이를 갈라 버리고 있는 듯한 격류가 마치 자신이 가야 할 길을 보여 주고 있다고 여긴 것이다.

뇌령의 복구는 완벽히 끝이 났다.

그 어느 때보다 충만한 몸속의 뇌력을 느낄 수 있기에 입가에 희미한 미소까지 지을 수 있었다.

"이런 걸 보느라 며칠 동안이나 이곳에 처박혀 있었다는 것이구나."

나직하게 입을 열면서도 사다인의 눈은 여전히 눈앞에 펼쳐진 풍광을 향해 있었다.

그런 상태로 사다인은 움직이질 않았다.

그 때문에 뇌령을 복구하는 과정에서 걸치고 있던 피풍의와 옷가지가 모두 재가 되어 버렸다는 것을 알지 못했다.

사실 그런 것을 신경 쓰고 싶지 않을 때였다.

실제로도 부족에 있을 때는 고의나 다름없는 것 하나만 걸치고 살아왔기에 알몸이라는 사실에 전혀 신경 쓰지 않은 것이다.

물론 그런 생각이 오래 갈 리 없었다.

"음…… 음적……!"

모옥 안에서 흘러나오는 나직한 떨림에 사다인의 생각도 이내 다시 현실로 돌아올 수밖에 없었다.

사다인이 신형을 돌렸다.

그러곤 모옥의 창틈에서 두 손으로 눈을 가리고 있는 여인을 볼 수 있었다.

때마침 그녀가 눈을 가린 손가락을 조심스레 벌리는 것을 보았다.

그렇게 손가락 사이로 드러난 그녀의 눈동자와 사다인의 눈이 허공에서 마주쳐 버렸다.

"끼악!"

연이어 더없이 날카롭게 터져 나오는 그녀의 비명이 적막하기만 한 절벽을 타고 멀리멀리 퍼져 나갔다.

그 소리가 어찌나 큰지 맞은편 비파봉을 타고 메아리쳤으며 이는 다시 무곡 안까지 계속해서 퍼져 나갔다.

사다인의 얼굴이 다시금 처절하게 구겨질 수밖에 없는

순간이었다.

때마침 얼굴은 물론 목덜미까지 온통 시뻘게진 은서린의 음성이 이어졌다.

"그 흉악한 걸 좀 가려……."

그제야 사다인도 상황을 파악하고 당황한 표정이었다.

고의조차 남지 않았음을 그제야 확인하게 된 것이니 난감하긴 마찬가지였다.

'대체 저 계집하곤 왜 이렇게!'

아니나 다를까 그때 은서린은 난생처음 사내의 몸을 본 충격에서 헤어나지 못한 채 연신 나 이제 어떻게 하는 소리만 내뱉고 있었다.

하나 정말로 난처한 상황은 아직 시작도 되지 않았음을 사다인은 알지 못했다.

사다인이 몸에 걸칠 것을 찾아 두리번거리는 그때 은서린의 비명을 접한 검후는 물론 단목세가의 가신들이 엄청난 속도로 절벽을 타오르고 있는 것이다.

하나 그것만이 문제의 전부는 아니었다.

무곡의 맞은편 비파봉 쪽으로도 속속들이 무인들이 모여들고 있었다.

새벽녘에 떨어진 어마어마한 낙뢰를 확인키 위해 움직인 이들이 여인의 비명까지 듣게 된 상황이었다.

속속들이 그곳으로 집결하는 화산파의 무인들.

　폭풍우를 드리웠던 구름은 흩어지고 없었으나 정작
무곡에는 그보다 더 짙은 암운(暗雲)이 찾아들고 있었
다.

第六章

무당의 검, 당가의 독

연후를 태운 상선이 무한의 포구에 도착한 것은 청명한 바람이 불고 있는 정오 무렵이었다.

지난밤 몰아친 빗줄기와 풍랑 때문에 예정보다 두 시진이나 늦게 무한에 도착한 것이다.

하나 배에서 내리는 일은 더디게 진행되었다.

하선하기 위해 갑판 한편에 줄을 선 연후의 얼굴에는 의문이 가득할 수밖에 없었다.

관부의 포쾌와 나졸로 보이는 이들이 내리는 이들의 신분을 꼼꼼히 캐묻는 것은 물론, 그들의 짐까지 일일이 수색하고 압수하는 등 실랑이가 끊이지 않았기 때문이었다.

그런 관인들 뒤편 한쪽엔 가슴에 태극의 문양이 새겨진 검푸른 도복을 입은 도인들의 모습이 보였다.

검까지 패용한 도인들은 한눈에도 고절한 무인들임을 알 수 있게 은은하면서도 묵직한 기운이 발해지고 있었다.

그리 많은 경험을 한 것은 아니지만 그들이 결코 이름 없는 이들이 아님을 짐작하는 것은 그리 어렵지 않았다.

또한 그런 짐작을 확인시켜 주는 대화마저 연후의 귓가로 들려오고 있는 때였다.

"무당칠검(武當七劍) 중 운진 도장과 제자들인 것 같습니다. 그가 운자배의 마지막 도인이라 들은 기억이 있습니다."

"칠검이라면 함부로 움직일 이가 아니지 않느냐? 운현이란 이가 수좌로 있다 들었는데……."

"할머님께서 동혈에 계시는 동안 시간이 많이 흘렀습니다. 운현진인은 이미 무당을 대변하는 검이 되었지요. 얼마 전 도성 어르신을 수행하기 위해 산문을 나섰다 합니다."

"무암? 그 사람이 움직였더냐?"

"네, 그 일로 인해 구파가 좌불안석이라는 소문이 돌고 있습니다. 또한 그 때문에 제갈 가주께서 속히 돌아와 주시길 바라시고요."

"됐다. 내 누누이 당가의 대모 자격으로 나선 길이 아

니라 하지 않았더냐. 이종의 복수를 끝내지 않고선 돌아
갈 생각이 없느니라. 그나저나 무암이 움직였다면 보통
일은 아니겠구나."

"소문이 워낙 믿기 힘든 것인지라 확인이 필요한 일입
니다. 도성 어르신께서 관부에서 주관하는 무림대회에 나
설 이유가 어디 있겠습니까?"

"무림대회?"

"신경 쓰실 것 같아 말씀드리지 않았습니다. 각 성에
무림지부를 설치하고 종사품의 벼슬을 내린다는 포고가
있었습니다."

"허, 황궁이 미쳐 돌아가는구나. 대체 그게 무슨 수작
질이란 말이더냐?"

"그 연유야 여러 가지 억측들이 있사오나 아마도 검륜쌍
절과 단목세가의 일이 가장 큰 원인이지 않나 싶습니다."

"고얀 일이로구나. 한데 대관절 무암이 무얼 하겠다고
그런 곳에 나간단 말이냐?"

"글쎄요. 짐작 가는 바가 아주 없지 않지만 확실치가
않습니다. 황궁에 일침을 가하기 위해 부득불 나선 것은
아닐런지요."

"참으로 고약하구나. 흑면수라라는 마종에다 북궁가의
후예까지 나돌아 다니건만, 이러한 일이 벌어지다니……
사정이 그러하다면 이곳에서 내려야겠다."

"네엣?"

"굳이 남궁인이란 아이를 만나기 위해 안휘까지 갈 이유가 없는 듯하구나."

"하지만 그는 검마란 이의 얼굴을 본 유일한……."

"남궁가까지 오가는 동안 그나마 남은 흔적마저 사라질 것이다. 또 검마란 자가 북경으로 향한다는 것도 확실한 정보는 아니더구나. 거기다 그 곁에 그 마종 놈이 있다는 것도 보장할 수 없고."

"말씀을 듣고 보니 그렇네요. 그래도 이곳에 내린다면 혹여 껄끄러운 일이 벌어질 수도 있습니다."

"조심히만 행동하면 저들이 어찌 우리를 알아보겠느냐? 또한 알아보면 어떠하냐? 비록 소원해진 관계라 하나 무당과 본가 사이에 얼굴 붉힐 일이 없느니라. 어쩌면 우리 일과 무관치 않을 수도 있고."

"알겠어요, 할머니."

누군가 들을 리 없다 생각하며 나직하게 주고받던 대화였겠지만 연후는 두 사람의 말을 한 마디도 놓치지 않았다.

또한 그 두 사람이 하선을 위해 뒤로 줄을 서는 것까지 똑똑히 느끼고 있었다.

연후의 얼굴이 자연스레 살짝 일그러졌다.

물론 그녀들이 이곳에 내린다고 문제 될 것이야 없겠

지만 혹여 다시 마주쳐서 좋을 일이 없다는 것은 분명했다.

'검마라! 정과 마의 구분이 엄격하다 들었건만 그런 것도 아니로구나. 결국 인과에 상관없이 살겁이 쌓이면 마로 불리게 된다는 것……'

연후는 그녀들의 대화 속에 들려온 자신의 별호를 곱씹었다.

그러한 별호에 딱히 억울해할 이유는 없었다.

어찌 되었든 많은 이들을 죽인 것은 분명했고 그에 대한 비난이라면 당연히 감내할 마음을 먹고 있었다.

다만 모친에게 붙은 검한마녀라는 별호가 생각이 났고, 과거의 그녀가 어찌해서 그렇게 불리게 되었는지를 조금은 이해할 수 있게 된 느낌이었다.

그런 생각을 하자 저도 모르게 씁쓸한 미소가 지어졌다.

그러는 동안 더디게 이어지던 하선 작업이 이어져 연후의 차례가 되었다.

"호패를 보이시오."

입가에 수염이 거칠거칠하게 뻗어 난 중년 포쾌의 표정은 무척이나 살벌했다.

연후가 지니고 다니던 신분패를 건네자 거칠게 이를 낚아챘다.

이는 과거 천하상단의 하북지단주인 두여량에게 받은 것으로 중원을 떠돌자면 없어서는 안 될 물건이기도 했다.

물론 호패에 적힌 것은 유가장과는 하등 상관없는 것이었다.

그렇게 호패를 확인한 포쾌의 반응이 확연히 달라졌다.

"북경의 연 공자시구려. 큼큼. 꽤나 오래전 것이구려."

북경 출신의 유생이라면 세도가의 자제일 확률이 매우 높으며 지금 연후의 모습 또한 충분히 그렇게 보였다. 하니 포쾌의 태도가 달라질 수밖에 없는 것이다.

이는 연후에게도 익숙한 일들 중 하나였다.

"천하에 절경을 돌아보고 있는 중입니다. 하니 어찌 황학루(黃鶴樓)에 들르지 않을 수 있겠습니까?"

이미 이런 경험이 잦은 터라 괜한 행동으로 의심 살 만한 일을 일으키진 않았다.

그런 연후의 대답에 중년 포쾌의 얼굴에도 만족한 웃음이 걸렸다.

자기 고장의 명소를 높게 쳐 주니 당연한 듯 나온 반응이었다.

"하하하, 연 공자의 말이 맞소이다. 황학루를 보지 않고 어찌 절경을 보았다 하겠소. 좋은 구경하시고 널리널리 알려 주시구려."

중년 포쾌는 호패를 되돌려 주고선 지나가도 좋다며

길을 내주었다.

하지만 연후 역시 궁금한 것은 풀고 가고 싶었다.

사실 이렇듯 삼엄한 검문을 하는 것이나 상인들의 짐을 풀어 헤치고 그것들 중 일부를 압수하는 관인들의 일 처리가 너무나 의아했기 때문이었다.

"한데 무슨 일인지 여쭈어도 되겠습니까?"

연후의 물음에 포쾌는 조금 난처하다는 얼굴을 내비쳤다. 그러면서도 연후가 마음에 들었는지 조심스레 입을 열었다.

"말도 마쇼. 우리도 죽을 지경이오. 무한의 상련에다 조정에서 무명과 호두의 전매권을 내렸지 뭐겠소. 호북에서 그 둘을 거래하면 죄다 압수하여야 하는 것이오. 하니 낸들 어쩌겠소?"

"네에?"

포쾌의 말이 너무나 어이없는 것인지라 연후의 음성이 높아질 수밖에 없었다.

무명이라면 일반 백성들이 옷을 만들어 입는 데 없어서는 안 될 것이었다. 또한 질 좋은 호두가 무한에서 많이 난다는 이야기도 어딘가에서 읽었던 기억이 있었다.

두말할 필요도 없이 호북 사람들에겐 없어선 안 될 물품들일 터인데 그런 것들의 전매권을 한 지역의 상인들에게만 내린다는 것은 말도 되지 않는 일인 것이다.

전매권이란 소금이나 금은처럼 세수의 근간이 되는 물품들에나 내리는 것인지 무명이나 호두 따위에 내려서는 안 되는 것이었다.

연후의 반응을 예상했다는 듯 포쾌의 눈빛도 난처함이 배어났다.

하나 그 역시 자신의 직분을 잊지 않았는지 전에 없는 으름장을 놓았다.

"괜한 일에 토 달지 마시구려. 무한에서만 벌어지는 일만이 아니니까. 이번 일로 유림에서 들고일어났으니 조정에 반한다면 유생이라 해도 형옥에 잡아 가두라는 엄명이 있었소."

포쾌의 말을 들으니 어찌하여 그가 초면에 자신을 윽박질렀는지 이해할 수 있었다.

유림에 관해서라면 연후 역시 잘 알고 있었다.

공자를 추앙하는 공부를 주축으로 한 유생들의 모임이 바로 유림.

시국이 어려우면 목숨을 걸고서라도 상소를 올리는 이들이 바로 그들이며 국란이 닥치면 초개처럼 자신을 내던지는 이들이 바로 유림이라 불리는 유생들의 단체인 것이다.

조금 전 겪은 일만 보아도 중원 곳곳에서 어떤 일이 벌어지고 있는지 능히 유추할 수 있었다.

무명과 호두 같은 것에 전매권이 내려졌다면 다른 지

역은 말하지 않아도 뻔한 일, 이를 두고 보지 못한 유림이 일제히 들고일어난 것이 틀림없었다.

그럼에도 불구하고 이 상황이 도저히 이해되지 않았다.

아무리 조정이 환관들로 인해 썩어 간다 해도 이 정도의 반발이 뻔히 예상되는 일을 벌인 이유를 도무지 짐작할 수 없었기 때문이었다.

"무명 값이 천정부지로 치솟을 터인데 큰일이로군요. 사람들에게 어찌 옷을 해 입으라는 건지……."

은근슬쩍 말꼬리를 흐리며 포쾌의 눈치를 보는 연후.

노골적으로 관의 행사에 반발할 수 없으니 그리 운을 떼어 상대의 반응을 확인코자 하는 것이다.

"나도 잘 모르겠소. 대체 뭔 일인지 조정에서 큰 공사를 치른다 하더이다. 하여 급전이 필요하고…… 뭐, 너무 걱정은 마시오. 전매권은 삼 년 동안만 유효하다고 하니. 이만 좀 비켜 주시구려. 정히 궁금한 건 저자에 가서 물으시고!"

포쾌가 은근슬쩍 강압적인 눈빛을 내비치자 연후는 하는 수 없이 선착장으로 향할 수밖에 없었다.

그러면서 자연스레 무당파의 도인들을 지나치게 되었는데 그들 중 연후에게 신경을 쓰는 이는 아무도 없었다.

하나 그중 누가 무리의 수장인지는 한눈에도 알 수 있었다.

흑염을 곱게 기른 중년 도인에게서 발해지는 기세가 단목세가의 가신들에 견주어도 결코 모자랄 것이 없었기 때문이었다.

그 옆에 자리한 젊은 도사들의 분위기 또한 결코 녹록지 않아 과연 강호는 넓구나 하는 생각을 할 수밖에 없었다.

그러면서도 머릿속은 여전히 남는 의문들을 전부 떨쳐 내지 못했다.

'하면 저들은 왜 여기 있는 것일까? 어차피 관부의 일일 터인데……'

도인들을 지나치는 연후의 표정에는 의문들이 가득할 수밖에 없었다.

분위기를 보아하니 사다인이나 자신 때문이 아닌 것처럼 보였다.

하여 지나치는 동안 연후는 세심하게 주위를 살폈다.

포쾌의 이야기도 이야기지만 정작 도인들의 분위기로 보아 무언가 더 큰일이 벌어졌음이 느껴지기 때문이었다.

그렇다고 그 궁금함을 채우기 위해 그들에게 직접 물을 수도 없는 노릇, 괜한 호기심 때문에 더 이상 시간을 지체할 수도 없는 노릇이었다.

결국 호기심을 뒤로한 채 연후의 걸음은 포구에서 무한성까지 이어지는 대로로 이어졌다.

호북 역시 초행길인지라 아는 것이 많지는 않았다.

그럼에도 무한에 내린 것은 하남으로 가는 길이 있다고 들었기 때문이었다.

물론 그 경계에 대별산이라는 험준한 지형이 가로막고 있으니 관도를 따라가면 한참을 돌아가야 한다 들었다.

하나 연후는 그 대별산을 직접 넘어갈 생각이었다.

남들이 듣는다면 비웃음을 사도 시원치 않을 일이었지만 경신 공부를 알게 되고 조금이나마 그것을 체득하게 된 연후에겐 험준한 지형 정도는 문제가 될 것이 없었다.

벌써 무산을 벗어나는 동안 그것을 확인하였으니 굳이 남경까지 돌아갈 이유가 없는 것이다.

오히려 인적 없는 곳을 지나치니 불필요한 시비를 피할 수 있으며, 그사이 경공신법에 대한 공부까지 더할 수 있으니 일석이조는 이를 두고 하는 말이란 생각이었다.

무한성 안으로 들기 전 몸을 뺀 뒤 할 수 있는 최대한의 속도로 북쪽으로 이동하고자 결정한 연후였다.

그렇게 주변의 이목을 살피며 대로를 따라 걷는 연후, 하나 생각처럼 쉽게 몸을 빼기가 어려웠다.

성까지 이어진 대로에 꽤나 많은 이들이 오가고 있기 때문이며, 사방이 높지 않은 구릉인 터라 길을 벗어나면 눈에 띄지 않을 수 없기 때문이었다.

더구나 그 사이사이 관부의 병사들과 무인들의 모습마저 보이고 있으니 길이 아닌 곳으로 향하기는 더더욱 힘이 드는 상황이었다.

하나 단순히 그런 이유만이라면 어찌어찌 따돌려 볼 수도 있으려니 하겠지만, 정작 가장 큰 문제는 멀지 않은 곳에서 뒤따라오는 당가의 두 여인이었다.

그중 특히 당가의 대모란 여인은 여간 신경이 쓰이는 것이 아니었다.

처음 무상검결이 묘한 반응을 보일 때만 해도 확신할 수 없었으나, 이제는 그 묘한 떨림이 무엇을 의미하는지 짐작할 수 있었기 때문이었다.

두말할 것 없이 강력한 적에 대한 경계였다.

그 떨림이 전신 세맥까지 이어진 것은 그녀의 독공 때문이란 추측까지 틀림없었다.

연후 또한 독에 대해선 어느 정도 일가견이 있었다.

물론 대단한 경지라 할 수는 없지만 기본적인 용독술이나 해독법에 대한 것만은 충분하다 말할 수 있는 경지였다.

물론 지금에 와서야 그런 것 자체가 별 의미가 없는 일이었다.

독에 절로 반응하여 몸을 보호해 주는 무상검결의 공능이 있으니 굳이 독에 대해 두려워할 이유가 없는 것이다.

그렇다고 해서 일부러 그녀와 싸울 이유는 전혀 없었다.

자칫 북경으로 향하는 길이 틀어질 수도 있으니 그러한 시비라면 당연히 피해야만 하는 때였다.

'꼼짝없이 성도 안쪽까지는 가야 한단 말이지.'

그런 생각으로 대로를 터벅터벅 걸어가는 연후, 그렇게 연후의 걸음이 이어지던 때 뜻하지 않은 소란이 일기 시작했다.

"멈추시오."

등 뒤로 들려오는 음성이 어찌나 큰지 길을 가던 이들 대부분이 일시에 발걸음을 세워야 했다.

연후 또한 긴장한 눈빛으로 뒤돌아섰다. 혹여 자신 때문은 아닐까 하는 생각에 도주할 곳까지 미리 살폈다.

섬서에선 부상당한 사다인 때문에 어쩔 수 없이 부딪혀야 했지만 피할 수 있는 상황이라면 피하는 것이 상책이란 생각이었다.

하나 다행히도 중년 도인이 목소리를 높여 불러 세운 이는 죽립을 쓴 당가의 두 여인이었다.

운진 도장이라는 무당의 도인, 그가 신형을 날린 뒤 두 여인 앞을 가로막고 선 것이다.

"실례하겠소! 무당의 운진이라 하외다."

불러 세울 때의 기세와는 달리 두 여인을 향해 공손히 포권을 취하는 운진 도장.

무당파의 운자배라면 장로의 바로 아래 서열이니 그의 입장에서 보자면 이십 대로 보이는 두 여인에게 취할 수 있는 최대한의 예를 표한 것이다.

그런 운진 도장을 응대한 것은 당예예였다.

"무슨 일이신가요. 도사님?"

"외람되오나 두 분께선 혹 사천에서 오지 않으셨소?"

당예예의 시선이 옆에 선 당영령을 향했다.

그러자 당영령이 나직이 끄덕였고 이에 당예예가 운진 도장을 향해 예를 취했다.

"알아보셨으니 할 수 없군요. 사정이 있어 신분을 감추었습니다. 당가의 장녀 예예라 합니다."

청명하게 흘러나오는 그녀의 음성에 운진 도장이 잠시 고개를 갸웃거리다 이내 화들짝 놀란 표정이었다.

"당예예라면…… 혹여 소저께서 천수(天手)란 별호를 지닌 당가주의……!"

운진 도장의 음성은 지나치다 싶을 정도로 굳어졌다.

사실 천수란 그녀의 별호는 크게 알려진 것이 아니었다.

하나 그 별호를 아는 이들에게 그것은 여간 꺼림칙한 것이 아닐 수 없었다.

그녀가 단지 암왕의 딸이란 이유 때문이 아니다.

그녀는 단 한 번 강호의 일에 관여하였는데 그녀가 천수란 별호를 얻은 것도 모두 그 일 때문이었다.

시절이 하수상하니 곳곳에 사교(邪敎)가 창궐하는 때였다. 그중 몇 년 전 사천과 운남의 경계 어름에 등장한 백화성교(白火聖敎)라는 무리들은 그 세가 결코 가볍지 않아 관에서마저 마교(魔敎)로 낙인찍힌 이들이었다.

특히나 교주란 위인은 스스로를 화왕(火王)이라 칭하며 무지한 백성들을 선동했는데 그중 가장 큰 문제가 그들이 일 년에 몇 차례씩 산 사람을 불태워 제물로 바친다는 것이었다.

그렇게 제물이 되어 생목숨을 날린 이들은 일대에서 제법 알려진 부호들이 대부분이었다.

부자들을 성화로 태워 죽이면 그들의 재복이 교도들에게 나누어져 모두가 잘살게 된다는 것이 그들의 교리였다. 하니 이러한 일을 벌이는 무리를 관부나 무림인들이 두고 볼 수는 없는 일이었다.

하나 그들 무리의 무공이 상당해 관부의 역량으로 어쩌지도 못하는 형국이었다.

그 때문에 아미파와 점창파에서 제자들이 나섰지만 오히려 낭패를 당하고 말았다.

교주란 자와 그를 따르는 수하들의 무공이 녹록지 않았으니 이에 분개한 아미와 점창이 대대적인 추살대를 꾸린 것이다.

검호라 불리는 점창의 대제자와 분광십검이 나섰고, 연화십승이라는 아미파의 최고수들까지 포함된 추살대가 파견된 것이다.

하나 그들은 목적하던 바를 이루지 못하고 헛걸음을

할 수밖에 없었다.

어렵사리 찾아간 그들의 근거지에 살아 있는 이가 오직 당예예라는 여인 한 명뿐이기 때문이었다.

족히 이백에 달하는 이들이 죽어 나자빠진 참혹한 현장 속에는 화왕과 그 수하들까지 포함되어 있었다.

한데도 그녀 혼자 그 같은 살겁을 행하였다니 참으로 믿기 힘든 일이 아닐 수 없었다.

당연히 아미와 점창의 고수들이 정체불명의 그녀를 심문하였으나 그녀는 단지 불에 탄 시신 한 구만을 붙잡고 오열하기만 했다는 것이다.

제물이 되어 죽은 이와 그녀가 어떤 관계인지는 알 수 없었으나 그녀의 정체는 곧 드러났다.

머잖아 당가에서 나온 이들이 그녀의 신분을 증명하였기에 더 이상 그녀를 어쩌지 못했으며 백화성교의 일도 그렇게 마무리되어 버린 것이다.

당시 그곳에 있던 이들로 인해 당예예란 이름이 은밀히 퍼지게 된 것이다.

하나 암왕의 무남독녀라는 신분 때문에 함부로 소문을 낼 수가 없었다.

그랬다간 가뜩이나 소원하던 당가와의 관계가 틀어질 수도 있으며, 거기다 제자들을 잔뜩 끌고 나갔다가 빈손으로 돌아온 처지에 굳이 그 일을 떠들고 다닐 이유가 없었던 것이다.

그저 관부에다 천신처럼 암기를 다루는 고수가 나타나 사교의 무리들을 모조리 단죄했다고 보고하곤 일을 마무리 지어 버렸다.

하여 그녀에게 천수란 별호가 붙긴 했으나 그 살겁의 현장을 목격한 이들은 그녀를 독심마수(毒心魔手)란 별호로 불렀다.

또 이와 같은 이야기가 구정회 수뇌부들 사이에서 은밀히 퍼져 나갔으나 아직까지는 그리 널리 퍼진 이야기는 아니었다.

운진 도장이 그녀를 보고 난처한 표정을 지은 것은 그런 그녀의 과거를 알고 있었기 때문이었다.

더구나 얼마 전 그녀의 부친이 죽었으니 그녀로 인해 호북 땅에 괜한 풍파가 일지나 않을까 하는 생각을 해야만 했다.

더구나 무당파가 연루된 일도 결코 간단한 것이 아니어서 운진 도장으로선 그녀를 좀 더 냉철히 대할 필요가 있었다.

때마침 그녀의 음성이 이어졌다.

"천수라는 별호는 모르겠고. 독심마수라 하면 알고 있습니다. 맞습니다. 제가 바로 그 당예예입니다. 한데 무슨 일로 길을 막으셨는지 물어도 되겠습니까?"

죽립과 면사 사이로 드러난 그녀의 눈은 운진 도장을 마주하면서도 전혀 흔들리지 않았다.

그녀가 그리 나오자 운진 도장도 잠시 고민을 할 수밖에 없었다.

그녀가 이번 일에 관련이 없음은 틀림없었지만 그렇다고 세세한 이야기를 들려줄 이유도 없기 때문이었다.

어찌 보면 무당의 수치스런 모습일 수도 있으니 괜한 말을 꺼낼 이유가 없다는 생각이었다.

그때 마침 운진 도장을 뒤따라온 무당의 젊은 제자들이 그녀의 뒤편에 멈추었다.

그렇게 되니 자연스레 두 여인을 무당파의 도인들이 앞뒤로 포위한 형국이 되어 버렸다.

"사숙! 무슨 일이십니까?"

도인 중 하나가 그리 입을 떼며 죽립을 쓴 두 여인을 곱지 않은 시선으로 바라보았다.

운진이 급하게 움직였다면 필시 좋지 않은 일이 틀림없다는 생각을 하고 있었기에 자연스레 날카로운 기운까지 뿜어냈다.

"어허! 사천의 당가에서 오신 분들이시다."

운진이 준엄한 음성이 이어졌으나 뒤늦게 당도한 젊은 제자들의 분위기는 더욱 험악하게 변해 버렸다.

그 모습에 운진 도장이 혀를 찼다.

"허허! 사형께선 검만 전하시고 마음 수양은 아니 시킨 것이로구나. 무례한 태도를 보이지 말거라."

전에 없이 싸늘하게 이어지는 운진 도장의 음성, 다른 이들은 움찔하는 기색이었으나 처음 입을 열었던 젊은 도사는 오히려 의구심이 가득한 음성을 내뱉었다.

"사숙! 강호인이라면 마땅히 조사를 해야 하지 않겠습니까? 이번 일과 관련 있을 수도 있습니다."

"어허! 말을 삼가라. 당가가 무엇이 아쉬워 그 같은 일에 관여한단 말이냐? 정황만으로 네가 그 같은 의심을 받는다면 어떤 기분이겠느냐?"

운진 도장의 질책이 연이어졌으나 젊은 도인은 이를 꽉 깨물며 답했다.

"무당의 일대제자를 어찌 도적들의 무리와……."

"이놈! 그리 생각하면서도 네 잘못을 모르겠더냐? 여기 계신 당 소저가 바로 암왕의 영애 되는 분이시다. 네놈은 그런 당 소저를 핍박한 것이니 이는 당가 전체를 무시하는 일이다. 어서 죄를 구하거라."

운진의 서슬 퍼런 음성이 이어졌으나 젊은 도사는 오히려 더욱 인상을 쓰며 당예예를 노려보았다.

"하면 이 여인이 독심마수란 말입니까? 그렇다면 더욱 자세히 조사를……!"

젊은 도사가 그렇게 나오자 운진 도장의 노기는 당장

이라도 폭발할 지경이었다.

외인들 앞에서 너무도 추한 꼴을 보인 것도 모자라 제자들이 항명까지 하는 모습을 내보였으니 차마 얼굴을 들지 못할 지경이었다.

당예예 또한 고개를 갸웃해야만 했다.

무당의 도풍이 자유로워 과거와 같은 위계를 보이지 못한다는 이야기를 들은 기억이 있으나 정도가 너무 심하다는 생각을 지울 길이 없었다.

"무슨 일인지 전후 사정을 알고 싶네요. 그래야 저 젊은 도장에게 무슨 대꾸라도 할 수 있지 않겠습니까?"

냉랭하기 이를 데 없는 당예예의 음성이었다.

그것이 오히려 젊은 도사를 화나게 했는지 그의 눈가에 노기가 들끓었다.

"흥! 당가에서 호북까지 어쩐 일이오? 더욱이 이렇듯 공교로운 시절에."

"이놈! 더 이상 입을 놀리지 말아라. 한 마디라도 더 할 경우 기조멸사의 죄로 다스리리라."

때마침 터져 나온 운진 도장의 노성에 그제야 젊은 도인의 입이 다물어졌다.

그러면서도 잔뜩 튀어나온 입 모양을 보면 분한 것이 역력한 표정을 그대로 드러냈다.

"죄송하외다. 결례도 이런 결례가 없소이다. 하나 사정을 들어 보시면 어느 정도 이해는 해 주실 것으로 믿겠소."

"어딜 가나 낭중의 추 같은 제자 하나쯤은 있는 법이지요. 도장께선 너무 신경 쓰지 마세요."

말로는 낭중지추(囊中之錐)라고 칭찬하면서도 냉랭하다 못해 찬바람이 풀풀 날리는 그녀의 음성이 젊은 제자의 태도를 비꼬고 있음을 모르는 이들이 없었다.

당연히 한발 물러선 젊은 도사의 눈도 희번뜩거렸다.

다시금 그를 질책하였다간 더욱 못 볼 꼴을 보일 것 같기에 운진 도장이 서둘러 화제를 돌렸다.

"이미 보셨다시피 전매권 때문에 말들이 많소이다. 하나 관부가 습격당한다면 이건 또 다른 문제이지요."

"네?"

"엊그제 관부에서 그간 압수하였던 명주가 한꺼번에 털렸소이다. 그 과정에서 몇몇 관인들이 부상을 당한 일이 있었소이다."

운진 도장의 말에 당예예가 고개를 갸웃거렸다.

"그런데요?"

사안이 작지 않은 것은 분명하지만 고작 그런 일로 무당에서 사람이 나올 리가 없다는 생각이었다.

더구나 운진 도장 정도 되는 이가 이렇듯 포구를 지키고 있어야 할 사안은 절대로 아니란 생각이었다.

"부끄러운 말씀이라 꺼내기 쉽지 않으나 이렇게 된 이

상 말씀드리지 않을 수가 없소이다. 마침 성도에 머물던 제자들 몇이 그 소란을 듣고 나서게 되었습니다. 한데 도적들을 추적하였다가 연락이 끊겨 버렸습니다. 거기다 흔적조차 남기질 않았으니……."

운진 도장의 음성이 씁쓸하게 끝을 맺자 당예예는 더욱 의문을 지우지 못한 눈길이었다.

관부를 습격할 정도의 도적들이라면 평범한 도적 무리가 아닐 수도 있다. 하나 그렇다고 해도 무당의 제자들이 흔적조차 남기지 못했다 하니 쉽사리 이해가 되지 않는 것이다.

대체 어떤 도적들이기에 그런 일을 벌일 수 있나 하는 생각이었다.

"그 아이들 중 무종이란 아이가 있소이다. 함께 사라진 다른 제자들 또한 무종의 사제들이외다. 저기 열을 내고 있는 무오 녀석의 사형들이 되지요."

연이어진 운진 도장의 나직한 음성, 순간 그녀의 표정이 말도 못하게 굳어졌다.

그녀의 반응이 이상했는지 그간 잠자코만 있던 당영령의 시선이 그녀를 향했다.

"아! 무종 도인은 일대제자의 수좌로 십수(十秀)라 불리는 후기지수들 중에서도 단연 돋보이는 무재를 지녔습니다. 또한 무자배는 일대제자들의 항렬이고 무종과 절친한 사제들 다섯을 한데 소오검(小五劍)이라 부르고 있습니다."

당예예의 음성은 나직했으며 이를 듣게 된 당영령은 별다른 말 없이 고개를 끄덕이기만 했다.

손녀가 별호를 아는 것만으로도 실종된 무당의 다섯 제자가 결코 이름 없는 이들이 아니라 느낀 것이다.

사정을 들어 보니 무당에서 이리 나오는 것도 어느 정도 이해되었다.

마침내 당영령이 입을 열었다.

"도장! 말씀을 듣고 보니 저 아이가 노기를 드러낸 것도 또한 이렇게 길을 막은 것도 이해되는구려. 하면 도장께선 나와 이 아이가 제자들의 일과 관련 있다고 여기는 것이오?"

내내 침묵하다 입을 여는 당영령의 태도에 운진 도장은 크게 당황한 얼굴이었다.

면사와 죽립 때문에 확인할 수는 없으나 아무리 많게 보아도 이십 중반으로 보였다. 그런 여인의 어투가 하대나 다름없으며 또한 그것이 지극히 자연스럽다는 사실이 너무나 기이한 느낌이었던 것이다.

"실례지만 여협의 고명을 알 수 있겠소이까?"

운진 도장의 조심스런 물음에 당영령이 망설임 없이 답했다.

"이름은 버린 지 오래됐고 그저 이종의 어미 되는 사

람으로 알아주시게."

당영령의 대답에 운진 도장은 잠시 고개를 갸웃할 수
밖에 없었다.

그러다 이내 다시 한 번 화들짝 놀라는 표정으로 그녀
와 당예예를 바라보기 시작했다.

정말로 그것이 사실이냐는 물음이 역력한 눈빛.

"맞아요. 여러분들께 암왕이라 불리는 그분의 친모이
자 제게는 할머님이 되십니다."

그녀가 다시 확인하듯 말을 했으나 운진 도장은 오히
려 전에 없이 딱딱한 얼굴이 되어 버렸다.

앞서 보았듯이 운진 도장은 경우가 없는 이는 아니었다.

하나 도저히 그녀의 말을 믿을 수가 없었다.

암왕만 해도 오십 초반이니 장로들과 같은 반열이었다.
그조차 운진 도장에겐 무림의 선배라 할 수 있는데 눈앞
의 여인이 그의 생모라는 것이다.

하면 적게 잡아도 칠십은 되었다는 이야기인데 눈앞의
여인은 고작 이십 중반으로 보였다.

얼굴이 가려졌다고 그 정도를 모를 리도 없거니와 면
사 위로 드러난 눈가마저 주름 한 점 없었다.

그런 여인이 칠십이 넘은 노파라 하는데 어찌 그 말을
곧이곧대로 믿을 수 있겠는가?

불신에 가득한 눈으로 당영령과 당예예를 바라보는 운

진 도장, 기회다 싶어 무오라는 젊은 도인까지 나섰다.

"사숙! 거 보십시오. 하면 반로환동이라도 했다는 말입니까? 당가에서 반로환동이라니. 지나가는 개가 웃을……. 컥!"

말도 안 된다며 이죽거리던 무오의 입에서 숨이 넘어갈 듯한 소리를 터져 나왔다. 그와 동시의 그의 몸은 그대로 경직되어 버렸다.

마치 점혈이라도 당한 듯 옴짝달싹하지 못하고 부들부들 떨기만 하는 무오.

당영령이 슬쩍 고개를 돌려 그를 바라본 것뿐인데 그러한 일이 벌어진 것이다.

무오 옆에 선 젊은 제자들이 당황하며 일제히 검을 뽑아 들었지만, 그들 또한 채 발검조차 하지 못한 채 무오와 같은 꼴을 당해야만 했다.

그러자 가장 당황한 것은 운진 도장이었다.

자신의 코앞에서 벌어진 일인데도 대관절 무엇으로 그녀가 제자들을 제압했는지 분간할 수가 없는 상황이었다.

그때 다시금 당영령의 나직한 음성이 이어졌다.

"무당이 검으로 이루지 못한 것이니 당가에선 아니 된다 여기시는가?"

형용할 수 없는 위압감이 전신으로 밀려드는 것을 느끼며 운진 도장은 그저 부들부들 떨 수밖에 없었다.

태사백인 무암진인에게서조차 느껴 보지 못한 어마어마한 중압감이었다.

그저 마주 보고 버티는 것만으로 온몸이 짓눌려 터질 것만 같은 기분, 운진 도장은 그녀를 향해 감히 대꾸조차 할 수 없었다.

당가에 이러한 고수가 있을 것이라곤 상상조차 하지 못했다.

아니 당가뿐 아니라 강호를 통틀어 이렇듯 기세만으로 자신을 옭아맬 수 있는 이가 또 있을 것이라곤 상상할 수가 없었다.

"무당과 척을 질 일이 없으니 이쯤 하겠네. 하나 그냥 갈 수는 없어. 당가를 개에 빗댄 아이를 그냥 두고 가면 두고두고 우릴 비웃을 것이 아닌가?"

"으으윽!"

운진 도장이 선처를 구하구자 입을 열어 보려 했으나 흘러나오는 것은 오직 신음뿐이었다.

그때 마침 당예예가 나섰다.

"할머님. 노여움을 푸세요. 무당이 곤경에 처해 벌어진 일이고, 저자의 성정이 가벼워 행한 실수일 뿐이에요. 이쯤 했으면 충분히 알았을 거예요."

그제야 당영령이 손을 뻗었다.

그 순간 그녀의 장심으로 주변의 공기가 한꺼번에 빨

려 들어오는 듯한 기음이 터져 나왔다.

슈아아악!

그러자 운진 도장을 제외한 도인들 모두가 휘청거리며 주저앉았고, 운진 도장 역시 필사의 노력으로 간신히 넘어지지 않고 버틸 수 있었다.

그런 일을 겪은 터라 누구 하나 감히 당영령을 향해 입을 열지 못한 채 그녀를 바라보기만 했다.

때마침 그녀의 손바닥 안에서 시꺼먼 진액 같은 것이 뚝뚝 떨어져 지면에 부딪쳤다.

치이이익 하는 소리가 나며 멀쩡한 땅이 시꺼멓게 타들어 갔으며 그렇게 치솟은 독무가 순식간에 다시 그녀의 코를 향해 빨려 들어가 버렸다.

그런 광경을 목도한 운진 도장이 다시 한 번 아연실색한 표정을 지었다.

"독이라 해도 마음의 경지에 이르면 강호 위에 설 수 있지. 오늘 일을 마음에 담아 두려거든 제자들 훈육부터 바로 하시게. 가자꾸나!"

당영령이 간신히 버티고 선 운진 도장을 지나쳐 갔다.

당예예 역시 그녀를 뒤따르며 운진 도장을 향해 가볍게 목례를 취했을 뿐이다.

그렇게 두 여인과 무당파 무인들 사이의 자그마한 마찰이 일단락되었다.

길 한복판을 가로막고 시작된 마찰이니 보는 눈들이 한둘이 아니었다. 연후 또한 그들 사이에 섞여 모든 일들을 지켜볼 수 있었다.

그런 연후의 얼굴에는 놀라움이 가득했다.

당영령이 어떤 방법으로 무당파의 도인들을 제압했는지는 도저히 알 수 없었기 때문이었다.

그 순간 그저 무상검결이 격렬하게 반응하는 것만을 느꼈으니 자리를 뜨지 못하고 상황을 지켜본 것이다.

마찰이 끝난 후에도 연후의 고민은 깊어졌다.

특히나 그녀가 마지막에 남긴 말들이 묘하게 머릿속을 떠나지 않았다.

'마음의 경지! 그러니까 마음의 경지란 말이지…….'

광해경에도 자주 언급되어 있는 구절이었다.

모든 무극은 마음의 경지에 이르러야 한다는 이야기는 아직까지 전부 이해하지 못한 화두 중 하나였다.

도마란 이의 심도, 무제란 이의 귀령, 무선이란 사람의 공령 같은 것 모두가 그 마음의 경지라 적혀 있었다.

또한 광령 또한 그 경지와 다르지 않다 했다. 하나 그것이 정확히 어떤 경지인지는 도저히 확인해 볼 길이 없었다.

한데 오늘 스스로 그와 같은 경지에 이르렀다 말하는 여인을 보게 된 것이다.

더구나 그런 존재가 여인이라는 사실까지 모두가 놀랍기만 한 일이었다.

그런 생각을 하며 당영령을 바라보니 저도 모르게 눈가에 힘이 들어갔다.

여전히 무상검결은 기이한 떨림을 일으키고 있었기에 그녀와 겨뤄 보고 싶다는 생각마저 일었다.

그리한다면 그 마음의 경지란 것이 무엇인지 알 수 있을지도 모른다는 느낌이었다.

한데 그때 당영령이 군중 사이에 섞여 있는 연후를 향해 고개를 돌렸다.

뜨끔!

전혀 예기치 못한 상황에 그녀와 다시 눈을 마주쳤으니 당황한 것은 당연한 일, 그렇다고 놀라서 눈을 피하면 더욱 이상해질 것 같아 애써 담담히 그녀와 시선을 마주쳤다.

한데 당영령이 잠시간 연후를 바라보다 고개를 갸웃거렸다.

그러곤 이내 아무 일도 없다는 듯이 걸음을 옮겼다.

때마침 그녀를 뒤따르던 당예예와 다시 한 번 얼굴을 마주쳤는데 그녀의 눈가에 꽤나 반가운 웃음이 걸려 있음을 볼 수 있었다.

마치 그 눈은 우리 나쁜 사람 아니니까 걱정하지 마세요 라고 말하는 것만 같았다.

다행히 별일 없이 두 여인이 떠나갔지만 연후는 한동안 움직일 생각을 하지 못했다.

정말이지 상황만 된다면 그녀와 꼭 한 번 겨뤄 보고 싶다는 마음까지 일었다.

하나 자신이 처한 상황을 모르지 않았다.

또한 연후는 일의 경중을 모를 만큼 무모하지도 않았다.

때마침 어수선한 주변의 분위기를 확인했다.

멈춰 선 행인들의 시선이 참담한 얼굴의 무당파 도인들을 향해 있었다.

호북 땅에서 무당파의 위세가 얼마나 대단한지 한눈에도 느낄 수 있는 모습이었다.

행인들이 그들의 눈치를 보며 쉽사리 움직이지 못하고 있었던 것이다.

그렇게 모든 이들의 시선이 무당파의 도인들에게 쏠려 있음을 확인하자 망설임 없이 광안을 열 수 있었다.

일순간 두 눈에 번쩍이는 기광이 뿜어지자 연후의 신형은 이미 구릉 너머로 이동해 있었고, 누구 하나 연후가 사라진 것을 눈치채지 못했다.

다만 잠시 뒤 앞서 갔던 당예예가 연후를 찾기 위해 그 자리를 찾았다는 것이 의외일 뿐이었다.

채 반 각도 되지 않은 시간 만에 되돌아왔으나 어디에도 연후의 모습은 없었다.

사방을 둘러 살폈으나 그 짧은 시간 안에 평범한 유생의 걸음으로 사라질 수 있는 공간 또한 없음을 확인했다.

죽립 사이로 드러난 그녀의 눈빛에 진한 아쉬움이 드러났다.

"평범한 문사는 아니었단 말이군요. 하긴 할머님께서 청할 때는 다 이유가 있었겠지요."

第七章

산중혈사(山中血事)

호북과 하남의 경계로 우뚝 솟아난 대별산의 주봉인 천당채는 중원의 기둥이라 불릴 정도로 높고 험한 산세로 유명했다.

보이는 것은 오직 사방이 산자락뿐이 없는 그곳 천당채 위에 회의 무복을 입은 사내 한 명이 지친 걸음을 쉬고 있었다.

한눈에도 산중을 헤맨 것이 역력한 모습의 연후가 그곳에 있었다. 벌써 며칠째 대별산을 벗어나지 못하고 있는 상황인 것이다.

실상 무한에서 대별산까지 걸린 시간은 얼마 되지 않았다.

말을 타고 달려도 하루 반나절이 넘는 길이었지만 연후에겐 몇 시진이면 충분한 거리였다.

그것도 중간중간 길을 묻고 건량을 준비하고 의복을 새로 구입하기 위해 멈추었기에 그 정도 걸린 것이지 곧바로 내달렸다면 그보다도 빠르게 도착할 수 있었다.

그러한 일은 연후 스스로도 놀랄 지경이었다.

금지라는 절벽 위에서 무언가 변화를 겪었고 그 후 경신의 묘를 조금 체득하였다지만 달라져도 너무나 달라져 곤혹스러운 느낌마저 들 정도였다.

사다인을 부둥켜 않고 정신없이 내달리던 때와는 너무나 달랐다.

광안을 연 상태로 내달렸지만 지난날처럼 진기가 바닥을 보이는 일이 일어나지 않은 것이다.

전궁만리영이나 풍령비를 제대로 체득한 것도 아니고 그저 진기를 경신법에 맞게 운용한 것이 전부일 뿐인데 그런 일이 벌어졌다.

내력의 소모가 거의 느껴지지 않는 것은 물론이요 잠시 쉬는 동안이면 운공조식 없이도 절로 소모된 공력을 채울 수 있었다.

숨을 고르기만 해도 무상검결이 내기를 휘돌리며 진기를 채워 주니 스스로도 참으로 기가 막힌 일이라 여길 수밖에 없었다.

마치 보이지 않는 누군가가 몸 안에 살며 오로지 자신의 몸을 돌보는 일에 매달리고 있는 것 같았다.

이 또한 절벽 위에서 있었던 깨우침과 무관치 않음이 틀림없었지만, 정작 지금 자신의 무위가 어느 경지에 이른 것인지 확인할 길은 요원했다.

적어도 불이곡의 귀마노사나 백부 금도산 정도의 무인을 만나지 않는다면 이를 확인해 볼 방법이 없을 것 같았다.

그래서인지 당가의 대모라는 여인이 쉬 잊히지 않았다.

그녀와 겨루었다면 분명 어떠한 답을 얻지 않았을까 하는 생각을 지울 수가 없었다.

하나 그런 생각에 빠져 있을 때는 아니었다.

이전과 비할 바 없이 빨라졌음에도 불구하고 며칠 동안이나 대별산을 벗어나지 못하는 상황이기 때문이었다.

주봉인 천당채를 중심으로 산등성이마다 수많은 절벽과 폭포가 있는 곳이 대별산이었다.

이는 전혀 예상치 못한 일이었다.

단순히 북쪽으로만 향하면 하남 땅이 나올 것이라는 생각이 얼마나 터무니없는 것인지도 알게 되었다.

어찌어찌 절벽과 협곡을 넘어 북쪽 산자락의 끝에 이르렀지만 그 앞은 거대한 강줄기에 완전히 가로막혀 있었다.

높다란 절벽 아래로 싯누런 황톳물이 거칠게 흐르고 있으니 설마 그곳에 황하의 지류가 흐르고 있을 줄은 전혀 예상치도 못했던 것이다.

정확히는 회하(淮河)라는 강이었지만 연후가 그것까지 알 수는 없는 일이었다.

여하간 눈에 보이는 강은 그 폭이 보통이 아닌데다가 물줄기마저 거세 새처럼 날 수 없는 이상 도저히 건널 방법이 없었다.

하는 수 없이 한참이나 절벽을 따라 동남으로 이동하였는데 나오라는 길은 나오지 않고 또 다른 강줄기와 만나 버렸다.

그렇게 다시 만난 강줄기가 장강이라는 것은 한눈에도 알 수 있었다.

무한을 떠나 며칠을 헤매다가 다시금 장강을 만나 버렸으니 너무나 허탈한 심정이었다.

그제야 무턱대고 북으로 향하기만 하면 될 것이란 생각이 얼마나 한심한 것이었는지를 절절히 깨달았다.

그리 되니 차라리 산중을 헤매는 것보다 눈앞의 장강을 건너고자 온갖 방법을 떠올렸으나 결국은 포기할 수밖에 없었다.

지금의 연후가 등평도수(登萍渡水) 같은 고절한 경신술을 펼칠 수 없음은 당연했다.

수면을 박차는 탄력만으로 그 위로 몸을 운신한다면 그것만으로도 이미 경신 공부의 끝을 보았다고 할 수 있는 경지였다.

하나 연후는 이제 고작 경신법의 기본적인 진기 운용을 체득한 정도였다.

이는 광안을 열어 눈으로 파악할 수 없을 정도로 빠르게 움직일 수 있다는 것과는 전혀 별개의 문제였다.

광안을 연다는 것은 그저 남들과 다른 시간 안에 존재하게 된다는 의미일 뿐인지, 몸 자체를 가볍게 만드는 것과는 전혀 상관없는 것이기 때문이었다.

하나 방법이 아주 없는 것도 아니어서 여러 가지를 고민할 수밖에 없었다.

그중 가장 가능성이 높은 것은 탄공막을 일으켜 그 반탄력으로 물 위를 떠가는 것이었다.

탄공막은 유동의 삼법의 근간인 인력마저 거스르는 힘이 있으니 물속에 빠지는 일은 없을 것이라는 생각이었다.

하나 탄공막은 그저 물 위에 둥둥 뜨기만 할 뿐 앞으로 나아가지 못한다는 치명적인 맹점이 있었다.

하니 그저 물 위에 떠 있어야 한다는 말인데 누구라도 이상타 여길 만한 일이었다.

게다가 탄공막을 거두는 순간 그대로 물속에 빠져들

것이 분명하니 도저히 행할 자신이 없었다.

연후는 이제껏 단 한 번도 물질을 해 보지 않았던 것이다.

그렇다고 물에 빠져 고기밥이 되지 않을 자신은 있었지만 설혹 어찌어찌 해서 강을 건넌다고 해 봐야 다시 장강 이남일 뿐이었다.

호북 아니면 안휘의 어딘가가 분명할 텐데 결국 한참이나 길을 되돌아가야 한다는 말이었다.

그런 일을 하려고 탄공막까지 써 가며 절벽에서 뛰어내리고 장강을 건널 이유는 어디에도 없는 것이다.

또 하나의 방법은 이따금 보이는 상선 근처로 뛰어내려 구조를 요청하는 방법이었다.

하나 이 또한 문제점이 한둘이 아니었다.

당장의 경신술만으론 넓디넓은 강의 중심까지 날아갈 수도 없었고, 설혹 그렇게 배에 오른다고 해도 그 위에 누가 있을지 모르는 일이니 자칫 큰 위험을 감수할 수도 있는 일이었다.

그럴 거라면 차라리 왔던 길을 되돌아가는 것만 못했다.

그렇게 고민고민 끝에 결국 연후는 발걸음을 돌려 주봉인 천당채로 되돌아올 수밖에 없었다.

돌아가더라도 관도가 난 동서쪽으로 이동하리라는 생

각이었다.

그런 일을 벌이는 동안 산중에서 사흘이란 시간을 보
낸 것이다.

그렇다고 해서 그저 헛된 시간을 보낸 것만은 아니었
다.

그동안 경신의 요체가 되는 진기 운용을 거의 완벽하
게 체득하게 되었으며 전궁만리영과 풍령비를 조금이나
마 흉내 낼 수 있게 되었으니 절대 손해라고 할 수 없는
일이었다.

그럼에도 연후의 표정은 좋지 못했다.

당장은 경신술에 매달리고 있을 때가 아니라 서둘러
북경으로 가야 하기 때문이었다.

무한을 경유하여 대별산까지 온 이유가 그것 때문인데
경신 공부 때문에 지체할 수는 없다는 생각이었다.

거기다 준비한 건량마저 떨어져 꼬박 하루를 굶고 있
으니 몰골 또한 말이 아니었다.

그나마 산중에 들기 전 무복으로 갈아입었기에 망정이
지 학창의를 걸치고 있다면 더욱더 비참한 모습이었을 것
이다.

"길이 아니면 가질 말라 했던 것이 이를 두고 하는 말
인가!"

연후는 자책이 가득한 음성을 뇌까리며 눈앞으로 보이

는 산세를 꼼꼼히 살폈다.

안쪽에서 헤맬 때는 다 거기가 거기 같더니 높은 곳에서 내려다보니 그동안 헤맸던 산세가 한눈에 들어왔다.

그러면서도 그간 자신이 얼마나 터무니없는 짓을 했는지를 다시 한 번 되새겼다.

"사람의 재주가 강산에 비할 바 없음을 알게 되었으니 이 또한 배움일 터……."

자신의 무지 때문에 소진되어 버린 시간이 아쉬운 건 분명했지만 그저 자책하기보단 그동안 얻은 것을 애써 되새기려는 연후였다.

그렇게 한참이나 산세를 살핀 연후가 자리에서 일어섰다.

"더 있다간 정말 아사(餓死)할지도 모르겠다. 가 보자."

스스로를 위안하기 위해서인지 애써 웃음을 머금은 연후가 한껏 기지개를 폈다.

그러곤 이내 결심을 세운 듯 망설임 없이 회백색 바위를 박차며 신형을 날렸다.

일순간 북서쪽 절벽 아래로 그대로 몸을 내던진 연후가 아찔한 속도로 추락하기 시작했다.

그대로 계속 떨어진다면 튀어나온 암반에 머리통이 부서질 상황이었다.

하나 돌출된 암반에 부딪히기 직전 연후의 신형이 허공에서 반 바퀴를 회전하더니, 그 발끝으로 돌출된 바위를 정확히 찍었다.

탓!

마치 바위에 튕겨진 것처럼 보인 연후의 신형이 절벽에 뿌리를 박고 있는 나뭇가지 위를 또 한 번 박찼다.

커다랗게 휘어지는 나뭇가지의 탄성을 이용하며 일순간 화살처럼 뻗어 가는 연후.

그 신형이 족히 삼십 장 거리나 되는 맞은편의 산등성이까지 그대로 쏘아졌다.

그 모습만으로도 과거와 확연히 달라진 연후의 모습을 확인할 수 있었다.

그렇게 도착한 산등성이는 천당채와 달리 비교적 완만한 산세를 가진 곳이었는데, 그곳까지 쏘아진 연후의 눈에 일순간 강렬한 기광이 번쩍였다.

순간 연후의 신형이 감쪽같이 사라졌으며 찰나지간 벌써 산의 정상에 나타났다.

한데 연후는 또다시 멈춰 버렸다.

거기다 그 눈빛에는 당황한 기색이 역력했다.

그러면서도 자신이 지나쳐 온 산등성이를 황당하단 눈으로 되돌아보았다.

'대체 이게 어찌 된……!'

스스로도 믿기지 않을 정도의 속도였다.

너무나 빨라 감당하기조차 쉽지 않았으니 그 괴리감에 온몸이 떨릴 지경이었다.

며칠 만에 광안을 다시 열었다고 하지만 그간 이렇게나 빨라졌을 것이라곤 전혀 예기치 못했던 것이다.

그동안은 산중을 헤매면서도 광안만은 사용치 않으려 했다.

그동안 무결하다고 생각했던 광안에 몇 가지 중대한 단점이 있음을 알게 되었기 때문이었다.

밖에서는 그저 찰나와도 같은 시간이 흐를 뿐이지만 광안 안에서 움직이는 연후에겐 전혀 다른 시간이 흘러갔다.

당연히 피로감이나 배고픔이 가중될 수밖에 없었다.

이는 이전에는 미처 생각지도 못했던 것이다.

잠시 잠깐이라면 상관없지만 계속해서 광안을 운용하면 세상과는 다른 시간 속에 살게 되는 것이며, 이는 다른 이들보다 몇 배나 빨리 노화(老化)가 될 수 있다는 말과 다르지 않았다.

문제는 그뿐이 아니었다.

광안을 연 상태로 내달리게 되면 스치는 나뭇가지 하나에도 어마어마한 충격이 전해짐을 알게 된 것이다.

또한 발을 헛디디거나 삐끗할 경우 몸에 전해지는 하

중 또한 견디기 어려울 정도로 엄청났다.

이것이 가용과 반용의 법 때문이라는 것을 알게 되자 함부로 사용해선 안 된다는 생각을 하게 된 것이다.

그러면서도 단지 빠르다는 것이 얼마만큼의 힘을 낼 수 있는 것인지도 온몸으로 깨닫게 되었다.

그 후론 광안을 열지 않았다.

그러자 오히려 경신법을 체득하는 데 큰 도움이 되었다.

그로 인해 전궁만리영과 풍령비를 조금이나마 흉내 낼 수 있게 된 것이다.

천당채에서 떨어지며 암반과 나뭇가지를 박찬 것이 바로 풍령비의 응용이며, 맞은편 산등성이까지 그대로 몸을 날린 것은 전궁만리영이 있었기에 가능한 일이었다.

그래 봐야 성취가 얼마라고 자랑할 수준도 못 되는 것은 분명하지만 이전에 비하자면 놀라운 변화인 것도 틀림 없었다.

냉정히 말하면 그저 삼성이나 사성 정도의 성취, 다만 연후가 광해경상에 언급된 유동의 삼법을 온전히 이해하고 있었으며 그로 인해 탄공막의 오의를 깨우치고 있어 이러한 것들을 풍령비와 전궁만리영에 조화시키고 있다는 것이다.

그간 산중을 헤매며 얻은 소득이 바로 그것이었다.

대별산에 들기 전과 비교하면 적어도 서너 배는 빨라졌다고 자신할 수 있는 정도였다.

한데 다급한 마음에 광안을 열고 보니 예상을 훨씬 넘어 버린 어마어마한 속도로 움직이게 된 것이다.

이는 단순히 두 배니 세 배니 하는 단순한 배율의 문제가 아니었다.

눈앞에 보이는 산세를 채 파악하기도 전에 이미 몸이 그곳까지 도달해 있음을 느끼니 함부로 나아가는 것이 곤란한 지경이었다.

또한 지나쳐 간 풍경이 모조리 부서져 나가는 기이한 느낌마저 들었다.

스쳐 가는 세상이 허물어져 버리는 것 같은 너무나도 생경한 느낌, 자칫 잘못하면 자신의 몸뚱이마저도 그렇게 사라질 것 같았다.

과연 이것이 보다 높은 경지로 나아가기 위함인지 그도 아니면 일어나서는 안 되는 일인지도 구분하기가 어려웠다.

이전까지는 전혀 생각지도 못했던 상황을 맞은 것이다.

연후의 신형이 멈추고 눈빛이 굳어진 것은 그런 일들 때문이었다.

그러면서도 문득 떠오르는 것이 있었다.

"시간뿐 아니라 공간마저 초월한다는 것이 이런 것인

가……."

지나온 풍경이 무너져 보이는 것이 어쩌면 그런 의미가 아닐까 조심스레 추측을 해 보았다.

하나 그런 고민에만 빠져 있을 때가 아니었다.

당장은 확인할 수도 없는 일이었으며 어찌 되었든 과거에 비할 바 없이 빨라졌다는 것만은 확실한 일이었다.

몇 호흡 만에 천 리 길도 주파할 수 있을 것 같았다.

하니 움직일 때였다.

의문이 있다면 부딪쳐서 풀면 될 일.

연후의 눈에 다시금 기광이 번쩍였고, 그 신형은 어느새 또 다른 봉우리를 찍으며 계속해서 나아갔다.

이제껏 헤매던 곳에 비해 완만한 산세라 하지만 불과 몇 호흡 만에 산자락 몇 개를 넘어 버린 연후는 산신(山神)이라 해도 믿지 않을 수 없는 모습이었다.

그대로라면 순식간에 대별산을 벗어날 수 있음은 물론이요 북경에 도달하는 것 역시 반나절도 걸리지 않을 것 같았다.

하나 광안의 문제점을 알게 되었으니 당장은 그토록 무모한 일을 벌일 수가 없었다.

거치적거리는 지형을 벗어나고 인적 없는 곳만을 찾아야 하는 번거로움은 논외로 치더라도 뱃가죽이 등짝에 달라붙을 정도로 굶주린 상태는 슬슬 한계를 넘어서고 있는 것이다.

'가까운 마을을 찾는 수밖에!'

연후는 조금씩이나마 산세가 점점 완만해지는 것을 느끼며 쉼 없이 내달리고 있었다.

광안을 여고 있는 상태이니 더없이 조심하는 것은 당연한 일이었다.

물론 누구라도 그저 무언가가 휘익 하며 사라졌다 나타나는 것으로 볼 수밖에 없는 모습이지만 정작 그 안에 내달리는 연후는 풀잎 하나라도 조심스레 피하며 경공을 펼치고 있는 것이다.

그렇게 이동하던 연후의 신형이 한순간 멈출 수밖에 없는 상황이 벌어졌다.

마주 보이는 산등성이 너머에서 느껴지는 인기척 때문이었다.

굳은 얼굴로 신형을 세운 연후가 조심스러운 움직임으로 산봉우리에 올랐다.

그간 지나쳐 온 곳에 비해 완만하다 뿐이지 아직은 사람이 살 만한 곳이 아닌 지형이었다.

허기진 배만 아니라면 그대로 지나쳤을 테지만 혹시나 화전민 촌락일 수도 있다는 생각이 들자 이를 확인코자 했다.

그렇게 산정에서 이르러 그 아래쪽의 광경을 확인한

연후는 한동안 꽤나 심각한 표정을 지어야 했다.

"휴! 말로만 듣던 녹림 산채로구나."

연후가 발을 딛고 선 봉우리 바로 아래쪽으로 십여 채가 넘는 모옥들이 보였다. 또한 그 밖으로 높다란 목책이 둘러쳐져 있으니 얼핏 보면 군부에서 설치한 군영으로 보였다.

하나 목책 안쪽을 오가는 이들의 모습은 한눈에도 산적들임을 알 수 있게 했다.

흉흉한 병장기와 각양각색의 복색들, 도저히 군부의 병사들로 보아 줄 수 없는 이들이었다.

하나 그저 그런 산적이라 치부하기엔 목책 위에 세워진 망루나 그 주변에서 번을 서는 이들의 모습에서 왠지 모를 규율 같은 것이 느껴졌다.

그렇다고 해도 더 이상 관심을 둘 수는 없는 곳이었다.

잠시간 목책을 살피던 연후가 고개를 돌리는 순간이었다.

아무리 허기진다 해도 산적들에게 음식을 구걸할 수는 없는 일인 것이다.

그런 생각으로 다시금 길을 재촉하려는 연후, 한데 그 무렵 예기치 않은 소란이 일기 시작했다.

챙챙챙챙챙!

경망스런 타종 소리가 산자락을 타고 울리더니 목책

안팎으로 한바탕의 분주함이 시작된 것이다.

길을 떠나려던 연후 역시 잠시간 멈춘 뒤 다시금 산채 쪽을 향해 시선을 고정시켰다.

잠시 뒤 그런 연후의 표정이 말도 못하게 굳어져 갔다.

그곳에서 전혀 예기치 못한 이들의 모습을 볼 수 있었기 때문이었다.

목책을 향해 날아드는 이들 대부분은 검푸른 도복을 걸친 도인들이었다.

무한의 포구에서 본 적 있기에 그들이 무당파의 도인들이란 사실을 아는 것은 그리 어렵지 않았다.

하나 단지 그들 때문이라면 이렇게나 놀라지도 않았을 것이다.

정작 연후를 가장 당혹스럽게 한 것은 목책 위에 선 채 무당파의 도인들에게 일갈을 터트리는 인물이었다.

"한 걸음만 더 다가서면 이놈들의 목이 떨어질 것이다."

날카로운 음성과 함께 목책 위로 꽁꽁 묶인 무당파의 제자들 다섯이 모습을 드러냈다.

그 다섯 도인들 뒤에는 다시 시퍼런 칼을 그들 목에 바짝 대고 있는 산적들까지 있었다.

그로 인해 목책을 향해 날아들던 무당파 도인들은 일제히 걸음을 멈춰야 했다.

그렇게 시작된 팽팽한 대치, 잠시간 누구 하나 입을 열지 못하는 숨 막힐 듯한 적막감이 이어졌다.

그런 상황을 지켜보는 연후는 잠시간 정신을 차리기가 힘들었다.

무당파 도인들 뒤편에 당가의 두 여인이 있다는 것은 이유가 못 되었다.

연후를 지금 이토록 당황스럽게 하는 주범은 바로 목책 위에서 산적들을 지휘하고 있는 노인이었다.

'저분이 대체 왜?'

연후의 의문은 쉬 가실 길이 없었으며 그 무렵 무당파 도인들 사이에서 중후한 음성이 흘러나왔다.

"괴개 선배가 아니십니까? 저를 모르시겠습니까? 무당의 운정이외다. 대체 이게 무슨 짓이십니까?"

한눈에도 도인들의 수장임을 알 수 있게 풍기는 기도부터가 다른 중년 도인이었다.

하나 목책 위에 선 노인 괴개의 응대는 더없이 싸늘했다.

"흥! 너 따위 어린 말코를 내가 알 게 무어냐? 썩 물러가지 않는다면 이놈들의 목을 칠 것이다."

괴개의 으름장에 무당파 도인들은 어찌하지 못하고 서로를 쳐다보기만 했다.

족히 오십 명에 달하는 도인들이었지만 상대가 괴개라

는 것을 알게 되자 경거망동을 할 수가 없었다.

그의 무공도 무공이지만 칠패 중 하나라는 흉명은 그가 무슨 일을 저질러도 이상할 것 없다는 것을 의미하는 것이었다.

또한 엄밀히 따지면 관부의 습격 같은 일은 무당파와는 무관한 일이나 다름없었다.

그런 일보다 소오검이라 불리는 제자들의 안위가 훨씬 중요하며 이 일로 무당의 이름이 땅에 떨어지지나 않을까 하는 것이 두려웠다.

하니 무당파의 입장에선 약세를 보일 수밖에 없는 일.

"대명이 자자하신 괴개 선배께서 어찌 어린 제자들을 핍박하십니까? 아이들만 보내 주신다면 이만 물러가겠습니다."

도인들의 수장인 운정 도장이 그리 나오자 괴개의 서슬 퍼런 기세도 한풀 꺾였다.

"노부가 이 아이들을 해하고자 했다면 벌써 그러했을 것이다. 이 아이들이 혈기를 이기지 못해 나선 것을 알고, 우리 또한 나름의 사정이 있다. 하니 이만 사람을 물린다면 수일 내로 무사히 돌려보내 줄 것을 약속하겠다."

괴개의 음성 역시 조금은 부드러워졌으나 운정 도장의 눈빛은 더욱 날카롭게 변했다.

"괴개 선배! 무당의 이름을 걸고 약속드리는 것이와다.

아이들을 보내 주시면 이대로 떠나 함구할 것이오. 이로 인해 문책을 당할지언정 선배와 무당 사이에 척을 지는 일은 없도록 하겠소. 이것이 해 드릴 수 있는 최선의 예우입니다."

운정 도장의 음성은 나직했으나 전에 없는 기운이 담겨 있었다.

그것만 보아도 운정의 공력이 보통이 아님을 느낄 수 있었다.

촉망받는 일대제자 다섯의 실종이라는 큰 사건을 책임졌다는 것은 그만큼이나 무당 내에서 그 무위를 인정받고 있음을 뜻하는 바였다.

괴개 역시 은은히 놀라고는 있으나 이는 양보할 수 없는 일이었다.

"무당의 이름만 중하고 이 늙은이는 못 믿겠단 말이더냐? 좋다! 어디 맘대로 해 보거라."

다시금 싸늘해진 괴개의 태도, 운정 도장의 음성 또한 전과 달라졌다.

"정히 그리하시겠소? 사문의 계율을 깨고 도적의 무리와 타협하는 것도 마다하지 않으려 하는 것이오. 이 모두 과거 개방과 무당의 정리 때문임을 정녕 모르시겠소?"

"흥! 과거의 정리라 했더냐? 씹어 먹을 위선자들 같으니라고. 하면 무당파 네놈들은 본 방의 제자들이 억울하게 참수될 때 무엇을 했단 말이냐? 어디 무고를 청해 준 이가 누구 하나라도 있었단 말이더냐?"

"그것을 어찌 본문 탓으로 돌리시는 게요? 세 키우기에 급급하여 사람을 가려 뽑지 못한 선배의 안목 탓이 아니오?"

괴개나 운정 도장 누구도 절대 양보하지 않았다.

"됐다. 네놈 따위와 과거를 들춰 뭐하겠느냐? 개방은 망했고 나 또한 강호와 등을 돌렸거늘…… 당장 꺼져라. 그렇지 않으면 내 손이 잔인타 원망할 것이다."

괴개의 분위기가 더욱 살벌하게 변했다.

당장이라도 일장을 날려 포박된 무당 제자들의 머리통을 날려 버릴 기세였다.

그렇게 상황이 흉흉해지자 운정 도장의 눈에도 깊은 고민이 더해질 수밖에 없었다.

이대로 공격을 명해 저들을 물리치는 것은 결코 어려운 일이 아니었다.

괴개가 비록 전대의 고수라 하나 함께 온 사제들과 합공한다면 어렵지 않게 제압할 자신이 있었다.

거기다 그를 둘러싼 다른 산적의 무리들이 제법 모양새를 갖추긴 했으나 함께 온 일대 제자들을 막기엔 역부족인 것이 분명해 보였다.

하나 전면전이 벌어지면 나포된 다섯 제자들의 안위를

장담할 수 없음이니 쉽사리 결단을 내릴 수가 없는 입장이었다.

고작 도적들과 퇴물이 된 전대 고수 하나를 베기 위해 소오검이라는 미래의 동량을 잃을 수는 없는 일이 아니겠는가.

아무리 계산해도 손해를 볼 수밖에 없는 상황, 운정 도장의 고민은 깊어만 갔다.

한데 그 순간 내내 뒤편에 자리하던 당영령이 운정 도장을 지나쳐 앞으로 나왔다.

"한 가지만 물어보겠다."

죽립을 쓰고 있어 그녀가 누군지 알 리 없는 괴개로선 의아할 수밖에 없는 상황이었다.

무당 제자들 사이에 여인들이 끼어 있는 것도 이상했고, 그중 하나가 감히 무당칠검의 수좌인 운정을 제치고 나서는 것도 납득하기 힘든 일이었다.

하나 무당 쪽에선 누구 하나 그녀를 제지하지 않았다.

실수를 범한 것이 있어 동행을 허락하였고, 운자배의 막내인 운진 도장이 절대로 그녀의 뜻을 존중하라 몇 번이나 다짐했기에 그저 지켜보고 있는 것이다.

때마침 당영령의 음성이 이어졌다.

"그대들은 혹 삼협의 혈사와 관계가 있는가?"

새파랗게 어리게 보이는 계집의 하대가 연이어졌으니

괴개의 눈썹이 꿈틀거리는 것은 당연했다.

하나 평소와 달리 괴개 역시나 기이한 위화감을 느끼는 터라 함부로 입을 열지 않았다.

"다시 묻지. 본녀가 찾는 것은 신주쌍마다. 그 마종들과 당신들의 무리가 관계가 있는가?"

또다시 이어진 당영령의 싸늘한 음성, 괴개의 얼굴이 와락 구겨졌다.

"허, 대체 네년은 어디서 배워 먹은 계집이기에 말하는 태도가 그 따위란 말이냐? 개봉교 아래서 몸을 파는 계집들도 네년처럼 막돼먹진 않았다."

"묻는 말에만 답하도록. 늙은 거지 네놈과 그 뒤에 있는 자들이 신주쌍마와 관계가 있느냐 없느냐?"

다시 한 번 이어진 그녀의 음성에 괴개의 얼굴이 흙빛으로 변했다.

자신의 뒤에 번천회가 있음은 오직 회에 속한 인물들만 아는 일, 대체 눈앞의 여인이 누구이기에 이와 같은 물음을 해 오는지 짙은 의문이 들 수밖에 없었다.

괴개가 답을 하지 않고 두 눈에 살기를 드리우자 당영령의 입에서 싸늘한 조소가 이어졌다.

"손녀딸도 아는 일이다. 평범한 녹림 산채가 관부를 습격하여 고작 무명 따위를 훔쳐 갔다면 어느 누가 믿겠느냐? 각설하고 내가 묻고 싶은 것은 네놈들과 그 마종 놈들과의 관계다."

"허허! 네년이 손녀가 있어? 그럼 내 새끼들은 벌써 십대가 넘었겠구나. 계집아! 정히 궁금하면 어르신을 위해 술 한 병 들고 찾아오너라. 그리하면 내 궁금한 것뿐 아니라 예의범절 또한 자세히 알려 줄 것이다."

천생이 거지인 괴개가 입담에서 밀릴 리 없었다.

꺼림칙한 기분이 들었으나 그런 이유만으로 참고 있을 인물은 아닌 것이다.

하나 당영령은 그런 괴개의 얼굴을 잠시 가만히 바라보다 싸늘히 고개를 돌려 버렸다.

"도장. 내 볼일은 끝난 듯하네. 이것은 그저 무당의 호의에 대한 자그마한 보답 정도로 생각하시게. 예야야. 가자."

그녀는 운정 도장을 향해 그렇게 알 수 없는 말을 남기곤 뒤돌아섰다. 기다리던 당예예 역시 그녀와 함께 미련 없이 발걸음을 돌려 버렸다.

하니 운정 도장의 얼굴은 더없이 잔뜩 일그러졌다.

너무나 급박한 상황에 나섰으면서 분위기만 더욱 흉흉하게 만들고 내빼는 그녀들에게 곱지 않은 시선이 이어짐은 당연한 일.

한데 그 순간 누구도 예기치 못한 비명이 목책 위를 메우기 시작했다.

"크아아악!"

무당 제자들의 목에 칼을 대고 있던 산적들이 동시에 내지른 비명이었다.

적아의 구분 없이 모두의 시선이 비명을 내지르는 산적들을 향하는 순간 실로 믿지 못할 광경을 목격해야 했다.

칼을 들고 있던 산적들의 손이 마치 촛농이 떨어지는 것처럼 흐물흐물 녹아내리고 있는 것이다.

삽시간에 어깨까지 녹아 버린 상태에서 바닥을 나뒹굴며 비명을 지르는 산적들.

대경실색한 괴개가 눈을 치켜떴지만 정작 그 스스로도 입에서 시커먼 핏물을 한 사발이나 뿜어내야만 했다.

"크헉!"

대체 언제 중독되었는지도 모른 채 죽은피를 토하며 쓰러져 가는 괴개, 그 순간을 놓치지 않고 운정 도장의 명령이 터져 나왔다.

"제자들을 구하라!"

명을 내림과 동시에 가장 먼저 목책을 타 넘는 운정 도장의 검에는 어느새 시퍼런 검기가 넘실거렸다.

그 뒤를 따라 오십에 달하는 도인들이 검을 뽑아 든 채 일제히 목책을 타 넘었다.

운정 도장을 포함한 무당칠검 넷과 일대제자들로만 이

루어진 도인들이었다.

목책 위를 지키던 이들이 보통의 산적들은 아니었으나 무당의 검을 막을 실력은 못 되었다.

더구나 괴개가 중독되고 인질마저 없는 상황이었으니 목책 위에 선 산적들은 그야말로 추풍낙엽처럼 쓰러져 갔다.

그렇게 목책 위는 순식간에 무당의 도인들에 의해 제압되었다.

그 짧은 시간 동안 많은 이들이 죽고, 또 그보다 많은 이들이 신음과 피를 흘리며 쓰러졌으나 도인들 중 누구도 그들에게 동정 어린 눈빛을 보내진 않았다.

오직 포박당한 다섯 제자들의 안위만 신경 쓸 뿐.

그렇게 괴개가 이끄는 대별산의 산채가 무당파의 도인들에 의해 삽시간에 제압당했다.

그 모든 일을 낱낱이 지켜보게 된 연후의 심경은 참으로 복잡했다.

괴개는 부친과의 관계를 떠나 연후에게도 스승과도 같은 존재였다.

그에게 무리의 기본을 배우지 않았다면 지금의 자신이 있을 수 없음은 당연했고, 그런 이가 중독되어 쓰러진 채 사경을 헤매고 있는 것이다.

미리 나서서 막지 못한 것도 후회스러운데 이를 못 본

척 외면할 수는 더더욱 없는 일이었다.

괴개가 지은 죄가 없다는 것이 아니었다.

죄에 대한 처벌은 그 경중에 따라 국법에 의거하면 될 일, 그보다 눈앞에서 그가 죽어 가는 괴개를 향해 아무것도 하지 않는 것은 도리가 아니란 생각이었다.

게다가 그가 관청을 털고 이렇듯 산채의 수괴 노릇을 하게 된 이유가 무엇인지는 너무나도 뻔했다.

연후 자신도 생필품의 전매권에 대해 분개하는데, 역천을 꿈꾼다는 부친이야 오죽하겠느냐 하는 생각이었다.

하여 이 일이 부친이 도모한 일임을 짐작했다.

하나 그마저도 나중에 따져 물어야 할 일, 수풀 사이에 은신해 있던 연후가 몸을 일으켰다.

더 늦었다간 그 목숨마저 부지 못할 것이 분명하니 이것저것 따지고 말 겨를이 없었다.

한데 그 순간이었다.

너무도 갑작스레 연후의 몸이 떨리기 시작했다.

그 떨림은 너무나 격했으며 이제껏 단 한 번도 느껴 보지 못한 것이었다.

하나 그 떨림이 무엇 때문인지는 알 수 있었다.

본능처럼 위험을 감지해 주는 무상검결이 일으키고 있는 일.

그 무상검결이 오한이 느껴질 정도의 크나큰 떨림을

일으키고 있는 것이다.

그때 산 아래쪽으로부터 바람이 초목을 휩쓸고 오는 것을 볼 수 있었다.

초목을 우수수 휩쓸며 광풍처럼 밀려드는 바람, 그 바람이 산채에 이르러 거짓말처럼 멈췄을 때 연후에게 일던 떨림 또한 사라졌다.

하나 연후는 석상처럼 굳어져 버렸다.

난데없는 바람과 함께 무당파 도인들 사이에 모습을 드러낸 이를 보고 그렇게 반응할 수밖에 없었던 것이다.

"아……버지?"

연후의 부친, 세인들에게 명천대인이라 회자되는 유기문이 그곳에 나타난 것이다.

그의 얼굴에선 그 무엇도 느껴지지 않았다.

연푸른 학창의를 걸친 그 모습은 도저히 무인처럼 보이지도 않았다.

하나 그가 처참히 쓰러진 산적들을 말없이 살피는 동안 누구 하나 감히 입을 열지 못했다.

유기문 역시 주변에 자리한 무당파 도인들은 안중에도 두지 않는 모습이었다.

마침 유기문의 손끝이 쓰러진 괴개를 향해 뻗어 나갔다.

그러자 괴개의 허름한 마의 위로 순식간에 시꺼먼 독

액이 번졌으며, 그 독액마저 유기문의 손끝을 따라 삽시간에 허공으로 흩뿌려졌다.

그 믿지 못할 광경에 무당파의 도인들은 아무런 말도 할 수가 없었다.

손짓만으로 타인의 몸에 중독된 독을 뽑아내고 그것을 허공중에서 태워 버릴 수 있는 경지라는 것은 상상조차 해 보지 못한 것이었다.

하니 도인들은 검을 쥔 손잡이에 힘을 더할 수밖에 없었다.

그렇게 누구 하나 입을 열지 못하는 무거운 침묵이 이어졌다.

그리고 그 침묵은 의식을 차린 괴개의 음성에 의해 깨어졌다.

"대인……!"

"욕보셨습니다. 이제부턴 제가 맡겠습니다."

유기문의 음성은 나직했으며 그 안에는 그 어떠한 감정도 담겨 있지 않았다.

그런 유기문의 모습은 근 이십 년 보필했던 괴개에게조차 낯선 것이었다.

그가 분노하고 있음이 느껴졌다.

그를 알게 되고 처음 보는 그의 분노였다.

"모든 것이 이 늙은이의 부족함 때문입니다. 강호인들

과의 마찰을 그렇게 주의하라 당부하셨거늘……."

"아닙니다, 어르신. 그저 저들이 없어져야 할 존재라는 것을 확인한 것입니다. 쉬십시오. 뒷일은 걱정 마시고."

유기문이 그리 말하며 손바람을 일으키자 괴개의 눈이 스르르 감겼다.

그러곤 이제껏 안중에도 두지 않았던 무당 도인들을 향해 돌아섰다.

유기문은 잠시간 말없이 그들을 바라보기만 했다.

그렇다고 해도 도인들 중 누구 하나 먼저 나서 입을 열지 못했다.

도인들 대부분이 그가 바라보는 깊은 눈동자 앞에 온몸이 발가벗겨지고 있는 듯한 느낌을 받고 있는 것이다.

그들도 바보가 아닌 이상 눈앞의 문사 차림의 중년인이 측량할 수 없을 정도의 무인임을 느끼고 있는 것이다.

"꼭 죽여야 했소이까?"

유기문의 음성과 눈빛은 정확히 도인들의 수장인 운정 도장을 향했고, 전에 없이 당황한 운정 도장은 아무런 답도 하지 못했다.

그러자 조금 더 높아진 유기문의 음성이 이어졌다.

"하면 다시 묻지요. 누가 당신들에게 이들의 목숨을 거둬 갈 권리를 주었소이까?"

조금은 더 높아졌다고 하나 분노가 담겨 있다는 느낌

은 전혀 없는 음성이었다.

그러자 운정 도장이 가까스로 힘을 쥐어짜 입을 열었다.

"저들은 국법을 무시한 채 관아를 습격하였으며 그 와중에 죄 없는 본문의 제자들을 납치 구금하여 인질을 삼았소. 이 모든 잘못은 저들에게…… 큭!"

입을 여는 도중 그저 유기문의 눈빛이 한 차례 날카롭게 변했을 뿐인데 운정 도장은 신음까지 터트리며 가슴을 부여잡았다.

보이지 않는 기운이 날아들어 심맥을 갈라 버린 것만 같았다.

고통에 찬 눈으로 그저 유기문을 바라보기만 하는 운정 도장, 때마침 다시 유기문의 입이 열렸다.

"그것이 진심이라면 내 어찌 그대들을 탓할까."

전에 없는 유기문의 쓸쓸한 독백이 이어졌고 그 순간 그를 빙 둘러싸고 있던 무당 도인들이 일제히 몸을 떨었다.

연이어 유기문의 음성은 천신의 분노처럼 변해 도인들의 귓가를 후벼 파기 시작했다.

"알량한 자존심이 그렇게나 화를 불러일으켰더냐?"

"……!"

"도관의 수행자란 이들이 살심조차 억누르지 못했단

말이더냐! 이들은 이렇게 죽어서는 안 되는 이들이었다. 죽어야 한다면 세상과 백성들을 위해서지 네놈들의 자존심 때문이 아니었단 말이다."

점점 더 커지는 그 음성과 함께 도인들의 표정이 창백하게 변해 갔다.

이대로라면 제대로 대항조차 해 보지 못하고 쓰러질지도 모른다는 생각에 운정 도장이 마지막 힘을 쥐어짜 소리쳤다.

"닥쳐라! 무당의 제자들은 공명정대함을 근간으로 삼는다. 우리의 검 또한……."

"하하하하하하! 공명정대? 지금 공명정대라 했느냐?"

"……."

"백성들의 옷가지를 빼앗고, 백성들의 먹을 것을 빼앗고, 백성들의 논과 밭을 빼앗아 팔아먹는 권세 앞에선 항변조차 하지 않는 이들이 감히 내 앞에서 공명정대함을 논한단 말이냐!"

유기문의 대성이 터지는 순간 귀를 부여잡고 쓰러지는 도인들이 속출했다.

그나마 버티는 이들은 공력이 심후한 제자들뿐.

"너희는 이들 앞에 부끄러워해야 할 것이며 속죄해야 할 것이다."

"어디서 그런 얼토당토않은 괘변을…… 크헉!"

무당칠검 중 또 다른 이가 분기탱천하여 나섰다가 운정 도장보다 더한 꼴을 당했다.

입가에 피분수를 뿌리며 쓰러진 것이다.

무당파 도인들의 눈에 오직 두려움이란 감정 하나가 생겨나는 순간이었다.

또한 그 무렵 유기문의 분노는 극을 향해 치달았다.

"네놈들이 믿는 것이 강호의 법이라면 나는 나의 법으로 너희들을 단죄할 것이다."

그 음성을 끝으로 유기문의 전신에서 새하얀 빛 무리가 치솟았다.

은하유성검이 발현되기 시작한 것이다.

하지만 정작 그것을 마주한 도인들 중 누구 하나 움직이는 이가 없었다.

그저 꿈결처럼 피어나는 찬란한 검의 빛을 멍하니 쳐다보고만 있을 뿐.

슈아앙!

순간 새하얀 빛이 터지며 무당의 도인들을 휩쓸어 갔다.

비명조차 흘러나오지 않는 참으로 고요한 참상이 그렇게 대별산의 한편에서 재현되려는 순간이었다.

때마침 그 검형(劍形)의 빛 속에서 치솟아오른 사내가 없었다면 도인들 중 누구도 살아남은 이가 없었을 것이다.

회의 무복을 입은 사내가 시뻘건 안광을 뿜어내며 유
성우처럼 쏟아지는 검강들을 하나하나 깨트리기 시작한
것이다.

하나 그 광경을 정확히 확인한 이는 오직 유기문 한 명
뿐이었다.

다른 이들이 느낄 수 있었던 것은 거대한 섬광들의 격
돌과 그 충격으로 인해 목책들마저 뿌리째 뽑혀 날아가고
있다는 것뿐이었다.

당연히 무당 도인들과 살아남은 산채의 인물들 역시
그 여파에 휩쓸릴 수밖에 없었다.

콰콰콰콰콰콰쾅!

그 순간에도 천지가 뒤집히는 듯한 폭음이 연이어졌다.

도저히 무슨 일이 벌어졌는지 분간할 수 없는 혼란.

그렇게 이어지던 혼란은 지독했던 먼지와 함께 가라앉
았고 그 속에는 오직 오연히 서로를 마주 보고 두 사람이
있을 뿐이었다.

초연검을 들고 부친의 앞을 막아선 연후, 그런 자식의
모습을 보며 도저히 속내를 짐작할 수 없는 눈빛을 하고
있는 유기문이었다.

"꼭 죽여야 하시겠습니까?"

연후는 유기문이 도인들에게 했던 이야기를 그대로 되

돌려 주었다.

그런 연후를 말없이 바라보기만 하던 유기문의 입에선 전혀 예기치 못한 음성이 흘러나왔다.

"네가 검을 세워야 할 적은 내가 아닌 듯하구나."

연후의 눈가에 의문이 서린 것도 잠시, 하나 부친의 말이 무엇을 뜻하는지 알게 되는 데는 그리 오래 걸리지 않았다.

지이이잉!

움켜쥔 초연검이 격하게 떨렸으며 그 순간 산채 아래쪽으로부터 천둥치는 듯한 고성이 터져 나오고 있었던 것이다.

"검마! 네 이놈!"

시꺼먼 흑의 무복을 날리며 화살처럼 쏘아져 오는 당영령의 눈빛에는 형용하기 어려운 무시무시한 녹빛 광망이 넘실거리고 있었다.

그녀의 모습을 확인한 연후가 당황한 눈빛으로 유기문을 바라보았으나 그의 시선은 당영령을 향해 고정된 채 더없이 깊어만 가고 있었다.

"재밌는 여인이로구나. 죽이기 아까울 정도로!"

입가에서 흘러나오는 부친의 나직한 음성, 하나 그 순간 연후는 온몸이 다시 한 번 치떨리는 것을 느껴야 했다.

조금 전 막아 냈던 부친의 검이 전부가 아니라는 사실, 조금 전과는 비교도 할 수 없는 힘이 부친 안에 똬리를 틀고 있음을 느끼고 있는 것이다.

무상검결이 말하고 있었다.

두렵다고. 피하라고, 맞설 수 있는 상대가 아니라고 아우성치고 있는 것만 같았다.

불이곡의 귀마노사가 어찌하여 부친의 그림자를 그토록 크게 여겼는지 새삼 돌이키는 순간이었다.

그럼에도 연후는 유기문의 앞을 가로막았다.

한 발을 내디디며 자신의 의지를 표현했다.

"그녀와는 선약이 되어 있습니다."

第八章

하늘도 땅도

북경에서 가장 번화가라 할 수 있는 남문대로 끝자락
에 자명루라는 주루가 있다.

　몇 년 전까지만 해도 북경제일의 주루 하면 열에 아홉
은 주저하지도 않고 꼽을 정도로 잘나가던 곳이 자명루였
으나 근자에 이르러 그 명성은 하루가 다르게 퇴색해 가
는 중이었다.

　그도 그럴 것이 천하상단의 소유였던 자명루 역시 역
모의 틈바구니를 피해 가지 못했기 때문이었다.

　자명루 또한 천하상단의 자산이니 조정에 몰수되는 것
이 당연했고, 때문에 근 반년 동안이나 문을 열지 못했
다.

그러다 새 주인에게 매각되고 나서야 다시 장사를 시작하였지만 그런 우여곡절을 겪은 자명루가 예전과 같을 수는 없었다.

더구나 본시 이름 있는 주루란 빼어난 술맛과 음식은 기본이요 아리땁고 재주 많은 기녀들이 더해져야 비로소 구색을 갖추는 것인데 건물만 그대로일 뿐, 그 알맹이가 죄다 바뀐 자명루가 과거의 명성을 이어 가지 못하는 것은 어쩌면 당연한 일이었다.

그렇다고 해도 그 으리으리한 건물의 외관만은 다른 곳과 비교할 수 없을 정도로 뛰어나니 이에 혹하여 발을 들이는 이들이 아주 없지는 않았다.

과거의 영화에는 비교할 수는 없다지만 그저 파리만 날리는 것은 아니었으며 담장 너머로 취객들의 고성과 기녀들의 교성이 어우러져 들리는 여느 주루와 다를 바 없는 것이 지금의 자명루였다.

그런 자명루와 담장 하나를 두고 자리한 그다지 특별할 것 없는 장원이 한 채 있었다.

이 또한 자명루와 만찬가지로 조정에 압수되었던 것인데 얼마 전에야 새로운 주인을 맞게 되었다.

얼마 전 보국무장이란 칭호를 얻은 장수 임백찬이 북경으로 개선하였을 때 상으로 하사된 것인데, 자명루의 화려한 외관 때문에 상대적으로 초라해 보이는 곳이었다.

더구나 정작 장원을 상으로 받은 임백찬은 전장으로 돌아간 뒤고 먼 친척들이 사용하게 되었다고 하니 누구 하나 그곳을 크게 주목하는 이가 없었다.

여기저기 손보고 뜯어고쳤다지만 군데군데 낡고 허름한 모습을 다 지우지 못하는 장원의 모습은 충분히 누구 하나 신경 쓰지 않을 만했다.

그러한 낡은 장원 후원에 단목강이 있었다.

밤이 깊어 가는 시각 담장 너머에서 들려오는 소음들은 더욱 커져 갔지만 단목강은 후원 한편에 선 채 오래도록 꿈적하지 않았다.

그런 단목강의 두 눈은 자신의 손에 들린 도(刀) 한 자루를 뚫어져라 쳐다보고 있었다.

도갑 때문에 도신을 볼 수는 없었으나 마치 용의 뿔을 깎아 만든 듯한 기이한 형태의 손잡이만 보더라도 그 칼이 필시 범상치 않은 물건임을 짐작할 수 있었다.

그 칼의 이름은 혈마도(血魔刀)였다.

환우오천존 중 두 명의 주인을 섬겼다는 신병, 또한 이 땅에 존재했던 모든 병장기들 중 가장 첫 머리에 이름을 올려놓기도 하는 절세 신병이기도 했다.

강호의 무인이라면 누구라도 탐심을 들끓게 할 수밖에 없는 기물, 하나 단목강은 그 혈마도를 바라보기만 할 뿐 도신을 뽑을 수가 없었다.

당장은 혈마도가 지닌 기운을 완벽히 제어할 자신이 없기 때문이었다.

"어렵게 생각하지 마라. 원주인에게 되돌려 준다고 생각하는 것뿐이니까."

그것을 건네던 때 이어지던 무린의 음성이 떠올랐다.

"글쎄, 왜 없애지 못하셨을까? 아마도 더 필요한 일이 있다고 생각하셨던 것 같다. 어쩌면 그냥 아까워서일 수도 있고. 귀계(鬼界) 또한 팔계의 한 축. 그들이 이 땅에 남긴 마지막 흔적일진대 내가 무어라고 그걸 소멸시킬 수 있겠느냐?"

"일만의 혼령을 머금고 스스로 귀물이 된 녀석이다. 무제를 섬겼으니 강이 너라면 충분히 주인이 될 자격이 있다."

"하하하하! 너는 어찌 그리 계산적이냐? 그냥 받아라. 아마도 부친의 뜻도 다르지 않을 것이다. 그게 아니라면 왜 나를 유가장에 보냈겠느냐? 아마도 죽는 순간까지 무제에게 미안해했을 것이다. 이놈을 가슴에서 빼지 못한 것도 그 때문일 테고……."

"당장은 해야 할 일이 있다. 너도 이제는 알지 않느냐? 어째서 부친이 그렇게까지 해서 무제와 지다성을 갈라놓으려 했는지를……."

"공령의 도는 세상을 떠돌아선 안 되는 힘이다. 공령이 세상에 퍼져 인간이 수시로 팔계(八界)를 넘보게 되면, 이 땅마저 온전한 사람의 땅이 될 수 없다. 이 땅을 지키는 것이 천문이 열린 날부터 내려온 자부일맥의 천명, 그것이 내가 살아가며 존재하는 이유다."

혁무린과의 대화를 떠올리는 단목강은 더욱더 침중한 눈빛이었다.

망량겁조와 무제에 얽힌 과거의 한 조각, 실로 천신과도 같은 그들의 무위와 그마저도 뛰어넘는 또 다른 신인(神人)의 공전절후한 혈전을 직접 목도한 단목강이기에 지금의 자신이 너무나 덧없이 여겨질 뿐이었다.

'천지풍파객! 자부가 존재치 않았다면 그야말로 고금제일이 틀림없을 터!'

그를 첫 모습을 떠올리자 온몸이 떨렸다.

그저 눈 한 번 깜짝이는 순간 무제의 손에 들린 혈마도를 빼앗아 망량겁조의 앞에 나타난 뒤 가슴에 그대로 칼을 박아 버린 인물.

그야말로 찰나지간 벌어진 일이었다.

그리고 터져 나온 그의 광소는 스스로 내뱉는 자존자대가 전혀 과하지 않다 여겨졌다.

"음하하하하! 이제 알겠느냐? 누가 진정 고금제일인인지! 신마라 하더니 별것 아니로구나. 음화하하하핫!"

그런 존재가 어찌해서 제대로 알려지지 않았는지 그것

이 다 이상할 지경이었다.

하나 그때가 돼서야 망량겁조의 진정한 능력을 볼 수 있었다.

이전까지 무제를 상대할 때 써 오던 무학들 역시 경천동지할 것들이었지만 그때부터 드러난 그의 능력은 전혀 궤가 다른 힘이었다.

눈앞을 분간할 수 없을 정도로 지독한 어둠이 생겨나며 그 사이로 쏟아져 나온 이해 불가한 존재들.

괴이지(怪異誌)에나 언급될 기괴한 짐승들이 끝도 없이 밀려 나와 천지풍파객을 몰아치기 시작했다.

눈으로 보고는 있으나 그저 환영(幻影)이라고 치부할 수밖에 없는 일이었다.

만일 그사이 날아든 무제의 파천비륜이 없었다면 모든 것이 그저 미몽(迷夢)일 뿐이라 생각했을 정도로 믿지 못할 광경이었다.

도저히 끝나지 않을 것 같은 암흑 속 피비린내 나는 혈전이 시작되었고 그 격전은 시간을 헤아리지 못할 정도로 끝없이 계속되었다.

종국에는 탱화에서나 볼 수 있었던 괴이한 형상까지 모습을 드러내 두 사람을 공격했다.

사람의 형상에 짐승의 머리를 한 존재들과 명왕이라 부를 수밖에 없는 거신들의 강림까지, 그 모두가 숨 돌릴 틈 없는 혈전 속에 이어졌다.

그들은 인간의 무학으로 대적할 수 있는 존재들이 아니었으며 결국 이긴 것은 그 기괴한 존재들의 것이었다.

하나 그것을 과연 망량겁조의 승리라 말할 수 있는지에 대해선 자신 없었다.

일단 망량겁조나 무제의 모습은 양패구상이라 해도 전혀 이상할 것이 없었기 때문이었다.

게다가 마지막 혈전의 순간 악신과도 같은 기괴한 존재들과 함께 어둠 속으로 사라져 버린 천지풍파객의 모습은 망량겁조가 보인 믿지 못할 능력보다 더욱 뚜렷하게 각인된 일이었다.

무린이 보여 준 환영 속에서 깨어났을 때 단목강이 제일 처음 꺼낸 질문도 그에 대한 것들이었다.

"그게 참 이상하단 말이야. 명계는 인간이 머물 수가 없는 땅인데, 그는 그곳에서도 살아남았던 거 같다. 불러낼 수 있는 것도 별로 없고 멀쩡한 놈도 없는 걸 보면! 그것들은 여기서 죽어도 거기 가면 멀쩡해지고 그러는 놈들인데……."

무린과의 대화를 떠올리는 단목강은 막막함을 떨쳐 내기가 힘들었다.

그나마 소득이 있다면 당시 보았던 무제의 무경이 까마득하지 않음을 확인했다는 정도였다.

그런 생각들 속에서 다시금 무린을 처음 만났을 때가 떠올랐다.

단목세가는 비교도 안 된다는 곳의 문주라며 자신을 형님이라 부르라던 그 모습.

당시 느꼈던 어이없음이 이제는 부끄러움으로 기억되었다.

그동안 스스로 전부라 믿었던 것들이 얼마나 큰 허울에 불과했는지를 깨닫게 된 것이다.

천하제일가란 말조차 모두 허명이었다.

무린이 보여 준 과거의 조각들은 그렇듯 단목강의 가슴속에 도저히 떨쳐 낼 수 없는 그림자를 드리운 것이다.

그럼에도 가슴속에선 그마저 씻어 내고자 하는 욕망이 꿈틀거렸다.

혈마도를 보는 단목강의 눈에 전에 없는 정광이 넘실거렸다.

지금의 무린 또한 그 부친이라는 이와 같은 힘을 지녔다 짐작하는 것은 어렵지 않았다.

그를 아는 이들이 제천대성이니 전륜성왕이니 하는 것들이 모두 그로 인한 것이 틀림없을 터.

하나 그것이 도저히 넘을 수 없는 벽이라곤 생각되지 않았다.

지금보다 강해질 수 있다는 확신이 있기 때문이며, 파

천비륜이면 신마와도 자웅을 겨룰 수 있다는 무제의 말이 거짓이 아님을 두 눈으로 똑똑히 확인했기 때문이었다.

그렇게 넘실거리는 두 눈의 정광은 이내 조금 전 무력했던 모습과는 너무도 달라 오롯이 태산 같은 존재감으로 변하기 시작했다.

손에 들린 혈마도가 격렬하게 떨릴 정도의 기세.

하나 단목강은 이내 피식 웃어 버렸다. 그러곤 아무 일도 없다는 듯 등 뒤로 혈마도를 고쳐 맸다.

주변의 공기마저 떨어 울게 했던 단목강의 기세는 완전히 사라졌으며 그 입에선 스스로를 책망하는 것이 분명한 탄식이 흘러나왔다.

"후아, 대체 뭘 고민하는 것이냐! 무린 형님과 내가 싸워야 할 일이 어디 있다고!"

정작 가장 중요한 것은 그것이었다.

혁무린과 자신이 싸울 이유가 없다는 것.

무린은 자신의 의형일뿐더러 모친과 누이의 목숨을 구해 준 은인 중에 은인이었다.

거기다 지금의 자신을 있게 해 준 무학마저도 전부 그에게서 전해 받은 것이나 다름없었다.

목숨을 내달라고 해도 미련 없이 줄 수 있는 이가 무린일진대 그와 싸울 일이 무엇이겠냐는 생각이었다.

더구나 놀랍게도 누이 단목연화가 무린을 마음에 두고

있음을 알게 되었다.

어머니마저 이를 알고 두 사람을 짝으로 여기고 있는 때이니 더더욱 무린을 향한 마음이 각별해질 수밖에 없었다.

물론 혁무린이 누이를 어찌 생각하는지는 알 수 없었다.

다만 도망치듯 떠나며 남긴 말이 있기에 아주 마음에 없지 않다는 것만 짐작할 뿐이었다.

"아하하하! 바쁘다니까. 일단 동정호에서 보자. 내달이면 단오절이지 않느냐? 그사이 네 누나 좀 어떻게 해라. 나 여자 같은 거 만날 수 없는 입장이다. 대주 아저씨한테 물어보면 알 거다. 부친도 따지고 보면 그렇게 나쁜 사람은 아니다. 내 나이 때 여자 하나 잘못 만나 그렇게 사신 거니까. 그런데 나도 그럴 순 없지 않겠느냐? 아무튼 바빠서 이만!"

과거의 한때나 다름없이 느물거리는 모습으로 도망치듯 내빼 버린 무린, 그 모습을 떠올리자 저도 모르게 입가에 미소가 걸렸다.

언뜻 봐도 누이가 싫은 기색은 아니었다.

사실 성격이 좀 모나서 그렇지 강남이화라고 칭송받으며 수많은 사내들의 애간장을 녹이던 누이였다.

물론 그 안에 단목세가란 배경이 아주 없진 않았을 테

지만 그걸 빼고도 누이만큼 아름다운 여인은 본 적이 없다고 장담할 수 있었다.

그리고 이제 누이의 유일한 단점마저 없었진 듯하니 세상의 어떤 사내 옆에 서더라도 부족하지 않은 여인이라 자부했다.

"훗, 무린 형님과 누님이라……."

머릿속으론 도저히 어울릴 것 같지 않았지만 함께 있던 모습을 떠올리면 꽤나 그럴싸했다.

그런 둘 사이가 싫을 이유가 없었다.

더구나 하나뿐인 누이가 그토록 원한다면 발을 벗고서라도 나서 줘야 할 입장이었다.

"누님이 원하는데 모시고 가지 못할 이유가 없다. 동정호변이라면 무린 형님의 마음도 변할지 몰라."

그런 생각을 하는 단목강의 입가에 다시 한 번 흐뭇한 미소가 서렸다.

오 년 전의 약속이 한 달도 남지 않은 때였다.

연후와 사다인이 무곡에 있음을 알았지만 조급하게 굴지 않았던 이유도 그 때문이었다.

또한 동정호와 무산이 그리 멀지 않으니 그 또한 문제될 것이 없었다.

하여 폐관을 풀자마자 전서를 날렸지만 아쉽게도 한발 늦고 말았다.

그럼에도 참으로 다행인 것은 연후가 홀로 북경으로 향하고 있다 하니 이곳에서 연후를 기다리게 된 것이다.

북경으로 나선 이유가 조부의 가묘 때문이라 들었으니 이곳으로 올 것이 틀림없었다.

하니 단목강이 할 수 있는 것은 이곳에서 가만히 연후를 기다리는 일뿐이었다.

물론 단목강이 스승이 되는 유한승의 묘를 소홀히 여길 리 없었다.

예전에 벌써 스승의 묘를 양지바른 곳에 안장해 둔 터였다.

자운공주 역시나 유한승을 각별하게 여겼으니 그녀의 도움으로 어렵지 않게 행한 일이었다. 그 같은 소식을 미리 전했더라면 하는 아쉬움이 가득했다.

하면 이렇듯 길이 어긋날까 조바심을 내며 기다리지 않았을 일, 하나 달리 생각하면 오히려 잘된 일이라 여길 수도 있었다.

연후와는 단둘이 나누어야만 하는 이야기가 있기 때문이었다.

자운공주와 자신의 관계를 밝히고 허락을 구해야 하는 일, 폐관 수련 중 내내 마음을 짓누르고 있던 그 일을 풀지 않고선 다른 일들 앞에 떳떳할 자신이 없었던 것이다.

그런 마음의 짐을 내려놓고 싶은 것은 당연한 일, 물론 당장 산더미처럼 쌓인 세가의 일들을 해결하자면 몸이 열 개라도 부족할 때였다.

하나 그런 일들은 서두른다고 될 일이 아니었다.

그중 부친의 행방을 찾는 일이나 천하 십숙과 끊어진 비선을 연결하는 일들은 너무나도 급한 일이었다.

하나 이마저도 조급한 마음만 가지고는 절대로 해결할 수 없는 일이었다.

더구나 가주위의 승계 같은 일은 부친의 행방을 확인한 뒤에 행해도 전혀 늦지 않는 일이며, 그보다는 단목세가의 일로 신주쌍마라는 흉명까지 얻게 된 사다인과 연후를 돌보는 것이 먼저였다.

물론 단목세가의 멸문에 개입한 강호문파들에 대한 단죄 역시 빼놓지 않아야 할 일 중 하나였으니 앞으로의 행보가 혈로가 될 것임은 틀림없는 일기기도 했다.

관부라면 몰라도 사리사욕을 위해 단목세가의 무인들을 주살한 강호인들을 그저 용서해 줄 수는 없는 일, 이는 세가의 핏줄로서 마땅히 행하여야 할 복수 중 하나였다.

거기에다 강호무림뿐 아니라 조정마저 떠들썩하게 만들고 있는 무림지부의 일 또한 대처 방법을 찾아야만 했다.

실상 이 일은 너무나 중요한지라 쉽사리 자금성 주변

을 떠날 수가 없었다.

전해 들은 이야기로 그 때문에 대규모 토목공사가 시작된다는데, 이 재원을 마련하기 위해 닥치는 대로 자금을 끌어들인다는 것이다.

이 모든 것이 태공공과 그 수족이나 다름없는 곽영에 의해 주도되고 있으니, 불공대천의 원수인 그 둘이 무슨 짓을 저지르고자 하는지 파악하는 일은 그 무엇보다도 중요한 일인 것이다.

하나 당장은 조급함으로 어쩔 수 있는 일이 아니었다.

모든 것은 순서가 있다는 것이란 생각이었다.

다만 요 며칠 동안 마음을 짓누르는 것은 그간 별 탈 없이 오가던 무곡과의 전서가 두절되었다는 것이다.

무산 어딘가에 있다는 것만 알 뿐 실제로 가 본 적은 없는 곳이었다. 하니 그곳에 대체 무슨 일이 생긴 것인지 전혀 감을 잡을 수가 없었다.

혹시나 하는 마음에 암천에게 부탁하였으나 북경 인근에서 무산의 소식을 알기는 요원한 일이 아닐 수 없었다.

그 일로 이래저래 복잡할 수밖에 없는 단목강이었다.

그렇게나 오래 단목강의 고민이 이어질 무렵 장원의 담을 넘어 쏜살처럼 날아드는 그림자가 있었다.

음자대주 암천, 그의 음성이 날아드는 와중 다급하게 단목강 귓가를 파고들었다.

"급보입니다. 소가주! 무산이 시체로 뒤덮이고 있다 합니다."

눈이 번쩍 떠질 수밖에 없는 말들이었다.

단목강이 채 반문도 하기 전 다시금 암천의 음성이 이어졌다.

"흑면……. 아니 사다인 공자입니다. 그가 화산파를 중심으로 모인 섬서의 무인들을 도살하고 있다고 합니다. 하여 구정회뿐 아니라 오수련의 세력까지 대대적으로 무산으로 집결하는 중이라 합니다."

"대체 왜…… 형님께서?"

"자세한 것은 모르겠습니다. 다만 신검이 그 뒤를 추적 중이라 하는데, 그나마 다행인 것은 소문에 세가 무인들에 관한 것은 없었습니다."

한데 그 말을 듣는 순간 단목강의 눈빛이 날카롭게 변했다.

"다행이라니요! 형님께서 위급하신데 어찌 그런 말을 하십니까? 대체 가신들은 무엇을 하고 있단 말입니까!"

전후 사정을 알지 못하나 그 음성에 서린 것은 명백한 분노였다.

하나 지금 그저 분노나 하고 있을 때가 아니었다.

"가야겠습니다. 저 대신 연후 형님을 만나십시오. 또한 봉명궁에 기별을 넣어 주십시오. 마마께는 송구하다는 말씀을 부탁드립니다."

"소가주님! 대체 어찌하시려고……?"

"형님이 위험에 처하려는데 제가 어찌 이를 두고 본단 말입니까?"

"하오나, 아직은 때가…… 혹여 정체가 발각되면 잃는 것이 너무나 많습니다. 세가 재건은 꿈도 꾸지 못할 일입니다."

"대주님! 이것은 그런 문제가 아닙니다. 나 때문에 사다인 형님께서 위급함에 처했는데 그런 형님을 위해 나서지 못한다면 어찌 세가 식솔들에게 나를 믿고 목숨을 걸라 하겠습니까. 이것이 나의 협(俠)입니다."

*   *   *

오랜 세월 전부터 사천당가에 태어나는 여아(女兒)들은 외인 취급을 받았다.

이는 당가가 지닌 무공의 특성 때문인데 어차피 출가하게 될 여인들로 인해 용독술이나 암기술의 비전이 유출되는 것을 막기 위해서였다.

하여 무가에 태어났음에도 당가의 여인들은 그저 기본적인 호신공이나 의술 외에는 배울 기회조차 부여받지 못했다.

하나 그런 사정도 직계 혈손에겐 또 달랐다.

여인의 몸이라 해도 비전이라 할 수 있는 절기들을 맘껏 배울 수 있었다.

다만 그런 여인들은 출가를 하는 것이 아니라 데릴사위를 들여야 하며 사내조차 당가 사람으로 만드는 것이다.

당가의 대모 당영령과 동행하는 당예예 역시 그러한 직계 혈손이었다.

그것도 보통의 혈통이 아닌 가주인 암왕 당이종의 무남독녀라는 적통이었다.

그럼에도 그녀는 당가의 비전 절학을 배울 기회를 스스로 포기했다.

어린 시절 우연히 들르게 된 서원(書院)에서 한 소년을 만났기 때문인데 그는 강호무림과는 전혀 상관없는 이였다.

그렇다고 무슨 대단한 집안의 인물도 아니었으며, 단지 그의 조부가 사천 성도의 관리들이 눈치를 볼 정도로 대쪽 같은 성품을 지닌 노학사라는 것 정도가 특이할 뿐이었다.

한때는 황성에서 높은 관리였다는 그의 조부를 제하면 그의 집안은 그저 그런 경작지를 지닌 볼품없는 곳이 틀림없었다.

물론 당가의 기준에서 그렇다는 것이지 삼십여 호나 되는 소작농을 거느릴 정도이니, 성도 인근에선 충분히 부호 소리를 들을 정도는 되는 집안 이었다.

여하간 그녀는 그 소년을 마음에 두었으며 커 가는 동안 내내 그의 내자가 되어 그와 함께 지낼 생각만을 했다.

그녀가 마음에 둔 소년은 그 조부를 닮아 올곧은 성품으로 자랐으며 당장 향시나 전시 정도는 우습게 통과할 정도로 소양 깊은 사내가 되었다.

하나 환관의 득세 때문에 출사를 미루고 후학들을 양성하는 데 모든 열정을 쏟아 내던 참으로 헌양한 젊은이였다.

그와의 정혼은 부친마저 허락한 일, 뒤늦게 그녀의 뛰어난 무재를 알고 안타까워했지만 자식의 행복을 위해서라면 무엇이든 해 줄 수 있던 이가 죽은 당이종이란 인물이었다.

결과만 놓고 본다면 그 일을 막지 않은 것이 후회될 일이긴 했으나, 그 또한 그녀의 운명이니 누구를 탓할 수는 없었다.

그녀가 마음에 두고 있던 사내가 백화성교라는 사교의 무리들에게 납치되어 처참하게 죽고, 그 일로 그간 감춰져 있던 그녀의 무공이 드러났지만 모든 것은 이미 되돌릴 수 없었던 일이었다.

그 후 당예예는 조모인 당영령의 곁에 머물며 당가의 식솔들에게마저 서서히 잊히고 있는 중이었다.

부친이 죽지 않았다면 결코 세상으로 다시 나오지 않았을 여인이 바로 당예예란 여인이었다.

그리고 지금 그녀는 대별산의 한 자락에서 두 눈으로 보고도 믿기 힘든 광경을 목도하고 있었다.

천하에 누가 있어 조모와 무를 논할 수 있을 것인가 하는 생각을 줄곧 해 오던 차였기에 그 놀라움은 더욱 클 수밖에 없었다.

실제로 조모와 동행하는 이유는 결코 부친의 복수 때문이 아니었다.

조모의 강함을 알며 때때로 그녀의 노기가 무자비한 참상을 야기할 수 있음을 알기 때문에 이를 조금이나마 막아 보려는 의도에서였다.

부친의 원수를 자기 손으로 죽이겠다는 다짐 역시 조모와 동행하기 위한 핑계일 뿐이었다.

조모의 입장에서야 필요할 때만 손을 쓰는 것이라지만 어디까지나 그것은 조모의 기준일 뿐이었다.

이는 지난 여정을 돌이켜 보아도 충분한 일이었다.

인간의 경지를 초월하여 모습마저 변해 버린 조모에겐 시비가 끊이지 않았다.

만일 그녀가 당영령 그 곁에 없었다면 지난 몇 달간 적어도 수백의 사내들이 한 줌 독수가 되어 사라졌을 것이다.

그런 조모 당영령을 누구보다 잘 알기에 그녀 곁을 떠날 수 없는 것이다.

한데 지금 눈앞에서 벌어지는 일들은 정말로 믿기 어려웠다.

반선(半仙)이라 해도 이상할 것이 여겨지던 조모가 죽립과 면사마저 잃어버린 모습이었다.

상대가 아무리 북궁가의 후예이며 검마라는 별호를 얻은 이라도 해도 도저히 믿지 못할 일이었다.

검제가 다시 살아 돌아온다 해도 조모를 어쩌지 못할 것이라 여길 정도인데 고작 자신의 또래로 보이는 사내가 조모를 낭패한 상황으로 몰고 가고 있으니 어찌 이럴 수 있는지 이해가 되질 않았다.

휘날리는 은빛 머리칼 사이로 드러난 조모의 눈빛은 지금 그녀가 얼마나 당혹스러워하고 있는지를 여실히 보여 주고 있었다.

하나 무엇보다도 믿기지 않는 것은 조모와 달리 검마라는 사내는 생사를 결할 의지가 없어 보였으며 본신의 능력을 다 보이고 있지 않음이 느껴진다는 것이었다.

자신의 눈에도 그것이 보이니 마주하는 조모의 심경이

야 오죽할까 하는 마음마저 일었다.

그러면서도 그녀는 그저 조모의 분노가 더 이상 커지지 않기만을 조마조마한 심정으로 바라볼 뿐이었다.

그런 일이 벌어지면 무슨 일이 벌어질지 예측할 수가 없었기 때문이었다.

때마침 사내의 연검에서 치솟은 구슬 같은 붉은 섬광들이 조모를 휩쓸어 왔다.

그 강렬한 섬광에 부딪혀 십여 걸음이나 밀려난 그녀가 두 눈을 부릅떴다.

순간 지면을 박차고 허공에서 쌍장을 내지르는 그녀의 모습은 당예예마저 고개를 돌려 버릴 정도로 무시무시한 것이었다.

당영령의 장심에서 연이어 뿜어진 장영이 살아 움직이는 독액으로 변해 거대한 그물처럼 엮이며 연후를 향해 뒤덮어 가고 있는 것이다.

스쳐 가는 장영의 여파만으로도 초목들이 순식간에 고사되어 갔으니 이를 마주하는 연후의 눈빛 또한 굳어졌다.

무상검결이 끊임없이 움직이며 스며드는 독기를 배출하고 있다지만 그것도 한계에 달해 가고 있음을 느끼는 때였다.

참으로 지독한 독이었다.

모공까지 차단된 것이 분명함에도 불구하고 언제 중독이 된 것인지 내부가 진탕되어 갔다.

더욱 기가 막힌 것은 그녀가 대체 어떤 방법으로 자신을 중독시키고 있는지를 파악할 수 없다는 것이었다.

그저 확인할 수 있는 것은 그녀의 숨결 하나까지 모두 극독으로 변해 사방을 장악하고 있다는 것뿐.

당장은 무상검결 덕에 어찌어찌 막아 내고는 있으나 그녀로부터 끊임없이 흘러나와 공기 전체를 잠식해 가는 독의 여파는 소름 끼치는 것이 아닐 수 없었다.

주변은 이미 온통 말라비틀어진 초목들로도 모자라 재가 되어 가는 것들로 가득한 상황, 이 싸움이 길어져서 득이 될 것이 없음은 분명했다.

때마침 그녀가 거리를 줄이며 연이어 장영을 뿌리며 날아들고 있었다.

얽히고설키며 그물처럼 촘촘하게 변해 가는 기이한 형태의 독공, 시꺼먼 장영의 그물이 지나치는 모든 것을 소리조차 없이 녹여 내는 상황이었다.

상황이 그리 되자 연후 또한 마음을 독하게 먹을 수밖에 없었다.

묘하게도 그녀와는 적대하고 싶지 않은 마음이었다.

단지 무를 겨루자는 것이라면 발 벗고 나설 수 있으나 목숨을 내걸고 다투고 싶지 않은 마음인 것이다.

굳이 이유가 있다면 연후가 본 그녀의 모습이 이제까지 겪은 강호인들과 다르다는 것 때문이었다.

무당파의 도인들조차 살수를 씀에 있어 주저하지 않았다.

이제껏 만나 온 대부분의 강호인들 역시 다르지 않았다.

대화로 풀어 가는가 싶다가도 결국 칼부림으로 끝이 나는 것이 그들 강호의 무인들이었다.

물론 그녀 역시 괴개를 중독시켰고 도인들을 인질로 삼고 있던 산적들의 팔을 녹여 버렸으나 그것만으로 그녀가 틀렸다고 할 수가 없었다.

솔직한 심정으로 괴개와 인연이 없었더라면 자신이라도 나서서 그녀처럼 했을 것이기 때문이었다.

물론 그랬다면 무당파 도인들의 손에 이렇게나 많은 이들이 죽는 일도 없었을 것이다.

따지고 보면 모든 것이 주저함 때문이었다.

괜한 일에 얽히기 싫다는 이유로 그저 외면하려고 했던 마음이 이와 같은 참극을 불러일으킨 것이라 생각했다.

그렇기에 더 이상의 살생을 두고 볼 수가 없었다.

그것이 부친의 손에 의해 벌어지는 참극이라면 더더욱 만류해야 한다는 생각이었다.

무당의 도인들에게 잘못이 있다면 과하게 손을 썼다는 것 하나뿐이었다.

그 또한 목책 위에 자리한 산적들이 예상외로 강했기에 벌어진 일이지, 도인들이 그저 도살이나 하자고 검을 내뻗은 것은 아니기 때문이었다.

무당파의 도인들마저 그렇게 생각하는 연후가 당영령에게 분노할 이유는 없었다.

그녀가 자신을 쫓는 이유 역시 그녀 입장에선 당연한 일을 하는 것뿐이었다.

그렇다고 그냥 죽어 줄 수도 없는 일이었다.

사실 그녀가 이토록이나 무자비한 공세를 펼칠 것이라곤 예상치 못했다.

냉정히 따지면 사다인과 그녀 사이에 얽힌 은원일 뿐, 자신과는 상관없는 일이라 여긴 것이다.

적당히 공방이 오가면 대화를 나눌 수 있을 것이라 생각했다.

그녀가 사다인의 행방을 물어오면 둘을 만나게 해 줄 마음까지 먹고 있었던 것이다.

어차피 풀어야 할 은원이라면 굳이 만류할 이유가 없었다.

사다인의 성격상 당연히 환영할 일이니 그에게 미안할 이유도 없었다. 다만 혹시 모르니 그 자리에 함께 있겠다는 생각이 전부였다.

경우를 아는 여인처럼 보여 대화로 풀 수 있을 것이라 생각한 것이다.

하나 그런 생각이 참으로 어이없는 착각이었음을 눈앞의 상황이 말해 주고 있었다.

그녀는 사다인뿐 아니라 자신까지 죽여야 할 대상으로 명확히 인식하고 있었다.

하니 참으로 난감했다.

최선을 다해도 쉽지 않은 상대였다.

죽이고자 한다면 그럴 수도 있겠다 싶지만 그저 제압하는 것이라면 엄두가 나지 않을 정도로 강한 상대였다.

조금만 가까워져도 격하게 반응하는 무상검결이 그리 말하고 있으며, 염왕진결로 공파탄강까지 펼쳤으나 그녀를 어찌하지 못했다.

공력의 차이뿐 아니라 깊이마저 부족함을 여실히 느낄 정도의 상대인 것이다.

최근에야 희미하게 단초를 붙잡게 된 화령검(火靈劍)을 떠올려 보았지만, 아직은 불완전할 뿐더러 펼친다고 해서 이길 수 있을 것 같지도 않았다.

결국 그녀는 광안을 열어 단숨에 목을 베어야만 하는 상대인 것이다.

그러고도 그녀 주변을 휘감고 있는 어마어마한 독기를

피해 내야만 무사할 수 있는 상대.

정말로 그렇게까지 해서 베어야 할 적인가 하는 생각이 머릿속을 떠나지 않았다.

차라리 명부당이란 무리들처럼 악심으로 똘똘 뭉쳤다면 가차 없이 벨 수 있겠지만 그녀와 명부당의 무리들이 똑같을 수 없었다.

위급한 상황이기에 그저 죽여야 한다면 어찌 스스로 떳떳할 수 있겠는가 하는 생각이었다.

그 모든 것은 대화를 나눈 뒤에 행하여도 늦지 않는 일이었다.

더구나 연후가 보는 당영령은 그저 젊디젊은 여인이었다.

머리칼이 은백색이란 것을 빼면 많게 보아야 이십 중후반이나 되어 보이는 것이다.

여인이기에 싸울 수 없다는 것은 아니었지만 여인이기에, 그것도 범접하기 힘든 분위기를 풍기는 여인이 적이기에 더욱 망설이고 있는 것은 부정할 수가 없었다.

연후가 그런 마음을 먹을 수 있는 것도 따지고 보면 그저 피하는 일이라면 그 어떤 상황에서도 자신할 수 있기에 가능한 일이었다.

솔직히 지금 가장 화가 나는 것은 그녀가 아니라 부친 유기문이었다.

몇 년간 명촌을 보았고 그곳 사람들을 보았기에 부친에 대한 반감이 거의 사라지고 있던 때였다.

그가 도모하는 것이 역천일지라도 그것이 단지 몽상가(夢想家)의 헛꿈만은 아님을 보았기 때문이었다.

물론 그 안에 발을 담글 생각은 추호도 없으며, 부친이 무언가를 하기 전 자신의 힘으로 조부의 뜻을 이루고자 마음먹고 있었다.

부패한 환관의 무리를 척결하고 정사를 바로 세우는 것, 그것이 조부의 유지이기에 반드시 따라야 할 일이라 믿고 있는 것이다.

한데 오늘 다시 본 부친은 참으로 안하무인이었다.

자신의 뜻을 위해서라면 무엇이든지 할 사람으로 보였다. 포구에서 만난 포쾌의 말로 미루어 호북 땅에서만 이러한 일을 벌이는 것은 아닐 터.

대체 산적 따위를 움직여 무엇을 하고 있으며, 그 하나의 잘못된 생각 때문에 얼마나 많은 생목숨이 사라지고 있는지 모르겠단 생각에 부친을 향한 적의마저 끓어올랐다.

더구나 작금의 상황마저 너무나 무심하게 지켜보고 있는 그 눈빛은 부자의 연을 도려내고 싶은 마음까지 일게 할 정도였다.

그 눈길이 더더욱 거슬려 그 앞에서만은 광안을 열고

싶지 않았다.

하나 상황이 어쩔 수 없게 흘러갔다.

이대로라면 둘 중 하나가 죽어야 끝날 싸움이었다.

때마침 연후의 눈이 산비탈 아래 있는 당예예를 향했다.

비겁하다 해도 할 수 없었다.

오늘뿐 아니라 이미 명부당에서 인질이 지닌 가치를 느꼈기에 지금 할 수 있는 최선의 방법을 택하는 것뿐이었다.

강호의 명예 따위에 얽매이지 않는 연후기에 주저하지 않고 행한 선택이었다.

연후에게 필요한 것은 잠시간 당가의 대모라는 여인과 대화할 시간이었다.

그 무렵 당영령의 장영은 이미 연후의 코앞에 이르러 있었다.

그렇게 장영을 날리는 당영령조차 상대가 시꺼먼 독수가 되어 녹아내릴 것을 전혀 의심치 않았다.

하나 그 순간 연후의 눈에 기이한 빛이 번뜩였다.

그와 동시에 그 신형이 거짓말처럼 사라진 것이다.

직접 공격하던 당영령은 말할 것도 없고, 내내 깊고 고요하기만 하던 유기문의 눈빛마저 더없이 격하게 흔들렸다.

그렇게 사라진 연후가 나타난 것은 당영령으로부터 이십 장이나 떨어진 곳이었다.

산비탈 아래쪽에 선 채 조모의 싸움을 지켜보던 당예예는 무슨 일이 벌어졌는지 전혀 알지 못했다.

때마침 당영령이 날린 장영이 연후가 사라진 지면 위를 뒤덮으며 기괴한 소음을 일으켰다.

치이이이익!

바닥에 부딪힌 뒤 시커먼 독무로 화해 가는 장영 속으로 내려선 당영령.

그녀의 시선이 재빨리 연후를 향했다.

순간 흩어지던 시꺼먼 독무가 일제히 그녀의 몸을 휘감은 뒤 흑의 무복 안으로 사라져 버렸다.

동시에 연후를 쏘아보는 그녀의 두 눈에 녹빛 광망이 넘실거리며 더욱더 섬뜩한 기운을 발했다.

그 어느 때보다 강렬한 살기를 일으키는 당영령, 하나 그녀의 얼굴은 당황한 빛을 모두 지우지 못하고 있었다.

"노여워 마시지요. 그저 대화할 시간이 필요할 따름입니다."

연후의 음성이 흘러나오자 가장 당황한 것은 당예예였다.

소스라치게 놀란 그녀가 황급히 뒤돌아선 것은 당연한 일, 하나 그러면서도 그녀는 있는 힘껏 손끝으로 은사를 뿌렸다.

당가의 가주에게만 전해지는 사혼추를 스스로에게 맞게 변형시킨 그녀만의 독문절예였다.

은혼사(銀魂絲)란 이름의 절기, 분명 놀라울 정도의 암기술이었지만 그 정도가 연후에게 위협이 될 수 없었다.

초연검이 파리를 쫓듯 허공을 베어 가자 은혼사는 가닥가닥 끊겨 흩어졌으며, 그 순간 멀찌감치 떨어진 당영령에게서 전에 없이 다급한 음성이 이어졌다.

"멈추어라!"

산자락마저 떨게 할 정도로 거대한 음성이었으나 그녀는 더 이상 움직이지 못했다.

연후의 날 선 검이 당예예의 면사 아래쪽으로 파고들어 목덜미에 닿아 있었기 때문이었다.

삽시간 지독한 적막감이 찾아들었다.

등 뒤를 향해 상체를 반쯤 돌린 당예예의 눈동자가 연후와 부딪힌 것도 그 순간이었다.

그렇게 지척에서 눈이 마주치자 연후가 참으로 난처한 표정을 지었다.

"소저, 미안하게 되었습니다. 송구하지만 잠시간 인질이 되어 주셔야겠습니다."

상황과는 너무나 동떨어진 음성과 태도인지라 그녀는 황당함을 금할 수가 없었다.

잠시지만 눈앞의 이 사내가 정말로 조모와 생사지경을 넘나들 정도로 싸운 이가 맞나 하는 생각이 찾아들 정도였다.

자신의 목에 검을 들이대고 있다지만 차라리 포구에서 본 학창의가 더욱 어울린다는 느낌이 드는 사내이니 그런 생각을 하는 자신조차도 기이할 따름이었다.

때마침 연후가 당영령을 향해 더없이 진중한 음성을 내뱉었다.

"이상하게 들릴지 모르지만 당신과 싸울 이유가 내겐 없습니다. 또한 당신들이 흑면수라라 칭하는 이가 내 친우이긴 하지만 그와 풀어야 할 은원이 있다면 만나게 해 줄 의향 또한 있습니다. 내가 아는 그는 자신이 행한 일에 책임을 질 줄 아는 사내입니다."

연후의 음성이 나직하지만 흔들림 없이 이어지자 당영령의 눈빛이 미세하게 흔들렸다.

하나 그녀의 눈가에 서린 녹광은 더욱더 짙어져 있었다.

"헛소리! 본녀가 그렇게나 우습게 보이더냐? 자식을 먼저 보낸 어미의 심정을 네놈 따위가 어찌 헤아릴 것인가. 모조리 죽일 것이다. 그 마종 놈은 물론이요, 스스로 친구라는 네놈뿐 아니라 그자와 관련된 자라면 모조리 죽일 것이다!"

그녀의 음성은 더없이 짙은 살기를 담고 흘러나왔고, 검을 쥔 연후의 손끝마저 파르르 떨렸다.

예상했던 대화 중 가장 최악의 결과였다.

결국 죽이지 않으면 끝낼 수 없는 싸움이라는 뜻이었다.

그렇다면 더 이상 망설이지 말아야 함이 당연한 일이었다.

연후의 표정도 굳어졌다.

한순간에 끝내야 할 싸움.

또한 조금 광안을 연 것이 치명적이 될 수 있다는 느낌마저 스멀스멀 피어올랐다.

무상검결의 떨림이 점차 격해지고 있는 것이다.

그리 되자 새삼 그간 들어 왔던 강호의 이야기가 틀린 것이 없음을 깨달았다.

베어야 할 상대라면 주저하지 말아야 한다는 것, 또한 본신의 능력 중 삼 할을 감춰 두는 것이 어째서 강호에서 살아남는 법이 되는지를 말이다.

그렇다고 해도 후회는 없었다.

이마저도 하지 않고 그녀를 베는 것보단 훨씬 떳떳할 수 있기 때문이었다.

"믿기지 않겠지만 이제껏 행한 일에 부끄러움은 없었소. 또 누군가를 베어야 할 일이 생긴다면 의당 그러할

것이라 확신했소. 하나 오늘 당신과 싸우는 것이 내키지
않으니 참으로 마음이 무겁소. 하나 반드시 해야 할 일이
있으니 부디 소생의 검을 원망치 마십시오."

연후의 나직한 음성이 흘러나와 지척에 선 당예예는
물론 멀리 떨어진 당영령의 귓가를 파고들었다.

당영령에겐 콧방귀를 낄 소리가 분명했지만 당예예에
게마저 그런 것은 아니었다.

그 눈동자를 보고 있노라면 그가 진심을 말하고 있음
이 느껴졌기 때문이었다.

도저히 검마라는 흉명과는 어울릴 수가 없는 사내였다.

어쩌면 조모가 그의 손에 죽을지도 모른다는 생각이
일어 온 몸이 떨려 왔다.

그렇게 당영령과 연후가 생사결전을 벌이려는 일촉즉
발의 상황이 이어지고 있었다.

한데 그때 너무나 의외의 음성이 두 사람 사이로 이어
졌다.

"참으로 아둔하구려."

유기문의 나직한 음성에 당영령과 연후가 황급히 그를
향해 시선을 돌렸다.

음성 안에 실린 기이한 기세가 점점 더 날카로워지는
두 사람의 대치를 끊어 내고 있다는 느낌 때문이었다.

그렇게 시선을 받은 유기문은 너무나 담담한 태도로

입을 열었다.

"세월을 되돌리고도 어찌 사람의 마음 하나 헤아리지 못하는 것이오?"

연이어진 그 음성과 함께 당영령과 유기문의 시선이 허공에서 교차했다.

한데 놀랍게도 그녀의 안색이 순식간에 창백하게 변하며 짙었던 두 눈의 녹광마저 빛을 잃은 것이다.

때마침 유기문이 그녀를 향해 손을 들어 올렸다.

"남은 것은 독심뿐이로구나. 나를 원망치 마시오. 자식 놈과 함께 죽겠다는데 아비 된 이가 어찌 이를 두고 보겠소."

그 음성을 끝으로 유기문의 신형이 흐릿하게 변했다.

잠시의 순간 마치 영육이 분리된 것 같은 너무나도 기이한 모습이었고 그렇게 유기문의 몸에서 뿜어진 희뿌연 무언가가 한줄기 바람이 되어 당영령을 휩쓸고 지나갔다.

이를 마주한 당영령은 물론 이를 바라보던 연후마저 돌덩이처럼 굳어진 순간이었다.

마치 혼백 같은 기운이 당영령을 그대로 관통하고 난 뒤 그녀의 신형은 썩어 버린 고목처럼 그대로 쓰러져 갔다.

그 뒤로 다시금 형체를 갖추고 서서히 나타나는 유기문의 모습.

이를 지켜보는 연후의 이빨이 따닥거리는 소리가 날 정도로 떨리고 있었다.

천외천.

자신이 본 것을 그렇게밖에 표현할 수 없었다.

*   *   *

산동의 성도인 제남에서 태산(泰山)까지는 부지런히 걷기만 하면 이틀이면 충분한 거리였다.

한데 그 멀지 않은 길을 벌써 며칠이나 걸려 천천히 이동하고 있는 두 사람이 있었다.

그중 앞서 걷는 젊은 사내는 꽤나 무료한 얼굴을 하고 있었고, 그 뒤를 호위하듯 따르는 중년 사내는 더없이 공손한 태도를 보이고 있었다.

두 사람의 목적지인 강소까진 아직 한참이나 남은 길이었지만, 정작 그들에게선 조금의 조급함도 느껴지지 않았다.

유랑이라도 나온 듯 너무나 유유자적 산길을 걷는 젊은 사내는 혁무린이었다.

워낙이 명산인 태산으로 향하는 길인지라 오가는 행인들이 꽤나 많은 길이었다.

하지만 무린은 느릿하게 걸으며 지나치는 이들마저 위

아래로 훑었다.

한눈에도 그저 한량처럼 보이는 무린, 내내 그렇게만 이어지던 그의 걸음이 어느 한순간 흠칫하며 멈춰 섰다.

그와 동시에 황급히 서편 하늘을 향해 고개를 쳐드는 무린.

그런 무린의 표정이 이전과는 너무나 달라 뒤따르던 중년 사내마저 놀라는 얼굴이었다.

그 상태로 한참 동안이나 허공 어딘가를 응시하던 무린의 입에서 기나긴 탄식이 흘러나왔다.

"하아! 이것 참!"

무린이 왜 그런 말을 하는지 알 리 없는 중년 사내는 그저 공손한 태도로 그를 바라볼 뿐이었다.

그러자 무린이 나직하게 중년 사내의 이름을 불렀다.

"패륵!"

"하명하십시오. 주군."

"그거 있잖아. 북천신도인가 뭔가 하는 거."

자신의 독문무공을 언급함에도 중년 사내는 묵묵히 무린을 바라보기만 했다.

"그거 이렇게 하는 거 맞아?"

뜬금없는 말과 함께 빈손으로 허공을 움켜쥐는 무린.

순간 북원의 무신이라 불리는 중년 사내 골패륵의 눈이 무섭도록 경련했다.

우우우웅!

무린의 손끝을 타고 뻗어 오른 한 자루 푸르른 형상은 분명 자신만이 알고 있는 북명신공의 극의가 틀림없었다.

대체 어찌하여 그것이 무린의 손에서 펼쳐질 수 있는지 몰라 두 눈이 튀어나올 지경이었다.

더구나 오가는 이들마저 가득한 길가 한편에서 벌어진 일.

하나 골패륵의 경련하던 눈빛은 이내 담담하게 변해 갔다.

반신이라 믿는 주군을 자신의 역량으로 재려 했던 것을 책망하는 것이다.

그렇게 유람 나온 이들로 가득한 태산 어름에서 무극지경이라 불려도 손색이 없는 무학이 구현되었다.

하나 무린은 이내 깊은 한숨을 내쉬었고 이내 그 손에서 피어오르던 도의 형상 또한 사라져 버렸다.

"하아! 이를 어쩐다."

다시금 장탄식과 함께 흘러나온 무린의 음성에 골패륵의 표정도 굳어질 수밖에 없었다.

이 땅 위에 누구 있어 눈앞의 주군에게 이러한 근심을 줄 수 있는가 하는 생각을 하는 것이다.

그 순간 다시금 무린의 걱정 가득한 음성이 흘러나왔다.

"그 자식, 무선만큼이나 강해져 버렸어."

그렇게 입을 연 무린이 지나온 길을 되돌아보며 뜬금없는 소릴 내뱉었다.

"강이 녀석한테 다시 갈까? 아니면 사다인 녀석을 먼저 만날까? 이거 참, 아무리 생각해도 그건 치사한데……"

대체 무린이 무엇을 말함인지 알지 못하는 골패륵으로선 전혀 이해할 수가 없는 말들이었다.

하나 자신이 무엇을 해야 하는지는 잘 알고 있는 듯했다.

"어디를 가시든 속하가 모실 것입니다."

과묵하게 흘러나오는 그의 음성에 무린이 불현듯 무언가를 떠올렸다.

"아 참! 대주 아저씨는 어때? 좀 쓸 만해졌어?"

무린의 기대에 찬 물음에 골패륵은 가만히 자신의 앞가슴을 열어 보였다.

그는 심장 어름에 뚜렷이 남은 검상을 보여 주는 것으로 무린의 질문에 답을 한 것이다.

이를 본 무린의 얼굴에 흡족한 미소가 서렸다.

"그렇단 말이지. 그럼 일단은 대주 아저씨를 만나야겠네. 아무리 그래도 녀석들과 같은 무공을 쓰는 건 그렇잖아."

"……"

"그리고 말이야, 패륵 당신이 저 노인장과 한 판 해 줘야겠어."

갑작스레 무린의 손끝이 너무나 멀리 떨어진 고갯마루 아래쪽을 가리켰다.

족히 백여 장에 달할 정도의 먼 거리였으며 그중 무린의 손끝이 정확히 노송의 그늘 아래 쉬어 가고 있는 노인을 짚고 있는 것이다.

언뜻 보기에도 너무나 평범한 노인이었다.

하나 안력을 높여 다시 보니 북경을 떠나온 뒤로 몇 번은 마주친 듯한 인상이었다.

이는 뒤를 밟혔다는 이야기였고 자신의 주군은 이를 알면서도 용인했다는 말이었다.

그간 한량이나 다름없는 모습만 내비치던 무린에게 다시금 경외감을 느껴야 했다.

그렇게 노송 아래 자리한 노인을 바라보던 골패륵의 눈이 파르르 떨려 왔다.

백 장 거리를 두고 노인과 눈이 마주쳤기 때문이었다.

그제야 골패륵도 상대의 강함이 정확히 인식되었다.

노인 또한 자신을 알아본 것이 분명했다. 하나 당황하기는커녕 그 두 눈에 정광이 일렁이기 시작하니 골패륵은 다시 한 번 놀랄 수밖에 없었다.

한눈에도 무공의 고하를 단정 짓기 어려운 상대임이
느껴진 것이다.

'대체 누구란 말인가? 설마 저 노인이 무암진인이란
말인가?'

골패륵의 머릿속에 떠올릴 수 있는 이는 그 하나뿐이
었다.

무린을 만나기 전 자신의 상대가 있다면 오직 그 하나
일 것이라 생각했던 탓이었다.

골패륵과 정체불명의 노인은 그렇게 서로를 향해 시선
을 고정시킨 뒤에도 한참 동안이나 움직이지 않았다.

때마침 무린의 음성이 이어졌다.

"중살이란 노인들 중 하나야. 나한테도 원수 되는 늙은
이지."

"……?"

"그렇다고 죽일 것까진 없어. 어차피 저놈들 목은 녀석
들 거니까. 대신 가진 재주 좀 다 끌어내 봐. 검법도 좋지
만 될 수 있으면 보법이나 신법 같은 거 많이 쓰게 하고.
나중에라도 수틀리면 튀어야 하거든."

무린이 패륵의 등을 토닥이며 나아가 싸울 것을 종용
했다.

골패륵으로선 황당하기 이를 데 없는 상황이었으나 이
미 주군으로 섬긴 이상 의문 따윌 품을 이유는 없었다.

"아 참! 한 가지 더. 너무 멀리 가지 말고 이 근처에서 싸워. 도망가면 그냥 보내 주고……."

"……."

"요새 묘하게 찝찝한 게 뭔가가 자꾸 거슬리거든."

마치 농이라도 던지는 듯한 무린의 음성에도 불구하고 골패륵은 전에 없이 굳은 얼굴이었다.

단지 싸워야 할 상대가 강하기 때문이 아니었다.

잠시간 히죽거리는 무린의 눈빛 속에 자리한 기이한 떨림을 느꼈기 때문이었다.

'설마! 주군께서 두려워할 상대가 존재한단 말인가?'

第九章

이몽(異夢)

하남 땅 서남쪽 끝에 위치한 남양(南陽)은 그다지 내세울 만한 무언가가 있는 곳이 아니었다.

하남과 호북을 이어 주는 관도가 나 있다지만 워낙 길이 험해 우마마저 지날 수가 없었다.

차라리 길을 돌아갈지언정 일부러 남양을 경유하는 일이 없는 터라 외인들이 거의 드나들지 않는 곳이 바로 남양이었다.

그런 이유로 현청이 자리한 대로변을 제외하곤 한눈에도 낙후된 고장으로 보였다.

당연히 저자의 모습도 썰렁할 수밖에 없었는데 그나마 번듯해 보이는 객잔 안에 몇몇 행인들의 모습이 눈에 띄었다.

그중 창가 쪽에 마주 앉은 일남일녀의 모습은 유독 특이해 보였다.

문사건에 푸른 학창의를 입은 사내는 다른 것은 신경 쓰지 않고 오직 눈앞에 놓인 음식을 먹는 일에 열중하고 있었으며 그와 마주 앉은 여인은 음식은 입에 대지도 않고 그저 사내의 모습을 바라보기만 했다.

더더욱 기이한 것은 여인의 모습이었다.

객잔 안임에도 불구하고 죽립과 면사를 벗고 있지 않으니 오히려 다른 이들의 관심이 더해지고 있었다.

그래 봐야 장사치로 보이는 일행들 한 무리가 멀찌감치 자리할 뿐이니 여인은 그런 시선에는 신경을 쓰지 않는 듯 보였다.

오히려 눈앞의 사내가 열심히 음식을 먹고 있는 모습만 바라볼 뿐이었다.

그런 여인의 시선을 그저 외면할 수만은 없었는지 사내가 부지런히 움직이던 젓가락을 내리며 여인을 마주 보았다.

"좀 드시지요."

"아니에요. 전 괜찮습니다. 식사를 마저 끝내십시오."

"그럼……."

짧게 이어진 대화가 끝나고 사내는 다시 젓가락을 움

직였다.

먹는 속도만 보면 얼마나 허기가 졌는지 단번에 알 수 있을 정도였지만 그런 모습에서 전혀 게걸스러움을 찾을 수는 없었고 오히려 자연스레 배인 기품마저 드러났다.

그 모습만 보아도 사내가 어떤 환경에서 커 왔는지를 짐작할 수 있었다.

이윽고 식사를 마친 사내가 탁자 위에 놓인 찻잔을 천천히 들어 올리며 조심스럽게 입을 열었다.

"당 소저께선 참 이상한 취미를 지니셨구려."

딱히 힐난이라고 할 수는 없는 말이었지만 마주한 여인의 눈빛에 잠시간 당혹스러움이 드러났다.

그런 말을 들어도 전혀 이상할 것이 없는 행동이었기 때문이었다.

이에 죽립을 쓴 여인이 조심스레 대꾸했다.

"죄송합니다. 공자의 모습을 보니 생각나는 사람이 있어서……."

실상 그녀가 눈앞의 사내에게서 눈을 떼지 못한 이유도 그것이었다.

이미 마음속에 묻어 둔 정인의 모습이 언뜻언뜻 눈앞의 사내와 겹쳐졌기 때문이었다.

물론 그러한 생각이 어처구니없는 것임을 잘 알고 있었다.

사내는 검마라 불리는 이였다.

물론 그만큼의 흉명을 지닐 이유가 없는 이라는 것까
진 짐작할 수 있었으나 그가 어마어마한 경지에 이른 무
인임을 알기에 자신의 생각이 어처구니없다고 여긴 것이
다.

그럼에도 문득문득 그가 걸친 학창의가 참으로 잘 어
울린다는 생각을 지워 낼 수가 없었다.

하나 그런 생각을 드러낼 수는 없는 일, 그녀가 조심스
레 말을 이어 갔다.

"다시 한 번 공자께 감사드립니다."

그녀가 머리 숙여 예를 표하자 사내가 잠시간 말없이
그녀를 쳐다보다 입을 열었다.

"감사의 말이라면 도인들과 함께 들은 것이면 충분합
니다. 그 때문에 따라오신 것만은 아닌 듯합니다만?"

나직하게 입을 여는 연후의 얼굴은 전에 없이 딱딱하
게 변해 있었다.

그녀의 입장을 이해할 수 없는 것은 아니었지만 그렇
다고 자신을 따라올 이유는 없다 여겼다.

물론 부친이 그녀의 조모라는 여인을 제압한 일은 연
후조차 예상치 못한 일이었다.

그나마 죽일 마음이 없었는지 혼절한 그녀를 더 이상
어찌하지 않고 내버려 둔 부친이었다.

그 후 부친과 언쟁이 오갈 수밖에 없었다.

"그녀 또한 쓰임이 있을 것이니 이만 저들을 데리고 물러가거라."

부친이 그녀를 제압한 뒤 꺼낸 말이었다.

그저 따르기만 할 수 없는 말, 오늘의 상황을 따져 묻지 않을 수 없는 연후였다.

"대체 무슨 일을 하시는 겁니까! 소자 더는 좌시할 수 없습니다."

연후는 분노했다.

대체 그만한 힘을 꽁꽁 숨기고서 무엇을 도모하는지 알 수 없어 두려운 마음까지 일었다.

하나 부친은 그런 속내까지 모두 들여다보는 것 같았다.

"너의 기준으로 나를 재려 하지 말거라. 내 감히 천의(天意)를 안다고 할 순 없으나 내 길이 하늘을 거스르는 것이 아닌 것만은 알고 있다. 본래부터 그리 나아가도록 정해진 길이 그저 나로 인해 빨라지고 있는 것일 뿐."

"대체 무슨 말씀을!"

"두려워 말거라. 이는 역천이 아니라 변화이다. 본래부터 누려야 할 것을 만백성들에게 돌려주려 함이니, 모든 죄는 이 아비 홀로 짊어질 것이다. 하니 너는 그저 살아

가면 되느니라. 지금처럼 올곧게, 지금처럼 바른 마음으로……."

이해할 수 없는 말, 아니 정말로 모를 소리뿐이었다.

하여 대꾸조차 할 수 없었다.

"나를 막고자 한다면 기회를 줄 것이다. 이 아비를 베어라. 너의 신념이 그만큼이나 강하다면 이 아비 또한 기꺼이 내게 목을 주겠다. 하나 오늘뿐이다. 아무리 너라 해도 내가 짊어지고 있는 목숨 값을 대신해 줄 수 없음이니…… 오늘만은 네게 기회를 줄 것이다."

말도 안 되는 소리였다.

부친이 설사 아무리 대역무도한 죄인이라 해도, 아니 천하의 흉신악살이라 모두에게 지탄 받는다 해도 자식이 부모를 베어서는 안 되는 일이었다.

이는 인륜이 아니라 천륜에 관한 일, 그러한 말을 내뱉는 부친을 도저히 이해할 수 없었다.

또한 자신에게 목을 내맡긴다는 것이 무엇을 의미하는지 알 수 있었다.

이후로 더 이상 막아선다면 자식의 목숨마저 거둬 갈 수 있음을 말하고 있는 것이니 그 지독스러움에 소름이 끼칠 수밖에 없었다.

그럼에도 그것이 참으로 부친답다 여겨졌다.

외려 고고한 선비를 흉내 내던 지난날의 모습은 그저

가식처럼만 느껴졌고 눈앞에 보이는 부친의 모습이 온전한 그의 모습으로 보였다.

내뱉는 말들이 그저 독심에서 비롯된 것이 아님을 알 수 있었다.

그것은 신념이라고 부를 수 있는 것. 그 신념이 너무나도 굳건해 그 무엇으로도 깨트릴 수가 없을 것 같았다.

정녕 그는 자신이 만들고자 하는 세상을 이룰 것이라 확신하는 것 같았다.

참으로 꿈같은 세상이었다.

왕이 없는 세상.

크게 부유한 이도 없고 배를 주릴 만큼 가난한 이도 없는 세상, 또한 모든 이가 자신의 꿈을 꿀 수 있는 그러한 세상이라 했다.

그것을 위해서라면 무슨 일이든 서슴없이 할 것이라고 말하는 부친 앞을 더 이상 막아설 수가 없었다.

힘의 문제가 아니었다.

그것은 신념의 문제이기에 그릇됨을 깨우쳐 주지 못하는 한 결코 되돌릴 수가 없는 것이었다.

하나 정말로 연후를 고민스럽게 하는 것은 정말로 그가 틀렸는지에 대한 확신이 없다는 것이었다.

더욱이 자신의 목을 베라는 부친의 모습에서 한 줄기 부정(父情)마저 느껴지니 참으로 당혹스러운 기분이 아닐 수 없었다.

적어도 그 순간 부친이 한 점의 거짓도 없이 목을 내어
놓고 있음을 느낀 것이다.

그 후로 더 이상 부친과 나눌 대화는 없었다.

일방적인 통보만 있었을 뿐.

"살리고자 했으니 네 뜻을 사 주마. 하나 이 여인은 쓰
임이 있으니 보내 줄 수 없다. 가거라. 가서 네가 원하는
일을 해라. 하나 이것만은 명심해야 할 것이다. 네가 이
른 무가 무엇인지는 모르나 아직은 모자라다는 것. 당장
의 네 재주로 이 아비를 막을 수 없음을 알아야 할 것이
다."

연후와 무당파의 도인들이 산채를 벗어난 것은 그 후
의 일이었다.

그것을 선연이라 할 수 있는지 모르겠으나 다행히 그
들 모두는 연후에게 깊은 고마움을 표했다.

후일 검마라는 이름과 무당이 척을 질 일이 없을 것이
란 도인들의 이야기는 참담한 심정에 조금이나마 위안이
되는 말들이었다.

문제는 지금 연후의 눈앞에 있는 당예예란 여인이었다.

어찌 된 일인지 그녀는 조모의 안위를 걱정하지 않고
연후를 뒤따라왔다.

마치 그것만이 조모를 구할 수 있는 길이라 믿는 것 같

은 태도였다.

이를 짐작하기에 연후 역시 그녀를 매몰차게 대할 수만은 없는 처지였다.

하나 그런 것들을 따지는 일들보다는 우선은 허기를 달래야만 했다.

근 이틀을 굶은 데다가 그사이 과도한 진기의 소모까지 있었던 터라 몸 상태가 말이 아니었다.

우선은 허기를 달랠 생각으로 이동하다 보니 이렇듯 남양현까지 그녀와 함께 오게 된 것이다.

"소생께 하실 말씀이 있다면 주저하지 마시지요. 외람되오나 서둘러야 할 일이 있소이다."

이대로 그녀와 동행을 계속할 수는 없었다.

그녀의 입장은 충분히 이해한다 해도 당장 부친과 혈육상잔의 일을 벌일 수는 없는 일이 아니겠는가.

아니 오히려 북경으로 향하는 마음은 더욱 급해진 터였다.

부친이 지닌 힘을 직접 보았으니 한시라도 북경행을 늦출 수가 없다는 생각이었다.

지금 자신이 할 수 있는 일은 그것이었다.

썩어 빠진 환관의 무리를 색출하여 정사를 안정시키는 일, 그것으로 과연 부친의 행보가 멈추어질 수 없다 해도 적어도 그런 세상을 만들고 나서야 부친이 틀렸다고 말할 수 있을 것이란 생각이었다.

그 또한 하루아침에 가능한 일이 아님을 알기에 더더욱 머뭇거리고 있을 여유가 없었다.

그들 환관의 무리들은 유가장은 물론이요 단목세가마저 하루아침에 역도로 몰아 사라지게 한 이들이었다.

앞으로의 싸움이 지난한 일들이 될 것은 의심할 이유가 없는 것이다.

"공자께 묻고 싶은 것이 있어요."

"……."

"그 사람……. 공자의 아버지라는 그 사람은 대체 어떤 사람인가요?"

면사 사이로 흘러나오는 당예예의 음성이 나직하게 떨리고 있었다.

하나 연후 역시 딱히 무어라 답하기가 힘들어 망설이기만 했다.

그러자 그녀가 다시 말을 이었다.

"천무선인, 혹 무선이란 불리는 그분은 아닌지요?"

그녀의 물음에 외려 연후가 의아함을 지울 길 없는 눈이 되었다.

삼종불기라 칭해지는 천무선인이 몇 백 년 전의 사람임은 자신도 아는 일인데 그녀가 이렇게 물어오니 당황스러운 것이다.

"부친께서 저를 조부님께 맡겼을 때가 꼭 서른이 되었을 때라 들었소. 소생의 나이가 올해로 스물셋이 되었으니 부친의 나이를 알 수 있을 것이오. 소생께 볼일이란 것이 그런 것들이오?"

연후의 반문은 냉랭하게 이어졌고 그 심중이 고스란히 담겨 있었다.

그러자 그녀가 조금은 당황스러워하며 입을 열었다.

"미안해요. 공자……. 한데 호칭을 연 공자라 불러야 할까요? 본명을 사용했을 것 같지는 않아서요."

꽤나 친숙하게 이어지는 당예예의 태도에 연후가 또다시 물끄러미 그녀를 바라보기만 했다.

연후란 이름을 사용했다는 것을 아는 것으로 미루어 그간 얼마나 분주히 자신과 사다인을 찾아왔는지를 충분히 짐작할 수 있었기 때문이었다.

하나 이 이상 그녀와 가까워질 이유가 없으니 가감 없이 속내를 드러냈다.

"소생이 부친의 얼굴을 처음 본 건 오 년 전이었소. 그마저도 고작 한 달가량이었고, 별다른 대화조차 없었소이다. 그렇게 헤어지고 다시 만난 것이 바로 어제 일이오. 이상하게 들리겠지만 부친과 나의 연은 그저 그런 정도일 뿐이오."

에둘러 말을 하고 있으나 연후의 의도는 분명했다.

당장은 당신의 조모를 구해 줄 수 있을 만큼 부친과 가까운 사이가 아니라는 것.

한데 당예예의 반응이 전혀 예상 밖이었다.

"그런가요? 참 슬픈 일이로군요."

"……."

"돌아가신 제 아버님과 소녀는 꽤나 각별했답니다. 소녀가 원하는 것이라면 무엇이든 해 주시던 분이셨지요. 아! 그로 인해 연 공자를 원망하는 것은 아닙니다. 어차피 강호에는 강한 자와 약한 자만 있는 것이니까요. 아버님은 그저 약했을 뿐이죠. 공자의 친구 분보다……."

그녀가 아련한 눈빛으로 말끝을 흐렸는데 그런 당예예의 모습을 보는 연후의 표정에도 자그마한 변화가 일었다.

그녀는 오랜 지기를 대하는 듯 편안한 음성이었다. 그러면서 흘러나온 말은 백부 금도산이 입버릇처럼 담고 있던 말이었다.

강호에는 선과 악이 없으며 오직 강자와 약자만이 있다는 말.

그 말을 눈앞의 여인을 통해 들으니 더욱 새삼스럽게 다가왔다.

연후 역시 한동안 말없이 그녀를 바라보기만 했다.

원망치 않는다는 말과는 달리 그리움을 떨쳐 내지 못

한 눈빛이었다.

그런 그녀의 눈을 보고 있자 그 순간만은 사다인이 원망스러운 느낌이었다.

아니 자기 자신이 벌인 일조차 후회스러웠다.

자신에게 죽은 명부당의 무리들 또한 누군가의 아비이며 누군가의 자식이었을 터.

그들이 복수를 위해 자신에게 칼을 든다 해서 잘못되었다고 할 수 없음이니 참으로 헤어 나올 수 없는 수렁에 발을 담그고 있는 느낌이었다.

그제야 강호의 살겁을 마(魔)라 부르는지를 알 수 있을 것 같았다.

'끝없는 복수와 은원, 그 시작이 마가 아니면 무엇을 마로 부를 수 있겠는가.'

연후의 눈빛은 침잠되어 갔다.

그렇다고 지난 일을 되돌릴 수는 없는 일이었다.

또한 같은 상황이 온다면 또다시 같은 일을 벌일 수밖에 없을 것이란 생각이었다.

'결국 마라 불려도 누구를 탓할 수 없다는 것이로구나.'

마음속에 거대한 납덩이가 들어앉은 기분이었다.

그러면서도 이 깊고 깊은 은원의 고리를 어찌하면 끊어 낼 수 있는지에 대해 깊은 고민을 하게 되었다.

그렇듯 연후가 상념 속에 빠져 있을 때 다시금 당예예의 입이 열렸다.

"이상한 계집이라 하셔도 할 수 없네요. 당분간 공자를 따르고 싶은데 허락해 주실 수 있나요?"

"……!"

"아! 물론 조모님이나 공자의 부친과는 상관없는 일이에요."

그녀의 음성은 전에 없이 청명했다.

눈빛 또한 생기가 가득해 별빛을 머금은 듯 반짝거렸다.

당황한 연후가 거절의 뜻을 분명히 밝혔다.

"그럴 수 없소."

"역시 그렇군요. 하면 한 가지만 더 물어봐도 될까요?"

그녀는 의외로 선선히 납득했고 연후는 나직하게 안도의 한숨을 내쉬었다.

"하면 묻겠어요. 섬서에서 말예요. 그 명부당이란 곳……."

그녀가 조심스레 입을 떼자 연후의 얼굴이 흠칫 굳어졌다.

하나 그녀는 개의치 않고 재빠르게 말을 이어 갔다.

"왜 그렇게나 많이 죽인 거죠? 연 공자의 무위라면 그렇게까지 할 필요는 없었을 텐데요. 사실 공자를 따르려고 하는 이유도 그것이 궁금했기 때문이에요."

그녀의 물음이 너무나 의외인지라 잠시간 머릿속이 텅 비는 기분이었다.

그러면서도 왜 그 같은 것이 궁금한지에 대한 의문이 일 수밖에 없었다.

물론 그 이유 역시 그녀의 지극히 개인적인 과거 때문이었으니 연후가 이를 알 리는 없는 일이었다.

연후의 눈이 그녀를 응시했다.

굳이 고민하고 답할 이유가 없다는 생각이었다.

그녀가 묻는 것이 솔직한 심경이라면 그것을 꺼내면 되는 일일 뿐이었다.

"그때는 그것이 할 수 있는 최선이었소. 지금이라면 또 달라졌을 것이오."

연후의 나직하지만 흔들림 없는 음성에 당예예가 가만히 연후를 응시했다.

그리고 이내 다시 조심스레 물었다.

"달라진 것은 연 공자의 무공인가요, 마음인가요?"

선문답처럼 여겨지나 그 진의를 모를 연후가 아니었다.

"하늘 아래 죽어 마땅한 이가 어디 있겠소. 나는 그저 내 친우를 지키고자 했을 뿐이오."

이 또한 선문답처럼 흘러나왔고 더 이상의 대화는 이어지지 않았다.

두 사람은 잠시간 서로가 말없이 쳐다보기만 했다.

하나 당예예는 그 답이 참으로 흡족하다 여겼다.

자신 또한 과거의 한때 수많은 이들의 목숨을 빼앗았다.

죽어 마땅한 이들이었으나 정작 그 모두가 죽어야 할 정도로 나쁜 자들인가에 대한 확신은 없었다.

그저 정인의 복수를 위한 살심만이 남았던 때였다.

벌써 몇 해가 지났지만 정작 그녀를 괴롭히는 것은 불에 탄 정인의 시신이 아니라, 자신의 손에 죽어 간 이들의 주검이었다.

실제로 백화성교의 무리들 중 무공을 익힌 이들은 고작 서른 안팎에 불과했으며, 대부분은 그저 몽둥이 따위를 들고 달려들던 아둔한 백성들일 뿐이었다.

그런 자들까지 남겨 두지 않고 죽였고, 내내 그 죄책감을 떨쳐 내지 못했던 것이다.

하여 연후에게 그 같은 것을 물은 것이다.

왠지 그 답을 얻을지도 모른다는 막연한 기대감 때문이었다.

죽어 버린 정인과 닮은 것이라곤 그저 묵향이 솔솔 풍기는 어투뿐이 없음에도 그의 말이라면 믿을 수 있다는 느낌이 들었다.

그리고 그 대답을 통해 오랜 세월 동안 마음을 짓누르

던 짐을 조금은 덜어 낸 듯한 기분이었다.

'내가 약했기 때문이었어. 지금이라면…… 적어도 지금이라면 죽일지 말지 선택할 수는 있었을 테니까. 그때 나는 그저 할 수 있는 최선을 다했던 거야……'

그녀가 조심스레 자리에서 일어서더니 연후를 향해 포권을 취했다.

"덕분에 편해졌네요. 연 공자께 진심으로 감사드립니다. 끝으로 거듭 폐를 끼쳐 송구하단 말씀을 드립니다."

그녀가 왜 그런 말을 꺼내는지 알 수는 없으나 연후 또한 자리에서 일어서 예를 표했다.

"아니오. 부디 먼 길 가시는 동안 보중하셨으면 합니다."

연후 역시 공손한 태도로 화답을 했다.

그렇게 두 사람은 각자의 길로 향할 것 같았다.

한데 그 순간 당예예의 눈가에 묘한 웃음이 걸렸다.

"좋은 분이라 생각했는데 꼭 그런 것만은 아니로군요."

이미 작별까지 고한 상황에 흘러나온 음성인지라 조금은 당혹스러울 수밖에 없었다.

그렇다고 비난이나 힐책이 담긴 것은 아닌 음성인지라 연후의 눈에 의아함이 깊어졌다.

"멀리 갈 이유는 없답니다. 소녀 다시 대별산으로 향할 거니까요."

"……!"

"조모님을 버려두고 가는 불효막심한 손녀가 될 수는 없답니다."

전혀 예상치 못한 말이 이어지자 연후의 눈이 동그랗게 떠졌다.

그녀가 다시 부친이 있는 산자락으로 갈 생각이라 하니 어처구니가 없다는 생각마저 들었다.

그곳에 가 봐야 그녀가 할 수 있는 일이 없음이 명확했기 때문이었다.

"소저! 어찌 그런 무모한……!"

"정말로 좋은 분은 아니로군요. 이는 능력이 있고 없고의 문제가 아니잖아요. 연 공자라면 하나뿐인 조모께서 위험에 처했는데 힘이 없다는 이유로 도망칠 것인가요?"

"하면 왜 소생을 따라간다고……."

"글쎄요, 당신이라면 조모님을 구해 줄 수도 있지 않을까 하는 마음이 아주 없진 않았겠지요. 저 또한 지금 할 수 있는 최선을 다해야 하는 것이 아니겠어요?"

그렇게 이어지는 당예예의 음성에 연후는 한동안 아무런 말도 꺼낼 수가 없었다.

그저 면사와 죽립 사이로 드러난 그녀의 눈빛을 마주하고 있을 뿐.

'그녀가 틀린 것이 없구나!'

연후의 눈가로 잠시간 부끄러운 기색이 스치고 지나갔다.

만일 조부가 살아 있어 오늘의 일을 겪었다면, 그리고 누군가가 같은 이유로 만류하였다면 스스로 어찌했을지 뻔히 짐작할 수 있었다.

과연 지금의 그녀처럼 침착할 수 있으며 원수와 같은 이의 자식을 앞에 두고 이처럼 평안한 대화를 나눌 수 있는지를 자문해야 했다.

그러면 그럴수록 눈앞의 여인이 보이는 모습이 더더욱 생경하게 느껴질 수밖에 없었다.

'이것이 강호의 여인이란 말인가……'

*　　　　*　　　　*

자금성 내에 위치한 건천궁의 내실 한편에서 음산하면서도 소름이 일게 만드는 음성이 흘러나왔다.

"대체 왜 이리 일을 복잡하게 만드는 것인고?"

아무도 없는 허공을 향해 입을 여는 이는 자금성의 또 다른 황제로까지 불리는 태공공이었다.

번지르르하면서도 새하얀 피부에 피를 머금은 듯한 그의 입술은 연신 노기를 참지 못해 씰룩이고 있었다.

때마침 허공중에서 시꺼먼 그림자가 떨어져 내리며 그

앞에 부복하여 엎드렸다.

"공공! 이 모두가 곽영에게 일임하신 일이 아니시옵니까?"

음사라 불리는 태공공의 그림자가 머리를 땅에 처박은 채 반문하자 태공공의 눈가가 더욱더 일그러졌다.

"무림왕부를 짓는다기에 그러자 했지 이렇게나 일을 크게 벌인단 말이냐! 대관절 천목산(天目山)까지 가야 할 이유가 무에라고! 혹! 그놈이 딴마음을 먹은 게 아니더냐?"

태공공의 노기충천한 음성에 음사가 다시금 머리를 박으며 입을 열었다.

"그럴 리가 있겠습니까. 무림왕부는 영세무궁하신 태공공께 온전히 바쳐질 곳이옵니다. 반로환동하신 공공 저하께서 천하를 호령하실 곳이 바로 그곳입니다."

"한데 하필 왜 그 오지인 천목산까지 간단 말이냐! 게다가 전매권은 또 뭐고. 유림의 떨거지들이 연일 상소를 올려 대는 것이 그 때문이 아니더냐? 대체 무슨 일을 이 따위로 처리한단 말이냐!"

"유림은 크게 걱정하실 것이 없사옵니다. 내밀원을 움직였으니 곧 입을 닫을 것입니다. 게다가 천목산은 무림왕부가 들어서기에 참으로 유서 깊은 곳입니다. 곽영이 그곳을 택한 것은 나름의 이유가 있사옵니다."

"이유?"

"그러하옵니다. 과거 천목산은 무림인들의 성지였습니다. 영웅탑이란 곳이 세워진 이래로 정사마를 초월하여 모든 강호인들의 성지로까지 불렸던 곳이옵니다."

"호오? 그래? 한데?"

"오백 년 세월이 흘러 누구 하나 거들떠보지 않는 곳이 되었으나, 그곳에 황성에 버금가는 무림왕부가 세워진다는 소식이 알려지면 강호인들 모두가 움직이지 않을 수 없을 것입니다. 그만큼이나 의미가 있는 곳이 바로 천목산이옵니다. 이제 그 모든 것이 멀지 않았습니다."

연이어진 음사의 말이 끝을 맺자 그제야 태공공의 얼굴에도 비릿한 웃음이 걸렸다.

"흐으음. 그렇단 말이지. 그곳에서 본 공공이 무림왕이 된단 말이지. 크흣흐흐흐흐흣."

비음을 머금은 듣기 싫은 웃음소리가 한참이나 이어졌고 그 소리에 담긴 힘에 놀란 음사가 다시금 바닥에 머리를 찍었다.

쿵!

"공공 저하만이 천하 위에 군림하실 것이옵니다."

"그래, 그래. 암 그래야지. 누가 있어 감히 내 앞 길을 막을 것이냐. 흐흐흐흐흐흐!"

그렇게 태공공의 웃음이 끊이지 않고 내실을 울리는

동안 바짝 엎드린 음사의 몸 역시 웃음소리에 맞춰 부르
르 떨리고 있었다.

그렇게 고개를 처박은 음사의 눈가에는 더할 수 없는
복잡함이 스쳐 가고 있었다.

'곽영! 네놈 정말 무슨 일을 벌이려는 것이냐! 이 늙은
이의 공력이 하루가 다르게 늘고 있단 말이다.'

*　　　*　　　*

무산십이봉 중 가장 높고 험하다는 신녀봉.

아직까지도 무산 인근의 많은 백성들은 무산신녀의 전
설을 철석같이 믿고 있으며, 그 때문에 신녀봉 정상에는
사당까지 세워져 있었다.

평소라면 사당을 찾아와 소원 성취를 비는 이들이 한
둘쯤은 있을 법하건만 요 근자 신녀봉뿐 아니라 무산을
오르는 백성은 찾아볼 수가 없었다.

그도 그럴 것이 산신이 노했다며 시도 때도 없이 마른
하늘에 벼락이 떨어지는 기사가 근 보름간이나 계속되고
있으니 제정신을 가진 이라면 그곳에 오를 리가 없었다.

한데 그 무렵 날랜 신법을 구사하며 산자락을 타오르
는 무리가 있었다.

십여 명이 넘는 무인들로 각양각색의 복장과 또한 그

만큼이나 다양한 병장기를 패용한 이들이었다.

그들은 사위를 경계한 채로 신녀봉 꼭대기에 도착하였으며 그 뒤에도 무섭도록 굳은 얼굴로 주변을 꼼꼼히 살폈다.

잔뜩 겁을 먹은 것이 한눈에도 역력한 모습, 하나 주변이 안전함을 느낀 뒤 일제히 바닥에 주저앉았다.

그 직후 서로 간에 두런두런 이어지는 대화들.

"젠장! 간 떨려서 못해 먹겠군."

"휴! 어쩌겠는가? 화산파에서 하라는데 따를 수밖에!"

"흥! 호랑말코 같은 놈들. 이건 말이 추살대지 완전히 칼밭이나 다름없는 것 아닌가? 자신 없으면 차라리 포위망을 풀면 될 것을……."

"허허! 큰일 날 소리! 장로들만 다섯에 제자들 백이 죽어 나자빠졌다 하지 않는가? 한데 어찌 그냥 돌아서겠는가? 내가 화산파라도 그렇게는 못하겠네."

"하면 지들이 앞장설 것이지. 왜 우리를 내세운단 말이오? 젠장, 더러워서 섬서 땅을 뜨든지 해야지 원!"

"구파가 모여들고 있다 하니 마음이 급한 게지. 자칫 신검의 명성이 땅에 떨어질 수도 있으니……."

"크크크크. 이미 그 명성이야 땅바닥에 처박힌 것 아닙니까? 그거 하난 참으로 고소합니다."

"왜 아니겠는가? 하니 우린 그저 살기만 하면 되는 것일세. 어차피 그냥 미끼일 뿐이니."

"미끼라. 참 더럽구려. 진즉 무관 따윈 접었어야 하는
것을. 그놈의 현판이 뭐가 아깝다고……."

"객쩍은 소리 말고 이동합시다. 그저 비파봉까지만 다
녀오면 되는 일이오."

"그럽시다. 이래 죽나 저래 죽나. 까짓 벼락 맞아 돼지
면 그것도 나쁘지 않겠소."

잠시간 쉬어가던 이들의 대화가 끝이 나고 그들은 다
시 조심스레 산자락을 타 내려가기 시작했다.

그들이 그렇게 신녀봉의 능선 아래로 사라진 잠시 뒤
다시금 그곳을 향해 바람처럼 날아드는 무리가 있었다.

백의 도복에 검을 패용한 도인들로 그 수가 스물가량
이나 되었다.

한눈에도 이전에 무인들과 비교하지 못할 정도의 기세
를 풍기는 이들이었다.

하나 그 외관만은 앞선 이들보다 훨씬 더 피폐해 보였
다.

흐트러진 옷매무새는 기본이요 너덜너덜 찢어진 도복
을 한 이들이 한둘이 아니었다.

특히나 그들의 수장으로 보이는 노도인의 꼴은 말이
아니었다.

그 풍채가 남달라 한눈에도 범상한 경지를 넘어 보이

는 이였으나, 잔뜩 엉클어진 머리카락과 등 뒤편이 새까
맣게 그을려 있는 모습은 그가 얼마나 고생을 했는지 충
분히 짐작할 수 있게 했다.

그런 노도인이 다시 한 번 신녀봉 주변을 살핀 뒤 나직
한 음성을 내뱉었다.

"사주를 경계하고 잠시 쉬어 간다."

노도인의 음성이 그렇게 이어지자 약속이나 한 듯 몇
명의 도인들이 사방을 지켰고, 나머지 도인들은 일제히
주저앉아 운기조식을 시작했다.

체력이나 진기가 바닥을 치기 직전인 것이 틀림없는
모습, 그런 제자들을 바라보는 노도인의 눈빛에는 더없는
참담함이 가득했다.

화산육선의 첫째이자 화산파의 대장로란 신분이 무색
할 만큼 처절한 얼굴이었다.

마음 같아선 이대로 발걸음을 돌리고 싶었다.

죽은 사제들과 제자들에겐 미안한 일이었으나 흑면수
라는 도저히 이길 수 있는 상대가 아니었다.

더구나 그의 동료라는 검마는 모습조차 보이지 않은
상황, 한데도 괴멸에 가까운 타격을 받은 것이다.

그나마 온전한 이들은 장문인과 그를 수행하는 매화검
수들뿐, 자신을 제외한 다른 장로들은 이끌던 제자들과
함께 모조리 죽어 버린 상황인 것이다.

한데도 본산으로 되돌아가지 못하고 다시금 산에 올라야 했다.

오합지졸에 가까운 이들을 앞세워 흑면수라를 끌어내란 명이 떨어진 것이다.

그들이 미끼라면 자신들 또한 미끼에 불과한 터.

죽은 사형제들의 복수를 하겠다고 눈에 불을 켜고 있는 제자들을 보니 마음만 무거워질 뿐이었다.

'나서지 말았어야 해! 대체 그와 무슨 원수를 졌다고 이런 일을 벌였단 말인가!'

더없이 깊어 가는 시름.

한데 그 순간 도저히 믿기지 않는 음성이 들려왔다.

"후회는 아무리 빨라도 늦지."

깔고 앉은 땅바닥 속에서 들려오는 음성.

너무나 놀라 황급히 몸을 날리려 했으나 이미 그의 전신은 거미줄 같은 뇌전의 줄기에 휘감긴 후였다.

치이이익!

기음을 터트리며 화산 대장로의 몸을 휘감은 뇌전의 줄기는 거기서 멈추지 않았다.

삽시간에 지면을 타고 거미줄처럼 뻗어 나간 뇌전은 검을 든 도인들 모두를 일제히 집어 삼켰다.

"크아아악!"

처절한 비명이 신녀봉을 타고 메아리치는 순간 마른

땅거죽이 갈라지며 한 사내가 솟구쳐 올랐다.

울긋불긋한 피부에 더없이 섬세한 근육들로 뭉쳐진 사내가 하의만을 걸친 채 모습을 드러냈다.

그가 싸늘한 눈길로 널브러진 도인들의 시신을 훑은 뒤 아직까지 숨을 쉬고 있는 화산 대장로 앞으로 걸어갔다.

죽기 직전의 물고기처럼 부들부들 떨며 두 눈만을 끔뻑거리고 있는 그를 향해 사다인의 싸늘한 음성이 이어졌다.

"늙은이는 특별히 살려 주지. 대신 문주라는 놈에게 전해. 애꿎은 놈들 더 잡지 말고 용기 있으면 직접 나서라고. 그럼 누가 누구를 사냥하고 있는지 똑똑히 알게 될 테니까."

그 말을 끝으로 사다인은 신형을 돌렸다.

그렇게 사라지는 사다인의 뒷모습을 보는 노도인의 눈가에는 그저 두려움이란 감정뿐이 남지 않은 모습이었다.

도저히 이길 수 없는 적을 만들어 버린 참담함.

신검이라 불리는 장문인이 온다 해도, 그 곁에 매화검수들이 모두 합공한다 해도 결코 이길 수 없는 상대란 생각뿐이 들지 않았다.

상대는 그저 뇌령마군의 전인 정도가 아니었다.

오수련이 그 꼴을 당했을 때 미리 알아챘어야 하는 일

이었다.

그는 이미 환우오천존의 반열에 오른 무인이 틀림없었다.

그런 정도의 존재가 지형을 이용하며 암습마저 주저치 않는 것이다. 운기조식을 취하는 제자들마저 눈 하나 꿈쩍하지 않고 숨을 끊어 내는 잔악함까지 겸비한 이였다.

그런 상대를 대관절 어떤 방법으로 이길 수 있겠는가 하는 생각이었다.

한편 신녀봉을 벗어난 사다인은 무곡이 자리한 서편 봉우리 쪽으로 빠르게 움직였다.

주변의 상황을 면밀히 살피는 와중에도 그 움직임은 한 마리 날짐승을 연상시킬 만큼 민첩했다.

그렇게 몇 개의 협곡과 산등성이를 넘은 사다인의 걸음이 멈춘 곳은 구암봉이라 이름 붙은 곳이었다.

구암봉은 꼭 거북을 닮은 듯한 거대한 암벽으로 이루어진 곳이었는데 그 밑단은 깎아지른 듯한 절벽이었다.

그 구암봉의 끝자락에 멈춘 사다인은 다시 한 번 사방을 살핀 뒤 재빠르게 절벽을 타 내려갔다.

도저히 사람이 오갈 수 없을 것 같은 곳으로 내려온 사다인이 절벽 한편에 보이는 움푹 들어간 공간을 향해 몸을 날렸다.

동부라고 부를 수도 없는 곳이었으나 장정 서넛은 편히 누울 수 있을 만한 공간이 그곳에 있었다.

그곳에서 쉬어 갈 것 같던 사다인은 오히려 분주해졌다.

흙벽 사이를 뚫고 나온 나무뿌리 같은 것들을 잡아 뜯어 길게 늘어뜨린 뒤 그것을 다시 온몸에 칭칭 휘감는 것이다.

그런 뒤 다시 절벽 아래쪽으로 훌쩍 몸을 날렸다.

마치 절벽 전체가 칼질을 당한 듯한 틈새가 난 곳이었기에 신형을 날린 후에도 맞은편 절벽을 번갈아 오가며 재빠르게 내려갈 수 있었다.

그렇게 내려가면 내려갈수록 지형은 더욱 험해졌지만 사다인은 그 길이 익숙한 듯 사다인의 신형은 점점 더 속도를 더했다.

그렇게 사다인이 멈춰 선 절벽 아래쪽엔 어마어마한 굉음을 토해 내는 물줄기가 연신 바위 더미들에 후려치고 있었다.

그 격류가 이어지고 있는 곳이 바로 장강이었다.

그곳에 이른 사다인이 바위 더미 한편에 세워진 기다란 통나무들로 향했다.

그러곤 몸에 걸치고 있는 나무뿌리들로 통나무와 통나

무 사이를 단단히 옭아맸다.

한눈에도 그것은 뗏목을 만드는 모습이었다.

사다인은 그 일을 무척이나 조심스럽게 행했으며 무척이나 신중한 태도를 보이고 있었다.

그도 그럴 것이 이 조잡한 모양의 뗏목이 무산을 벗어나게 해 줄 구명줄과도 같았기 때문이었다.

언제까지 이곳에서 별 상관도 없는 이들을 죽여 대고 있을 수는 없었다.

그동안 단목세가 사람들에게 끼친 폐가 있으니 그것을 갚아야만 했다.

사다인은 빚을 지고는 못 사는 성미였다.

하여 모두가 만류함에도 불구하고 홀로 무곡을 빠져나온 것이다.

하나 계속해서 무산에 머무는 것이 얼마나 미련한 짓인지 충분히 알고 있는 것이다.

똑같은 실수를 되풀이할 정도 미련한 사내가 아닌 것이다.

이미 무곡을 나온 목적은 달성한 뒤였다.

자신이 나섬으로 인해 누구도 무곡에 대한 관심을 두지 않게 되었으니 그것으로 족했다.

다만 떠날 때 떠나더라도 백의 도복을 입은 자들만은 용서하고 싶지 않았다.

첫 만남부터 도저히 용서할 수 없는 말을 내뱉었기 때문이었다.

그들의 목적은 자신이 아니었다.

그들이 정말로 찾고자 하는 것은 연후였던 것이다.

정확히는 연후의 검과 연후의 무공, 자신을 인질로 삼아 그것을 빼앗겠다 히죽거리는 도인들을 어찌 용서할 수 있었겠는가.

이 또한 연후에게 진 빚을 갚는 것이니 의당 해야만 하는 일인 것이다.

그럼에도 전과 달리 신중에 신중을 기했다.

사방이 적들로 포위된 상황에서 또다시 자만 때문에 위기에 처할 수는 없었다.

하여 완벽하게 몸을 뺄 준비를 하며 하나하나 도인들을 사냥해 가고 있는 것이다.

이미 경험했듯이 뭍으로 가는 길은 너무 눈에 띄었다.

그렇다고 물길을 택하자니 지류에서 삼협까지 이어지는 물살이 너무나 거셌다.

도저히 물질로 어쩔 수 있는 정도가 아닌 것이다.

하여 뗏목을 만들기 시작했다.

이를 타고 어둠을 도모해 삼협까지만 갈 수 있다면 그곳부턴 아무리 넓은 강줄기라도 헤엄쳐서 건널 자신이 충분한 것이다.

어차피 동정호로 가야 할 때이니 더없이 좋은 계획이었다.

며칠간 고생고생해서 뗏목을 완성시킨 사다인의 눈이 매섭게 번뜩였다.

깊은 계곡과 격류 때문에 음습할 수밖에 없는 공간 안으로 그보다 더 싸늘한 사다인의 음성이 울려 퍼졌다.

"이제 남은 놈들을 잡을 때, 그중 한 놈이 신검이라 했겠다. 과연 그리 불릴 자격이 있는지 보아 주마."

그 음성을 끝으로 사다인이 바닥을 후려 찼다.

순식간에 허공으로 쏘아진 신형이 갈지자로 교차하며 양쪽 절벽을 박차기 시작했다.

타탁거리며 절벽을 박차는 소리가 구암봉의 끝단으로부터 쉴 새 없이 치솟아오르는 시간이었다.

*   *   *

"쯧쯔쯔쯔. 내 그리도 조심하라 일렀거늘! 그 꼴이 무어란 말이냐?"

"선사, 대체 그자가 누구기에 북천신도의 주인을 수하로 부린단 말입니까?"

"말하지 않았더냐. 나의 천명이 그를 소멸시키는 것이라고."

"하오나 어찌 선사께서 그 같은 아이 하나를……."

"패장은 입이 있어도 말을 말아야 하는 법. 네 재주는 이미 그놈의 것이 되었을 것이야. 내 그토록 조심하라 당부하였건만."

"그것이 대체 무슨 말씀이신지……?"

"끌끌끌. 되었다. 들어도 믿지 못할 말이니 해서 무엇하겠느냐? 단지 그자는 그렇게 태어났을 뿐인 것을……."

"……."

"하나 때가 멀지 않았다. 머잖아 그가 공령의 주인과 부딪힐 터, 그 때가 놈의 숨통을 끊을 절호의 기회인 게야."

"어렵습니다. 선사의 진언을 파악키 참으로 어렵습니다."

"알아도 되고 몰라도 되는 일이로다. 그리 알고 물러가거라."

"……."

"쯧쯔쯔쯔! 두 녀석 다 어찌 이리도 우매한지…… 한 놈은 호승심을 못 이겨 앞뒤 분간을 못하고, 또 한 녀석은 사문이란 이름만 나오면 왜 그리도 목을 매는지……. 그나마 절밥을 먹은 아이 하나만 쓸 만하도다."

"……?"

"참으로 고얀 녀석이 아닌가. 화산의 대들보가 뽑힐 지경이라니 말도 없이 내빼더구나. 하나 녀석은 알지 못한다. 마군의 후인 또한 그 뿌리가 천인(天人)들과 닿아 있음을……. 그와 마주친다면 두 번 다시 볼 수 없게 될 것이다."

第十章

황궁애사

이제나저제나 연후가 오기만을 기다리며 하루하루를 보내고 있는 암천의 심경은 복잡하기 그지없었다.

　아직은 소가주의 신분이라 하나 가주나 다름없는 단목강의 엄명이 있었으니 그저 낡은 장원 한편을 지키고 있어야 하는 자신의 처지가 한심하다 여긴 것이다.

　더구나 들려오는 소문은 더욱 흉흉했다.

　삼협의 혈사에 이어 무산에서 또다시 피바람을 일으키고 있는 흑면수라 때문에 강호무림이 한바탕 난리를 치르고 있는 것이다.

　이빨과 발톱이 죄다 빠졌다는 세가들 몇과 사천과 섬서 땅에 있는 구대문파들이 속속들이 무산으로 모인다는

데 단목강 혼자 그곳으로 가 버렸으니 어찌 속이 타지 않겠는가.

게다가 그것만이 전부가 아니었다.

그간 소문으로만 떠돌던 무림지부에 관한 정식 포고령이 아침나절 자금성 서문 벽보판에 나붙었으니 이 포고령이 각 성으로 모두 하달되면 강호무림이 한바탕 뒤집히고도 남을 것이 뻔한 일이었다.

그도 그럴 것이 그 포고령의 내용이 그간 떠돌던 소문과는 너무나 달랐기 때문이었다.

오가는 말들이야 많았지만 그래 봐야 결국 다 짜고 치는 경극이 될 것이라 생각하는 이들이 대부분이었기 때문이었다.

이미 대륙의 땅덩어리 어딜 가나 엄연히 강호의 패주라 할 수 있는 세력이 있으며 그렇지 않은 곳도 힘의 균형을 이루고 있는 곳들이 대부분인데 그들이 자기 밥그릇이 깨지는 것을 두고 볼 리 없다는 생각이었다.

설혹 정말로 일신의 무위가 출중해 지부대인의 자리에 오른다 해도 사실상 패주로 군림하는 이들이 있는 곳에서별 다른 힘을 쓸 수 없을 것이 뻔한 일이었다.

아무리 관부의 녹을 받아 지부의 장이 된다 해도 결국이전까지의 관부와 차이가 없을 것이라 생각한 것이다.

하니 이미 힘과 세력을 지닌 명문 대파나 무림 세가의

입장에선 그저 무관심으로 대응하는 것이 최선이라 여긴 것이다.

암천 또한 금일 포고령을 접하기 전까진 그렇게 생각할 수밖에 없었던 일이었다.

한데 벽보판에 나붙은 글귀들엔 전혀 상상도 못했던 내용들이 가득했다.

떠도는 소문과 크게 다르지 않은 것들도 있었으나 몇 개의 항목이 곁들여지면서 전혀 다른 성격이 되어 버린 것이다.

중양절이나 되어야 열릴 것이라던 무림대회가 칠성절(七星節)에 열린다는 것이 바로 그 시작이었다.

칠성절이라면 불과 석 달 남짓이 남았을 뿐이며 한여름 뙤약볕 아래서 비무대회를 연다는 말이었다.

단지 그것만이라면 무지한 관부의 행사려니 하고 웃어 넘길 수도 있을 것이다.

하나 비무 중 생사결(生死結)을 허하고 승부를 겨룸에 있어 그 어떤 종류의 수법도 개의치 않는다는 조항이 추가되고 심지어 당연히 있어야 할 참관인조차 세우지 않는다고 하니 그 처사에 혀를 내두를 수밖에 없었다.

막말로 누구 하나 죽어 나가기 전까진 멈출 수 없는 싸움이라는 것이며 살고 싶다면 좌중 앞에서 목숨을 구걸해야 하는 상황에 놓인다는 말이나 다름없는 것이다.

아무리 진짜 고수를 뽑는다는 취지라지만 이쯤 되면 무림대회가 아니라 생사대전이라 해도 무방한 일, 벌써부터 짙은 혈향이 풍긴다는 느낌이 들 정도였다.

사실 거기까지만 해도 도저히 있을 수 없는 일은 아니라 치부하고 어찌어찌 이해할 수도 있었다.

하나 세세한 사항 하나하나가 참으로 피해 갈 수 없는 올가미 같은 것들뿐이었다.

대역무도한 죄인이 아닌 이상 누구라도 참가할 수 있으니 한족이 아닌 이들은 물론 색목인이나 곤륜노라 해도 원하기만 한다면 비무대 위에 설 수 있다는 것이다.

이는 말뜻 그대로 아무나 다 나올 수 있다는 말이었다. 정파든 사파든 흑도건 백도건 혹은 그자가 색마나 살인마라도 괜찮으며 대협이나 협객이라도 아무 상관 없다는 말이었다.

어찌 되었던 조정의 녹을 먹을 이를 뽑는 자리에 그 같은 조건이 붙었다는 것 자체가 기가 막힌 일이 아닐 수 없는 것이었다.

그와 같은 조항이 붙은 이유야 너무나 명명백백했다.

할 수 있는 한 최대한의 무인들을 끌어 모아 결코 형식적인 요식 행사로 끝내지 않겠다는 의지의 천명이었다.

이를 위해 덧붙인 마지막 조항이 스무 개에 이르는 각 성의 무림대회는 최후의 열 명이 남을 때까지만 열리고 그렇게 각 성에서 뽑힌 십 인의 무인들이 오는 중양절 한 자리에 모인다는 사실이었다.

그들 중에서 등위를 가려 종사품 관직을 내리고 그들 중 최강의 무인에게 무림왕의 봉작과 어마어마한 땅과 새로 축조된 성채 하나를 하사한다는 내용이 포고령의 말미를 채우고 있었던 것이다.

관의 포고령이 이런 식이 될 것을 예상한 이는 아무도 없었다.

이는 각 지역의 패주가 무림지부를 얻을 것이 뻔하다는 예상을 완전히 뒤집는 일인 것이다.

외려 힘 있는 곳은 더욱 큰 힘을 낼 수 있게 되는 것이니 능력만 된다면 한 문파에서 몇 개의 무림지부를 독식할 수도 있다는 뜻이었기 때문이었다.

가령 한 문파에서 각 성에서 뽑히는 십 인을 다수 배출할 수도 있으며 또한 호북에 있는 문파의 제자가 절강이니 강소니 하는 지역의 상관없이 아무 곳에나 참가할 수 있다는 것이니 이론적으로만 따지만 한 문파에서 결선에 진출하는 이백여 명의 무인 전부를 차지할 수도 있다는 것이었다.

게다가 이제 남은 시각이 겨우 석 달뿐이 없으니 서로 말을 맞추어 자리를 나눠 먹기도 불가능한 일이 될 가능성이 농후한 것이다.

'대체 어떤 작자의 머릿속에서 나온 생각인지!'

포고령을 떠올리는 암천의 머릿속은 더욱더 복잡해졌다.

강호의 사정을 속속들이 알고 있는 자가 아니면 도저히 해낼 수 없는 생각들이었다.

하나 누가 왜 이런 일을 벌였는가보다도 이 일이 단목세가 재건에 어떤 영향을 미칠 것인가를 판단하는 것이 더욱 중요한 일이었다.

이토록 중요한 일이 벌어졌건만 정작 본인은 북경 한 구석에서 꼼짝 못하는 처지가 되었으니 답답함은 더욱 커져만 갔다.

근 열흘 가까이나 하릴없이 장원에서 빈둥대는 꼴이니 무린과 함께 여행하던 때가 좋았다는 생각이었다.

이따금 시도 때도 없이 덤벼들던 골패륵마저 그리울 정도로 무료하기만 시간이었다.

한데 그러한 암천의 염원이 하늘에 닿았는지 전혀 뜻하지 않는 이가 모습을 드러낸 것이다.

"대주 아저씨!"

참으로 느닷없이 들려온 그 익숙한 음성에 한 번 놀랐다면 연이어 보게 된 그 모습에 다시금 놀라게 된 암천.

"혁…… 혁 공자님!"

그 이름을 부르면서도 암천은 당황함이 역력한 모습이

었다.

너무나도 표홀한 움직임으로 담장을 타 넘는 그 모습이 자신이 기억하던 모습과 달리 너무나 낯설었기 때문이었다.

자신의 눈이 틀리지 않았다면 제운종에 유운신법이 가미된 듯한 경신법을 쓰고 있는 것이다.

하나 그것이 단지 무당파의 최상승 경공절예라는 사실 때문에 놀란 것은 아니었다.

새 떼를 조종하는 것을 제외하곤 실제로 그가 무언가 무공을 펼치는 것을 본 적이 없었기 때문이었다.

아니, 이따금 정말 뭔가 대단하긴 한가 하는 의문이 들 정도로 평범하기만 한 모습을 보아왔던 암천이었다.

한데 헤어진 지 얼마 되지도 않아 제운종 같은 극상의 경신법을 쓰고 있는 것을 보니 너무나 의아한 것이다.

설마 그사이 무공을 배웠을 것이란 생각이 들 리 없으니 결국 그동안 꼭꼭 숨겨 두고 있었다고 생각할 수밖에 없는 암천이었다.

"아저씨도 강이 녀석 닮아 가나? 하여간 생각들이 너무 많아."

"큼! 대체 어쩐 일이십니까? 소가주께선 벌써 북경을 떠난 지 한참입니다."

"아냐! 아저씨한테 볼일 있어서 왔거든."

"네엣?"

"바쁘니까 빨리 끝내자고."

"무슨 말씀이신지?"

암천이 이해할 수 없다는 표정으로 되물었으나 무린은 이미 뒤편에 서 있는 골패륵을 향해 고개를 돌려 버렸다.

"부탁해!"

"명을 받드옵니다."

차창!

허리춤 사이에서 반월도를 꺼내는 골패륵의 눈빛은 너무도 무덤덤했으나 암천마저 그럴 수는 없는 일이었다.

"어어! 당신 또 왜 그러는데?"

이마로 삐질거리며 땀을 흘리는 암천의 당황한 음성이 그렇게 흘러나왔다.

한편 자명루와 맞닿은 장원에서 그런 일이 벌어지고 있을 때 정작 암천이 목이 빠져라 기다리던 연후는 자금성 정문인 승천문(承天門) 앞에 이르러 있었다.

하늘을 받든다는 그 이름답게 어마어마한 위용을 뿜어내고 있는 성문 앞에 선 연후, 하나 그 모습은 한 점의 흐트러짐도 없었다.

문사건을 올려 쓰고 푸른 학창의를 입은 채 오연하게 서 있는 연후의 모습 앞에 성문을 지키던 어림천위군의 병사들이 오히려 주눅이 들 정도였다.

기세가 아닌 기개만으로 그 같은 모습을 보이는 연후가 얼마만큼 결연한 마음인지는 한눈에도 드러날 정도였다.

하나 아무리 그 분위기가 범상치 않다 해도 관복을 입지 않은 일개 유생에게 자금성의 문턱이 허락될 일이 없음은 자명했다.

용린을 단 갑주를 패용한 중년 병사 둘이 장창을 위압적으로 교차하며 연후를 막아섰다.

"무엄하다."

자금성을 지키는 노련한 정병답게 그 음성에는 묵직한 기세가 실려 있었다.

그러자 연후가 주저함도 없이 품안에서 호패를 꺼내 들었다.

그러곤 호패에 적힌 이름 앞에 손끝을 가져다 댔다.

그 순간 중년 병사들의 눈이 휘둥그레질 만한 일이 벌어졌다.

단단하기 이를 데 없다는 자작나무로 만든 호패 위로 선명한 글자 하나가 새겨지고 있었기 때문이었다.

연후가 본래 적혀 있는 연후(聯厚)란 이름 앞에 성씨 하나를 더 새겨 넣은 것이다.

하나 그저 놀라고만 있을 상황이 아니었다.

호패를 위조하는 것은 태형 오십 대에 해당할 정도의

중죄이며 이를 황성의 정문 앞에서 태연히 행하는 것을 두고 볼 수 없는 것이다.

중년 병사가 장창을 힘껏 꼬나 쥐며 노기충천한 음성을 내뱉으려 했다.

한데 그보다 먼저 연후의 음성이 흘러나왔다.

"봉명궁의 자운 공주께 유가장의 후인이 왔다 전해 주십시오."

일순간 무언가 잘못 들은 것이 아닌가 하는 표정의 중년 병사.

황성의 정문 경비를 서는 어림천위군의 중년 병사가 유가장을 모를 리 만무한 일.

하여 더더욱 놀란 눈으로 연후를 볼 수밖에 없었다.

유가장에 참변이 벌어진 것이 몇 해가 지났다지만 북경과 지척인 곳에 벌어진 참사가 쉽게 잊힐 리 없었다.

하여 더더욱 눈앞에 선 연후의 말을 믿기 힘들었다.

"영락대제께 봉신황사 위를 받은 유가장의 오대 적손. 호패에 적힌 그 이름을 되찾기 위해 온 것입니다."

연후의 음성에 서린 위엄에 중년 병사의 눈가가 파르르 떨렸다.

정신 나간 놈이 아니라면 자금성의 정문 앞에서 감히 영락제의 이름을 사칭할 리 없는 일이었다.

판관조차 필요 없이 참형이 가능할 수 있는 일, 그런

짓을 벌이면서 이토록 당당할 수 없음이 분명했기 때문이었다.

의심하고 말고 할 것도 없이 죽었다고 알려진 봉명궁의 부마도위가 틀림없었다.

"잠…… 잠시만 예서……."

당황하여 말끝을 흐리며 어디론가 사라지는 중년 병사.

그 주변에 내내 석상처럼 움직이지 않던 젊은 병사들마저 힐끔거리며 연후를 쳐다보기 시작했다.

하나 연후의 눈은 활짝 열린 승천문을 가로막고 선 채한 동안 미동도 하지 않았다.

승천문 안쪽으로 자리한 천자의 성을 향해 고정된 채깊고 고요함을 더해 가는 연후의 눈빛.

그 오연한 모습에 병사들 중 누구 하나 나서 감히 그를제지하지 못했다.

"에헹? 지금…… 지금 누구라고 했는고?"

"유가장의 장자, 그자가 막 봉명궁에 들었다는 전갈입니다."

"이런, 미친놈이 또 어딨더냐? 예가 어디라고 기어들어 와!"

"……."

"살려 줬으면 곱게 처박혀서 목숨줄이나 연명하고 있

을 일이지…… 헐헐…… 그놈 참!"

"공공! 그렇게 치부할 일이 아니옵니다. 연일 유림의 상소가 빗발치는 때라 한림원이 제법 목소리를 높이는 때입니다. 시기가 좋지 않습니다. 게다가 아직 유가장의 일은 미제의 사건으로 종결되지 않은지라……."

"헐헐! 하면 본 공공이 그런 애송이 녀석 하나와 봉명궁에 숨어서 덜덜 떨기나 하는 계집 하나를 두려워해야 한다는 것이냐?"

"어찌 감히 그런 황망한 말씀을!"

"아니다. 아니야! 네놈이 무슨 잘못이 있겠느냐? 일 처리를 제대로 못한 봉공 녀석들 탓이지! 놈을 면밀히 감시하거라."

"하면 어찌 처리를 하여야 할지……?"

"황상께 소식이 들어가지 못하도록 손을 쓰거라. 이참에 다시 한 번 공주 고년에게 똑똑히 보여 주어야겠다. 헛꿈을 꾸면 어찌 되는지를."

"알겠습니다. 조용히 처리하겠습니다."

"아니! 그럴 것 없느니라. 그간 너무 궁 안에만 머물렀어. 내 친히 움직일 것이다. 네놈들은 영 미덥지가 못해. 더구나 이번 유림의 일에 배후가 있다는 소리가 있었어."

"그럴 리가……."

"흘흘흘! 본 공공에게 눈과 귀가 네놈들뿐이라고 생각

하는 것이냐? 혹여 유한승 그 작자마저 살아 있는 것일지도 몰라."

"......!"

"뭐 어찌 되었든 상관없이. 크크크큭! 고 철없는 애송이 녀석이 과연 지 창자가 씹어 먹히는 걸 보면 어찌 나올까? 할아비의 무덤이라도 파 온다고 하지 않겠느냐? 크클클클클!"

*   *   *

봉명궁 대전 안에 흐르는 분위기는 참으로 무거웠다.

오랜 세월 만의 해우였지만 어색한 침묵만이 한동안 이어지는 상황이었다.

그도 그럴 것이 예기치 않은 만남에 전혀 예기치 않은 대화를 나누게 된 뒤라 서로 간 더욱 할 말이 없게 되어 버린 것이다.

"정말 미안해요. 유 공자."

자운공주의 음성은 너무나 힘이 없었다.

공주로서의 위엄은 찾을 길이 없었고 늘 맑게 빛나던 눈빛마저 그 빛을 잃은 느낌이었다.

하나 그런 공주를 대하는 연후의 눈빛은 이전에 그것과는 너무나 달랐다.

흡사 나무토막을 깎아 놓은 듯 일말의 감정도 표출되지 않는 얼굴이었다.

연후가 그렇게 아무런 대꾸도 하지 않고 있자 자운 공주의 표정은 더욱 어두워졌다.

어찌 되었던 수 년 만에 재회였고 그 첫머리에 파혼 이야기를 꺼내 버린 것은 자신의 실수였기 때문이었다.

단목강에 대한 이야기는 꺼낼 수조차 없었다.

어쩌다 일이 이렇게 되어 버렸는지 그녀 스스로도 답답하기 그지없었다.

"말씀이 없으시네요. 오 년 전 그 일이 있었을 때 제게 연락조차 남기지 않으셨지요. 하여 죽은 이로 여길 수밖에 없었습니다. 또한 유 공자께서도 저를 그리 여긴다 생각했습니다. 최소한의 연통은 남겨 주셨어야지요."

자운공주가 차츰 신색을 회복하며 담담하게 말을 이어갔다.

어찌하여 이러한 변명까지 해야 하는지 모르겠으나 잘잘못은 서로에게 같이 있는 것이 분명하기 때문이었다. 사실 그러한 시비를 가려야 할 이유도 없는 것이었지만 연후의 모습이 심상치 않음을 느끼기에 어쩔 수가 없었다.

그제야 연후의 입이 열렸다.

"남녀의 일은 알지 못하나 사람의 일은 안다고 생각합니다."

"네?"

"사람 사이의 약속은 중요한 법이지요. 저와 마마의 혼담은 그러한 약속이었습니다."

"하나, 유 공자!"

"그 약속 때문에 조부께서 명을 달리하셨습니다. 유가장의 가솔들 모두가 차가운 눈밭 위에 피를 뿌려야 했습니다. 제게 마마와의 약속은 그만큼의 무게를 지고 있던 것이었습니다."

연후의 나직한 음성에 자운공주의 커다란 눈망울이 파르르 떨렸다.

설마 눈앞의 사내가 그러한 생각을 하며 지내 왔을 것이라곤 상상도 하지 못했던 것이었다.

그녀 또한 그의 조부인 유한승을 마음의 스승으로 여기고 있으며 그간 직접 묘소를 찾아다니기까지 했는데 정작 그러한 이야기는 꺼낼 수도 없는 분위기가 되어 버렸다.

그렇다고 해서 지금에 와 무엇을 되돌리겠는가?

더 이상의 변명을 하고 싶지도 않았고 해야 할 이유도 없었다.

그 즈음 연후의 입이 다시 열렸다.

"오늘 공주께서 참으로 무거운 짐 하나를 내려 주셨습니다."

조금 전에만 해도 느낄 수 없는 차가움이 그 음성 안에서 진하게 묻어났다.

이제껏 누구에게도 받아 본 적이 없는 너무나도 싸늘한 눈빛까지 더해진 표정에 자운 공주는 한순간 소름이 돋는 기분이었다.

"무례하다 여기시겠지만 제게 충(忠)은 효(孝)의 다른 이름이었습니다. 조부께서 일러 주신 길이기에 가야 하는 길이었지요. 하여 오늘 일은 제겐 참으로 다행한 것이옵니다. 충이 외려 불효가 되어 가고 있었기 때문이지요."

자운공주로선 전혀 이해할 수 없는 말이었다.

아니, 연후 그 자신이 아니면 누구도 알 수 없는 말이기도 했다.

그런 연후가 봉명궁을 떠나기 전 그녀에게 마지막 말을 남겼다.

"태공공! 그자의 목을 베어 드리는 것으로 공주와의 연을 끝내겠습니다."

〈『광해경』 제7권에서 계속〉

광해경

1판 1쇄 찍음 2010년 6월 12일
1판 1쇄 펴냄 2010년 6월 16일

지은이 | 이훈영
펴낸이 | 정 필
펴낸곳 | 도서출판 **뿔미디어**

기획 | 이주현, 한성재
편집책임 | 권지영
편집 | 장상수, 심재영, 조주영, 주종숙
관리, 영업 | 김미영
출력 | 예컴
본문, 표지 인쇄 | 광문인쇄소
제본 | 성보제책사

출판등록 | 2002년 9월 11일 (제1081-1-132호)
주소 | 부천시 원미구 중3동 1058-2 중동프라자 402호 (우)420-023
전화 | 032)651-6513 / 팩스 | 032)651-6094
홈페이지 | www.bbulmedia.com
E-mail | BBULMEDIA@paran.com

값 8,000원

ISBN 978-89-6359-465-1 04810
ISBN 978-89-6359-256-5 04810 (세트)

힘찬 재도약을 위한 참신한 변신

도서출판 뿔미디어의 로고가 새롭게 바뀝니다!

월드컵의 뜨겁고 화끈한 열기가 온 나라를 달굴 6월.
늘 새롭고 창의적인 작품으로 크고 작은 감동과 행복을 선사해 온
도서출판 뿔미디어가 한층 일신된 로고로 찾아갑니다.

새로운 뿔미디어의 로고는 무소처럼 단단하고 힘찬 불굴의 의지와
한단계 더 도약하기 위한 거듭남을 형상화하였습니다.

빠르게 변화하는 장르 시장에 급급한 것에서 벗어나
긍정적 사고와 창조적 자세로서 장르의 진화를 선도하며,
장르를 애호하는 여러분들의 신뢰와 사랑을 받을 수 있는,
도서출판 뿔미디어가 되기 위해 온힘을 다하겠습니다.

새로운 뿔미디어의 모습에 많은 분들의 호응이 있기를 기원합니다.